속삭임의
바다

속삭임의 바다

팀 보울러 장편소설 서민아 옮김

다산책방

엘리자베스를 위하여, 도린을 위하여,

그리고 레이첼을 위하여

바다는 도전할 수 있는 용기를 줍니다

『속삭임의 바다』는 시간에 따라 성장하는 한 소녀의 이야기로, 저에게 매우 소중한 두 사람의 영향을 받았습니다. 한 사람은 긴 시간 동안 고통스러운 죽음의 과정을 겪었습니다. 다른 한 사람도 병을 앓으며 괴로워했지만 결과적으로는 회복되었습니다. 첫 번째 사람을 통해서는 돌아가신 노파를 그릴 수 있었고, 두 번째 사람을 통해서는 '헤티'라는 인물을 묘사할 수 있었습니다. 그리고 저는 제가 소설을 쓰면서 상실에 대한 의미를 찾으려고 한다는 걸 깨달았습니다.

이 책에 강력하게 영향을 준 요소가 또 하나 있었습니다. 바로 바다입니다. 바다는 제 삶을 지배해 왔던 것처럼 이 이야기를 지배합니다. 저는 바다 가까이에서 태어났고, 바다에서 멀리 떨어져 살아본 적이 없습니다. 지금도 집에서 단 몇 분이면 바다를 향해 걸어갈 수 있고, 끊임없이 바다에 이끌립니다. 바다가 가진 무언가, 바다가 하는 무언가, 혹은 바다 그 자체에 저는 아무런 저항도 할 수 없습니다. 저뿐 아니라 많은 이들이 바다에서 신비의 메아리를 찾습니다.

헤티 역시 바다에 이끌립니다. 그러나 헤티의 집착은 대가를 치르게 되고, 바다가 주는 메시지는 혼란스럽기만 합니다. 헤티는 부모님을 잃은 상실감을 느끼고, 섬 생활에서 겪는 일상의 고통을 물의 유령을 통해 구체적으로 경험합니다. 하지만 바다는 헤티에게 용기도 주지요. 헤티에게 위험을 강요함으로써, 그리고 헤티의 마음 깊은 곳에서 위안과 희망을 찾도록 도전을 권하면서요.

탐색의 과정은 쉽지 않습니다. 바다는 알기 어렵고 다양한 얼굴을 가지고 있습니다. 바다는 궁극의 변신술사, 궁극의 환상술사입니다. 바다는 고요하고 평화로울 수도 있고, 변덕스럽고 장난스러울 수도 있으며, 우리를 당장이라도 파괴하려는 듯 해안을 거세게 덮칠 수도 있습니다. 저는 이것이 잘못된 생각이라는 걸 압니다. 바다는 인간에 대해 아무것도 설계하지 않으며 인간을 필요로 하지 않습니다. 하지만 우리는 바다를 필요로 하지요. 실용적인 용도에서뿐만 아니라 바다가 우리에게 주는 정서적 울림 때문에 말입니다. 우리가 바다를 통해 느끼는 것은 그것이 실제든 상상이든 우리를 변화시킬 수 있습니다. 헤티도 이것을 알고 있으며, 평생 이 사실을 받아들여 왔습니다.

소설을 쓰는 데 오랜 시간이 걸렸습니다. 여러 차례 다양한 초고를 거쳤고, 신비하고 서정적인 소설의 성격에 따라 감성적으로 이야기를 풀어나갔습니다. 헤티는 강인한 정신을 지닌 동시에 예민한 소녀입니다. 헤티가 자신의 오랜 슬픔을 받아들이고, 의심을 극복하며, 사람들에 맞서 싸우려 애쓰는 모습을 충실히 표현하고 싶었습니다. 『속삭임의 바다』는 두려움, 편견, 사랑, 상실, 희망 등 많은 것을 다루지만, 궁극적으로는 소녀의 용기와 가장 깊은 신비를 이해하려는 탐구를 담고 있습니다.

한국 독자들에게 깊은 존경의 마음을 담아 새로운 개정판 『속삭임의 바다』를 바칩니다.

Tim Bowler

팀 보울러

밤이 깊어 가면서 마음 한 부분도
바다와 함께 흘러가는 꿈을 꾸었다.

"섬 사람들은 겁이 많을 수 밖에 없어.
고립된 상태가 두려움을 만들어 내거든."

ಠಠಠ

사람들은 헤티를 몽상가라고 했다. 헤티가 본 장면들은 모두 환영이라고, 바다유리*는 아무런 이야기도 들려주지 못한다고 말했다. 하지만 이것은 종류가 다른 이야기였다. 그 이야기의 내용은 기억도 나지 않을 만큼 아주 오래전에 끊어졌지만, 그 느낌만큼은 이후로도 헤티의 뇌리에서 떠난 적이 없었다. 그리고 14년이 지난 지금, 헤티의 인생은 다시금 어떤 변화를 향해 꿈틀거리고 있었다. 헤티는 바다에서 들려오는 속삭임으로 이미 그것을 느꼈다. 이것은 새로운 징후였다.

* Sea glass. 유리병이나 깨진 유리 조각이 바다에서 오랜 세월 동안 파도와 모래에 깎여 매끈하고 영롱한 보석 같은 형태가 된 것. 불투명한 것이 특징이다. 바다유리가 만들어지는 데는 20~30년 정도가 걸린다.

헤티가 말했다.

"네가 볼 수 있어야 해, 탐."

탐은 대꾸하지 않았다. 탐은 절벽 꼭대기에서 헤티 옆에 앉아 헤티의 손에 놓인 바다유리를 멍하니 바라볼 뿐이었다. 헤티는 주변을 바라보았다. 바위로 이루어진 절벽 위에는 아무런 움직임이 없었다. 무거운 침묵만이 섬 주변을 맴돌았다. 헤티는 저 아래 만에 있는 사람들을 생각했다. 왜 사람들 목소리가 들리지 않을까 의아했다. 이렇게 바람 한 점 없이 잠잠할 때면 사람들 목소리가 이곳까지 들릴 거라고 확신했는데. 헤티는 탐을 향해 고개를 돌렸다. 탐은 헤티의 얼굴을 가만히 바라보고 있었다.

헤티가 말했다.

"바다유리 속을 보겠다며."

"아무것도 안 보여, 헤티."

"내가 더 높이 들고 있을게."

헤티는 바다유리를 높이 들어올렸다. 스산한 10월의 하늘, 날이 서서히 저물어 가는 시간이라 가뜩이나 칙칙한 바다유리가 더욱 흐릿해 보였지만, 유리 속 형상은 그대로 남아 있었다. 검은 형상은 마치 그곳 바닷가에서 숨을 쉬고 있는 듯 유리 속을 떠다니고 있었다.

헤티가 말했다.

"이제 보여?"

하지만 탐은 다시 헤티를 바라보고 있었다.

"탐, 이건 중요한 거야."

"난 아무리 봐도 안 보일 것 같아. 안 볼래."

"조금 전엔 바다유리가 텅 비어 있었지만 지금은 형상이 다시 나타났단 말이야."

탐이 다시 바다유리를 응시했다. 하지만 헤티는 탐이 관심을 보이는 척한다는 것을 알아챘다. 헤티는 팔을 내리고 바다유리를 감싸 쥐었다. 탐은 고개를 돌려 헤티를 흘긋 보았다.

"아직 다 안 봤는데."

"상관없어. 네 말이 맞아. 네가 뭘 보긴 틀린 것 같다. 다른 사람들도 그렇겠지."

헤티는 얼굴을 찡그렸다.

"뭐, 모라 섬에서 나만 미친 사람인 거지."

탐은 가슴 쪽으로 무릎을 끌어당겼다.

"그나저나 이번엔 무슨 형상이야? 혼자만 알고 있을 거야? 요즘 네가 바다유리를 대하는 태도가 정말 이상해졌어. 전에는 나한테 다 말해줬잖아."

헤티는 탐에게 바싹 몸을 기울였다.

"바다유리 안에서 섬을 본 것 같아."

"우리 섬?"

헤티가 탐에게 조바심 어린 눈길을 던졌다.

"당연히 우리 섬이지. 그럼 내가 무슨 섬을 보겠니?"

"다른 섬일 수도 있지."

"가본 적도 없는 섬을 무슨 수로 알아보겠어."

"너도 알잖아. 섬은 다 비슷하게 생겼어. 우리 아빠가 너한테 다른 섬들에 대해서 많이 설명해 주기도 했고."

"틀림없이 우리 섬일 거야."

"하지만 바다유리에서 보이는 섬이 모라 섬이라는 걸 어떻게 알아?"

"섬 꼭대기가 북쪽 곶하고 비슷했어. 모라 섬의 다른 지형이랑도 비슷한 곳들이 있었고. 상처 절벽, 모서리 섬, 바위산 절벽……."

헤티는 문득 말을 멈추었다.

"왜 그래?"

"바다유리 때문에 네가 날 비웃는 거 싫어."

"안 비웃는데."

"다른 사람들은 날 비웃는걸."

"난 다른 사람들이 아니야, 헤티. 모르겠니?"

탐은 다시 아까 같은 표정을 지었다. 둘이 열다섯 살이 된 이후로 탐은 종종 이런 표정을 짓기 시작했다. 그럴 때면 헤티는 어떻게 대응해야 할지 난감했다. 헤티는 탐의 이런 표정이 마냥 거북했다. 왠지 죄책감마저 느껴졌다. 헤티는 땅을 내려다보았다.

"사실 바다유리에서 본 섬은 모라 섬이 아니야."

"모라 섬을 봤다고 방금 말했잖아."

"그런 것 같다고 했지. 그런데 내가 잘못 봤어. 처음엔 모라 섬처럼 보였는데 금세 다른 모양으로 바뀌더라고."

"뭘로?"

"글쎄. 신경 쓰지 마."

헤티는 작은 돌멩이 하나를 손가락으로 튕겨 절벽 가장자리로 떨어뜨리고는 바다유리를 주머니 속에 넣었다.

"그만 내려가자."

헤티는 고개를 돌려 절벽 아래를 내려다보았다. 바다는 완고하고 고요해 보였다. 헤티는 만의 입구를 가로질러 뱀장어 곶까지 죽 이어진, 바위로 이루어진 장벽을 재빨리 훑어보았다. 바다가 지루하리만치 잔잔해서, 정박지를 보호하는 거대한 바위들은 아무런 할 일이 없었다. 바다는 저 멀리 수평선 끝까지 조금도 흐트러짐이 없었다. 헤티는 밧줄에 매여 있는 배에 흘긋 시선을 던졌다. 모라의 자랑이라는 이름의 이 배는 장식용 깃발들로 꾸며져 있었는데 지금은 깃발이 전부 축 처져 있었다.

탐도 아래를 내려다보며 말했다.

"사람들이 거의 도착한 것 같아."

헤티는 조약돌 해변을 쓱 훑어보았다. 해변은 사람들로 바글거렸다. 헤티는 그날 아침 바다유리를 발견한 장소를 살펴보았다. 뭉고와 더피, 그 바로 뒤에는 네사와 진티가 물수제비를 뜨고 있었다. 그 뒤로 탐의 엄마와 아빠가 안나 할머니, 돌리 할머니, 그리고 서쪽 오두막 마을에 사는 몇몇 가족들과 함께 천천히 지나갔다. 벌써 많은 사람들이 해변 위쪽 부근에 모여 있었다.

탐은 큰 소리로 사람들 수를 세기 시작했다. 헤티는 탐의 목소리를 무시한 채 주머니에 손을 넣어 바다유리를 꽉 쥐었다. 그러면서 바다유리 속 형상과 저 아래 고요한 바다에 주의를 기울였다. 아무래도 이 바다유리에 무언가 석연치 않은 점이 있었다.

탐이 말했다.

"섬 사람들이 전부 모였어. 모두 모일 거라고 엄마가 그랬어. 헤티, 이리 와. 우리도 내려가야겠어."

벌떡 일어난 탐은 헤티를 일으키려고 한 손을 내밀었다. 헤티는 못 본 척 혼자서 몸을 일으켰다.

"탐, 너 먼저 가. 괜찮지?"

"왜?"

"난 천천히 내려가고 싶어."

"그러니까 혼자 있고 싶다는 거구나."

"그렇게 말하지 않았어."

"내가 바다유리 때문에 널 화나게 한 거야?"

"아니, 전혀 아니야."

헤티는 어두워지는 바다를 바라보다가 다시 탐을 보았다.

"그냥 생각할 시간을 좀 갖고 싶어서 그래."

탐은 어깨를 으쓱했다.

"정 그렇다면야 뭐. 하지만 너무 늦게 내려오지는 마. 그러다 퍼 노인의 연설을 못 들을 수도 있으니까."

"그럼 더 좋고."

"안 돼, 헤티. 너도 알잖아. 너나 나나 그러면 안 된다는 거. 우리 엄마 아빠가 그러면 안 된다고 단단히 일렀단 말이야. 너도 할머니한테 한 소리 들었다며."

헤티는 할머니가 아침 식사 자리에서 늘어놓은 잔소리를 떠올렸다.

"얘야, 나라고 그 늙은 대머리독수리의 연설을 듣고 싶겠니. 하지만 어쨌든 그 영감은 모라에서 제일 나이 많은 어른이고 유일하게 100살을 넘긴 사람이 아니냐. 그러니 우리 둘 다 잠자코 파티에 가야 해. 그리고 그 영감탱이가 뭐라고 지껄이든 따분한 표정 짓지 마라. 너하고 그 노인네의 사이가 좋지 않은 건 알지만, 어쨌든 오늘은 그 사람한테 중요한 날이잖니. 축하를 못하겠거든 모라의 자랑을 떠올려라. 오늘은 모라의 자랑이 만들어진 생일날이기도 하다는 사실을 기억해야지. 실제로 모라의 자랑은 축하를 받을 자격이 있으니까. 자, 이제 가서 네 방을 치워라."

할머니는 헤티에게 파티에 꼭 참석해야 한다고 당부했었다.

"헤티, 밑에서 보자."

탐은 이렇게 말하고 길을 따라 달려 내려갔다.

헤티는 탐이 시야에서 사라질 때까지 기다렸다가 부러진이빨 능선을 향해 내려갔다. 저 아래 만은 시시각각 어두워져 갔지만 해변에는 불빛들이 움직이고 있었다. 돛단배와 소형 어선들은 조약돌 해변의 최고수위선 위로 끌어올려졌다. 조약돌이 깔린 해변의 맨 위쪽에 모닥불이 타올랐고 그 주위로 사람들이 바글바글 모여드는 모습이 보였다. 고기 굽는 냄새가 헤티한테까지 번졌다.

다시 주머니에 손을 넣어 바다유리를 만지작거리면서 헤티는 유리 속을 떠다니는 형상에 대해, 그리고 수년 동안 찾아보았지만 한 번도 나타나지 않은 다른 형상들에 대해 생각했다. 바다와, 바다가 감추고 있는 비밀들에 대해서도 생각했다. 이제 해변 위는 더욱 어슴푸레해졌지만, 삼삼오오 모인 사람들은 워낙 낯이 익어 여전히 누가 누구인지 쉽게 알아볼 수 있었다.

그랜디 할머니, 안나 할머니, 돌리 할머니는 보이지 않았지만, 그레고르 할아버지와 헤럴드 할아버지, 로르나 할머니, 그 외에 다른 노인들이 퍼 노인과 함께 서 있었다. 그들은 불을 피우느라 바빴다. 탐은 뭉고와 더피, 몇몇 여자아이들, 북쪽 곶에서 온 아이들과 장난을 치고 있었다. 헤티는 계속 길을 따라 걷다가 만의 가장자리에 쿡 박혀 있는 작은 부두에 도착해서야 마침내 걸음을 멈추었다.

사람들 목소리가 들리는 것으로 보아 아직 연설이 시작되지 않은 것이 분명했다. 헤티는 불가에 모인 사람들을 훑어보다가 충동적으로 선착장 끝까지 걸어가 주머니에서 바다유리를 꺼냈다. 아까 바다유리에서 보았던 형상을 다시 한번 보고 싶었다. 물론 아무런 형상도 없으리라는 것은 알고 있었다. 바다유리 속 형상은 오래 머문 적이 없고 어느 때는 몇 초 만에 사라지기도 했으니까. 그런데 놀랍게도 아직 형상이 그대로 있었다. 더구나 이렇게 캄캄한 때. 얼핏 생각했던 것과 달리 그 섬은 모라 섬의 모습이 아니었다. 헤티를 찬찬히 응시하는 어떤 얼굴의 모습이었다. 헤티는 바다에서 들려오는 속삭임에 고개를 들었다.

바다는 아무런 움직임이 없었다. 유리 속 얼굴을 가만히 들여다보았다. 얼굴은 약하게 떨고 있었다. 헤티의 오른쪽으로는 해변이 절벽 갓길을 향해 굽이졌고, 그 길의 중간쯤에 불길이 타닥타닥 소리를 내고 있었다. 왼쪽으로는 모든 것이 고요했다. 모라 섬의 동쪽 끝에는 '게 바위'라는 이름의 바위가 있는데, 그 바위에 파도가 철썩 부딪히는 소리도 들리지 않았다. 헤티 앞에는 만의 입구가 점점 다가오는 밤을 향해 아가리를 벌리고 있었다. 빛 하나가 점점 부풀어 오르며 입구를 지나다가 뱀장어 곶의 바위 위에서 사라졌다. 모라의 자랑은 조금도 움직이지 않았다. 헤티는 바다유리를 다시 한번 꼭 쥐고 소곤거렸다.

"이제 시작이야."

연설이 시작될 즈음 만 위에는 어둠이 짙게 내려앉았다. 헤티는 하늘을 올려다보았다. 달도 별도 없는 하늘은 마치 바다의 어둠을 비추는 것 같았다. 대부분의 사람들이 모인 곳에서 활활 타오르는 불길만이 해변을 밝히고 있었다. 그레고르 할아버지가 아직도 조약돌이 깔린 아래쪽 해변을 돌아다니고 있는 몇몇 사람들을 크고 성마른 목소리로 불렀다.

다른 목소리들도 들렸다. 재잘대는 목소리, 걸걸한 목소리, 신경질적인 목소리. 헤티는 귀를 기울였다. 간혹 발음이 분명하지 않은 그 목소리들에서 무언가 반항적인 분위기가 느껴졌다. 헤티는 맥주가 남아 있는 한 음식을 다 먹은 뒤에도 연설을 시작하라는 재촉이 없으리라는 것을 알았다.

헤티는 얼른 집으로 달려가고 싶었다. 그래서 뒤쪽에 우두커니 선 채 사람들이 앞쪽으로 몰리길 기다렸다. 앞에서는 퍼 노인이 거꾸로 뒤집어 놓은 작은 배 위에 올라가 있었다. 불빛이 퍼 노인의 얼굴을 환하게 비추었다. 로르나 할머니, 헤럴드 할아버지 등 퍼 노인의 오랜 친구들이 맨 앞줄에 섰다. 해변에서 딴짓하는 사람들을 불러 모으느라 여전히 절뚝거리며 다니는 그레고르 할아버지만 제외하고.

그때 익숙한 목소리가 들려왔다.

"헤티."

헤티는 주변을 둘러보았다. 그랜디 할머니가 지켜보고 있었다.

"내가 너 이럴 줄 알았다."

"제가 어떻게 할 줄 아셨는데요?"

"사람들 뒤쪽에서 이렇게 서성거릴 줄 알았지."

"하지만 어쨌든 왔잖아요."

"그건 그렇구나. 잘했다."

맥키 아저씨가 걱정스러운 얼굴로 천천히 다가왔다. 그랜디 할머니가 물었다.

"무슨 문제라도 있으신가, 우리 대장님?"

"아내가 그러는데 탐이 없어졌대요."

"아들을 또 잃어버렸다고 말할 셈인가. 그럴 거라면 그냥 말을 말게."

"농담이 아니에요. 저희는 탐이 정말 걱정돼요. 녀석이 작년부터 굉장히 이상하게 군다니까요. 착한 녀석이긴 한데 요샌 대체 머릿속에 뭐가 들어 있는지 도무지 모르겠어요. 게다가 갈수록 천방지축이고."

"자네도 그 나이 땐 천방지축이었어."

맥키 아저씨는 그랜디 할머니 말을 못 들은 척하고 헤티를 향해 돌아섰다.

"혹시 탐 못 봤니? 요즘 탐은 늘 너하고 함께 있거나, 아니면 너를 찾아다니고 있더라."

"절벽 꼭대기에 같이 있었는데 탐이 먼저 내려갔어요. 나중에 저 혼자 내려가는 길에 탐이 해변에 있는 걸 봤는데 지금은 어디에 있는지 모르겠어요."

"저 여기 있는데요."

탐이 뒤에서 나타나 헤티와 맥키 아저씨 사이를 재빨리 비집고 들어왔다.

"너 도대체 어디에 있었던 거냐? 연설을 들으러 여기 와야 한다고 아빠가 분명히 말했을 텐데."

"그래서 온 건데요. 연설은 아직 시작 안 했잖아요."

"이제 곧 시작할 거다."

탐은 퍼 노인 근처에 모여 있는 사람들을 쓱 쳐다보고 다시 맥키 아저씨를 보았다.

"죄송해요, 아빠."

"그래, 어디 있었냐?"

"뭉고하고 있었어요. 뭉고가 게 바위에 올라가려고 해서요."

"이런!"

"당연히 뭉고는 떨어졌죠. 하지만 겨우 4분의 1밖에 못 올라간 거라 다치지는 않았어요. 지금 더피하고 다른 애들은 저기에 있어요."

맥키 아저씨는 고개를 저었다.

"뭉고야 원래 멍청하지만 그 녀석치고도 정말 멍청한 짓이다. 거길 올라가는 게 얼마나 위험한지 모르는 거냐. 너하고 몰려다니는 녀석들은 도대체 생각이라는 걸 하고 있는지 모르겠다. 열다섯 살이나 먹은 녀석들이 머리는 죄다 장식으로 달고 다니는지."

그랜디 할머니가 재빨리 맥키 아저씨의 말을 가로막았다.

"자네도 열다섯 살 땐 그러지 않았나."

맥키 아저씨가 그랜디 할머니를 향해 곱지 않은 시선을 보냈지만 그랜디 할머니는 전혀 신경 쓰지 않고 계속 말했다.

"어디 게 바위에만 올라갔나."

맥키 아저씨는 끙 하고 앓는 소리를 내고는 툴툴댔다.

"그랜디 아주머니 입을 닫게 할 수만 있다면 차라리 연설이

빨리 시작하면 좋겠네요."

두 사람 모두 웃음을 터뜨렸다. 마침내 연설이 시작될 참이었다. 거꾸로 뒤집어 놓은 작은 배 위에 선 퍼 노인 옆에는 그레고르 할아버지가 서 있었다. 사람들은 차츰 자리를 잡는 것 같았다. 헤티는 앞쪽에 선 사람들의 모습을 죽 훑어보았다. 오른쪽 아래편에서 자기들끼리만 통하는 농담을 주고받으며 키득키득하던 뭉고, 더피, 네사, 진티는 헤티와 눈이 마주치자 뿔뿔이 흩어져서는 저마다 가족을 찾아 사라졌다. 뭉고는 헤티를 향해 얼뜨기처럼 씩 웃었다.

그랜디 할머니가 말했다.

"가까이 가보자."

"여기에서도 잘 보이는데요."

"난 잘 안 보이는구나. 너처럼 잘 들리지도 않고."

할머니는 헤티의 팔을 잡고 사람들 속을 비집고 들어갔다. 헤티는 탐이 생각보다 좀 더 바싹 따라오고 있는 것을 알아챘지만 내색하지 않았다. 잠시 후 탐의 엄마인 이슬라 아주머니도 왔다. 아주머니는 맥키 아저씨와 몇 마디 주고받더니 탐의 머리를 살짝 때렸다. 그레고르 할아버지가 목청을 가다듬었다.

"에, 저…… 우리 섬사람들이 이렇게 전부 한자리에 모이는 건 드문 일인데, 그러니까, 제가 보기엔 굉장히 드문 일인데, 에, 이렇게 제 목소리부터 먼저 들려드려서 참 죄송하게 생각

합니다. 누가 아나요, 제가 연설자가 아닌 게 아닌지도……."

"옳소!"

누군가의 외침에 폭소가 터졌다. 사람들 사이로 웃음소리가 번졌다. 그레고르 할아버지는 억지로 미소를 지었다.

"아무튼 간에 제가 이 자리에 서게 됐는데요, 제가 모라 섬에서 두 번째로 나이가 많은 사람이기 때문입니다."

그레고르 할아버지는 옆에 꼿꼿하게 서 있는 펴 노인을 흘긋 쳐다보고 로르나 할머니를 한 번 쳐다본 뒤 말을 이었다.

"그리고 세 번째로 나이가 많은 사람이 오늘 밤 아무 말도 하고 싶지 않다고 했기 때문에 제가 이 자리에 서게 됐습니다."

헤럴드 할아버지가 끼어들었다.

"로르나는 90년 동안 조용한 적이 별로 없는데."

"뭐, 저도 로르나의 침묵이 얼마나 갈지 잘 모르겠습니다. 하지만 우리 모두 희망을 갖고 살자고요."

로르나 할머니가 투덜댔다.

"진행이나 빨리 해, 그레고르."

이들의 대화에 더 큰 폭소가 터졌다. 가벼운 야유도 터졌다. 펴 노인은 여전히 입을 꾹 다문 채 꼼짝 않고 서 있었다. 헤티는 어른거리는 불빛 속에 드러난 펴 노인의 얼굴을 찬찬히 바라보았다. 비록 캄캄한 어둠 속이고 앞에 많은 사람들이 있지만 헤티는 확신했다. 펴 노인의 눈동자가 자신을 찾고 있다는 것을. 지난 몇 년 동안 퍼 노인과 다투었던 일들이 떠올랐다. 헤티는 주머니 속 바다유리를 꽉 움켜쥐었다. 그러고 있으니 유리 속 형상으로, 그리고 저 뒤에서 속삭이고 있는 바다로 신경이 집중되었다.

"아까도 말했지만…… 우리가 이렇게 한자리에 모이는 건 자주 있는 일이 아니지만, 그럼에도 불구하고 오늘 밤 우리는 두 가지 이유로 이렇게 모이게 됐습니다. 바로 우리 마을의 훌륭한 두 일꾼을 축하하려고 말입니다. 자, 먼저 모라의 자랑부터 시작하겠습니다."

그레고르 할아버지의 말에 사람들은 환호성을 보내며, 고개를 돌려 모라 섬을 상징하는 배를 바라보았다.

"우리의 아름답고 사랑스러운 배를 보십시오. 맥키와 그의 선원들이 돛을 새로 만들어 이제 그 어느 때보다 아름다운 자태를 뽐내고 있습니다. 모라의 자랑이 벌써 50살이나 되었다니 믿기지가 않습니다. 하지만 그 정도 나이는 또 한 명의 위대한 일꾼에 비하면 아무것도 아니겠지요."

이제 그레고르 할아버지는 여전히 무표정한 얼굴로 옆에 서 있는 퍼 노인을 향했다.

"그 일꾼이 바로 오늘 100세 생일을 맞았습니다. 이것 역시 믿기지가 않는군요. 다른 사람들도 마찬가지일 거라고 생각하는데요. 우리 모두 퍼 영감에게 깊은 경의를 표합시다."

그레고르 할아버지는 다시 사람들을 향해 돌아섰다.

"여러분, 퍼 영감의 한 말씀을 들어 봐야겠지요!"

그레고르 할아버지가 박수를 치기 시작했다. 퍼 노인의 친구들도 즉시 박수를 쳤다. 곧이어 다른 사람들도 가세했다. 박수갈채가 점차 사람들 전체로 이어졌다. 그러다가 이상할 정도로 갑작스럽게 박수가 뚝 끊겼다. 불안한 고요가 감돌았다. 그레고르 할아버지가 단상 역할을 하는 작은 배에서 내려왔다. 헤티는 바다에서 다시 들려오는 속삭임과 사람들 사이에서 감도는 긴장감을 느끼며 퍼 노인의 연설을 기다렸다. 퍼 노인은 연설을 서두를 필요가 없다는 듯 한참 동안 사람들을 살펴보았다.

마침내 퍼 노인이 입을 열었다.

"그래요, 그래. 제 생일을 축하하러 오신 모든 분들에게 감사드립니다."

퍼 노인이 천천히 숨을 내쉬었다.

"대부분의 사람들에게는 의무 사항도 아닌데 말이에요."

헤티는 긴장감이 고조되는 것을 알 수 있었다. 퍼 노인은 다시 한번 한참 동안 말없이 사람들을 쳐다보았다. 그러다 껄껄 웃음을 터뜨리며 모라의 자랑을 향해 몸을 돌렸다.

"그렇지만 모라의 자랑과 생일을 함께 보내야 하는 처지가 공평한 것 같지는 않습니다. 저한테는 좋을 게 하나 없어요. 모라의 자랑 나이는 저의 절반밖에 안 되고, 모양은 저보다 두 배는 근사하지 않습니까."

아무도 웃지 않았다. 그레고르 할아버지조차도.

"하지만 그래도 뭐 어쩌겠습니까. 누구도 인생이 공평하다고 말하지는 않지요."

노인의 눈동자가 다시 사람들을 향해 깜빡거렸다.

"하지만 그레고르가 옳습니다. 모라의 자랑은 아름답고 사랑스러운 배이지요. 수십 년 전 모라 섬 사람들 모두가 힘을 합해 이 배를 만들던 때가 기억납니다. 용골과 늑골 그리고 돛대의 형태가 갖추어지고 양쪽 외벽이 완성되었지요. 아무런 보수를 받지 않았지만 일하는 게 마냥 좋았습니다. 네, 저는 그랬습니다."

맥키 아저씨가 외쳤다.

"그런 사람이 어디 영감님뿐이었나요. 영감님만 모라의 자랑을 만드신 게 아니잖아요."

"그래, 맥키. 맞는 말이다. 그레고르도, 헤럴드도, 그 밖에 내 오랜 친구들도 모두 자기 역할을 다했지."

"제 아버지도요. 로리의 아버지, 칼의 아버지, 할의 아버지, 그리고 많은 다른 분들도요. 더 이상 우리 곁에 없는 분들이죠. 모두 신의 품으로 돌아갔으니까요."

퍼 노인이 씩씩댔다.

"그 사람들이 아무 일도 하지 않았다고 말하지 않았다. 어쨌든 그때 그곳에 있었던 우리 모두는 가장 좋은 몫을 차지한 사람이 누군지, 그러지 못한 사람이 누군지는 확실히 알고 있지. 그 점에 대해 맥키, 자네는 반박할 수 없을 거야. 자네는 아직 태어나지도 않았을 때니까!"

사람들이 웅성거렸다. 성난 퍼 노인이 고함을 질렀다.

"이제 그만할 때도 되지 않았나! 자네는 잘못 알고 있는 사실 때문에 흥분해서 난리를 치고 있어. 나는 지난 일을 왈가왈부하려고 이 자리에 선 게 아니야. 앞으로 닥칠 일을 경고하려고 여기 선 거지. 우리는 지금 당장 훨씬 중요한 일을 걱정해야 해."

로리 아저씨가 외쳤다.

"생각을 좀 바꾸셔야죠, 영감님."

칼 아저씨도 소리쳤다.

"맞습니다. 같은 말씀을 한두 번 들어야 말이죠."

퍼 노인이 성난 목소리로 신랄하게 대꾸했다.

"내가 할 말은 오직 하나뿐이야. 그게 진리라고."

퍼 노인은 자갈 위에 침을 뱉고 계속 말했다.

"여러분은 모두 내 말을 귀담아들어야 합니다. 지금 이렇게 술이나 마시면서 잔치를 즐길 때가 아니에요. 벌써 식량이 부족하고 겨울이 닥쳐오는데 귀중한 음식을 먹어 치울 때가 아니란 말입니다. 이 상황을 꼭 말로 설명해야 하겠습니까? 굳이 안 그래도 다 알고 있을 겁니다."

퍼 노인은 눈을 부릅뜨고 사람들을 노려보았다.

"우리는 모두 아흔일곱 명이지요. 군도의 맨 끝에 위치한 바위섬에서 생계를 유지하고 있습니다. 우리 처지가 그래요. 이 점을 여러분의 녹슨 머리통에 잘 집어넣고 제발 잊어 먹지 마십시오. 그리고 이 사실도 같이 기억해야 합니다. 우리를 걱정해 줄 사람은 세상 천지에 아무도 없다는 사실! 우리는 다른 섬들과 너무 멀리 떨어져 있어서 외부와의 거래가 거의 끊긴 상태입니다. 차라리 우주 공간 어디에 있다고 해도 과언이 아닙니다. 그러니 우리는 지금까지 늘 그래 왔던 것처럼, 우리 조상들이 항상 그랬던 것처럼 스스로를 지켜야 합니다. 더구나 앞으로는 그 어느 때보다 상황이 어려워지게 될 겁니다."

앞쪽에 앉아 있던 뭉고가 질문을 던졌다.

"왜요?"

"이유를 말해주지, 젊은이."

퍼 노인은 뭉고를 흘긋 쳐다보고서 다시 한번 시선을 사람들 쪽으로 옮겼다. 헤티는 이번에는 퍼 노인이 자신을 보고 있다는 것을 알았다.

"사흘 동안 연속해서 같은 꿈을 꾸었습니다. 아직 아무에게도 꿈 얘기를 하지 않았어요. 너무나 심각하고 사실적인 꿈이었습니다. 그러니 지금 이 자리에서 여러분에게 얘기해야겠습니다. 여러분, 모라 섬을 향해 악이 다가오고 있습니다. 이미 오고 있다고요."

헤티는 탐이 자신에게 바싹 다가와 있는 것을 느꼈다. 탐이 속삭였다.

"네가 바다유리에서 본 게 그거 아니야? 모라에 악이 다가오는 모습?"

바다유리 속 형상을 다시 떠올리며 헤티는 아무 말도 하지 않았다. 탐이 헤티의 팔을 톡톡 건드렸다.

"펴 영감이 널 보고 있어, 헤티."

"알아, 탐."

헤티는 돌아서서 해변으로 달려갔다.

෴

헤티는 언덕길을 달려 올라갔다. 절벽 꼭대기에 다다른 헤티는 왼쪽으로 방향을 돌려 집으로 향했다. 머릿속에서 퍼 노인의 말이 울렸다. 헤티는 으르렁거리듯 내뱉었다.

"아니야."

모라 섬을 향해 악이 다가오고 있습니다.

"아니야."

이미 오고 있다고요.

"아니야, 아니야, 아니라니까."

헤티는 집에 도착했다. 달 오두막이라는 이름의 작은 집이었다. 숨을 헐떡이며 문 앞에 멈추어 서니 주변이 온통 캄캄했다. 헤티는 퍼 노인을 떠올렸다. 자신을 비난하는 사람들에게,

그리고 아마도 헤티에게도 여전히 화를 내고 있을 테지. 퍼 노인은 헤티가 사람들로부터 빠져나가 뛰어가는 모습을 분명히 보았을 것이다. 헤티는 저 아래 해변에 모인 사람들의 소리가 들리지 않을까 귀를 기울여 보았다. 하지만 아무런 소리도 들을 수 없었다. 헤티의 귀에 닿는 것이라고는 바다가 들려주는 속삭임이 전부였다.

"물의 유령, 나에게 뭘 말해주려는 거니?"

대답이 없었다. 헤티는 집 안으로 들어가 문을 닫고 잠시 문에 기대섰다. 방의 어둠과 난로의 익숙한 석탄 냄새가 차츰 가까이 다가왔다. 바다의 속삭임은 점점 잦아들어 집 안은 침묵으로 가득 찼다. 헤티는 방 한가운데로 걸어가다가 마치 섬의 적막 속에 갇힌 듯 다시 걸음을 멈추었다.

모라 섬에는 영원히 늙지 않는 무언가 있다는 생각이 들었다. 마치 현재는 사라지고, 자신이 아주 오랜 과거에 살고 있는 것만 같았다. 정말로 그럴지 모른다는 느낌이 잠시 동안 들었다. 모라 섬의 향기와 소리는 과거나 지금이나 별로 달라진 게 없는 것 같았다. 하지만 영원히 살아 있는 것 같은 존재가 어디 모라 섬뿐일까. 헤티는 자신도 영원히 이곳에 남아 있을 것만 같았다. 바람처럼 오래도록, 바람처럼 뿌리도 없이. 성난 퍼 노인의 고함이 다시 머릿속에서 울렸다.

모라 섬을 향해 악이 다가오고 있습니다.

이미 오고 있다고요.

헤티는 주머니에서 바다유리를 꺼냈다. 해변에서 처음 발견했을 때와 마찬가지로 작고 약해 보였다. 헤티는 욕실로 가서 작은 탁자 앞에 앉아 초를 켰다. 그리고 전에 보았던 형상을 찾아보았다. 아무것도 보이지 않았다. 무엇이라도 나타날 기미가 눈곱만큼도 없었다. 애원한다고 형상이 나타날 것 같지도 않았다. 헤티는 몇 분 더 기다리다가 바다유리를 다시 내려놓았다. 그리고 바구니 안에 손을 집어넣어 다른 바다유리를 꺼냈다. 헤티가 가장 좋아하는 파란색 바다유리. 몇 년째 친구처럼 소중하게 간직해 온 것이었다.

하지만 역시 아무것도 보이지 않았다.

이번에는 작년에 해골 만에서 주워 온 바다유리를 꺼냈다. 역시나 아무런 장면도 보여주려 하지 않았다. 헤티는 바다유리를 촛불 앞으로 가져가 표면에 일렁이는 불꽃을 가만히 바라보았다. 춤을 추듯 아름다웠다. 하지만 평소와 다른 부분은 없었다. 헤티는 바다유리를 다시 탁자에 내려놓고 처음 보았던 바다유리를 집어 들어 말을 걸었다.

"전에는 형상을 보여줬잖아. 다시 한번 보여주지 않겠니?"

사실 기대 없이 그냥 해본 말일 뿐이었다. 얄따랗고 검은색에 꽤나 예쁘장한 모양의 이 바다유리는 이미 수도 없이 헤티에게 실망을 안겼다. 무언가 형상을 보여주는 바다유리는 대부분 별 특징이 없거나 수집할 가치가 없는 것들이 대부분이었다. 더구나 한 번 형상을 보여준 바다유리는 그 후 두 번 다시 그림자조차 아른거리지 않아서 헤티에게 또 다른 좌절감을 안겼다.

이번에도 그런 경우일지 몰랐다. 헤티는 바다유리를 다시 촛불 가까이 가져가 기다려 보았다. 바다유리에 비치는 흔들리는 불길이 길쭉한 손가락처럼 헤티를 향해 달려들 뿐, 여전히 아무런 변화도 없었다. 헤티는 유리 가까이로 천천히 얼굴을 가져다 댔다. 여전히 그대로였다. 촛불에서 은은한 온기가 느껴졌다.

"물의 유령을 통해 네 비밀을 보여줘."

그때 바다유리의 매끄러운 표면이 점점 짙어지면서 물결무늬가 나타났다. 헤티는 숨을 죽이고 바다유리를 가만히 지켜보았다. 바다유리는 계속 짙어졌다. 그러더니 헤티의 시선에서 벗어나지 않으려고 발버둥 치는 촛불에 기세가 꺾인 듯 부옇게 흐려졌다.

헤티가 속삭였다.

"넌 누구니?"

형상은 바다유리 안에 갇힌 채 그 자리에 걸려 있었다. 헤티는 두근거리는 마음으로 형상을 보았다. 하지만 더 이상 아무런 변화가 없었다. 헤티는 창문에 부딪히는 빗소리에 자리에서 일어났다. 저 멀리 수평선에서 아득하게 불빛이 보였다. 비는 잠깐 동안 점차 거세지더니 이내 잦아들어 가랑비가 되었다. 헤티는 바다유리를 창에 비추어 보았다. 형상이 아직 그대로 있었다. 바다유리에는 맑은 하늘을 배경으로 작고 어두운 형상이 갇혀 있었다. 헤티는 그 형상이 언젠가 본 적 있는 얼굴이라는 확신이 들었다.

뒤쪽에서 그랜디 할머니의 목소리가 들렸다.

"이제 자야지."

헤티는 뒤를 돌아보았다. 그랜디 할머니가 고개를 젓고 있었다.

"바다유리를 그렇게 뚫어져라 보면 안 된다."

"바다유리가 아름답잖아요."

"그래, 아름답지. 아름답기만 하다면 얼마나 좋겠니. 하지만 넌 내 말이 무슨 뜻인지 잘 알 거다."

"이런 대화는 더 이상 하고 싶지 않아요."

"이리 와서 난로 옆에 앉으렴."

헤티는 그랜디 할머니 앞으로 유리 조각을 들어 올렸다.

"보세요. 이번엔 할머니한테도 보일 거예요."

"이번에도 안 보일 거다. 다른 때도 안 보였잖니. 다른 사람들도 마찬가지일 거야. 그 안에는 아무것도 없으니까."

헤티는 그랜디 할머니 얼굴 앞으로 바다유리를 바싹 가져다 댔다.

"보세요. 가운데가 더 짙어요. 그렇죠? 이전에는 안 이랬어요. 제가 보고 있으니까 더 짙어졌어요. 그리고 이제 그 모양이 마치……."

"아니, 그렇지 않은데."

그랜디 할머니는 헤티의 손에서 바다유리를 뺏어 들어 잠시 찬찬히 들여다본 다음, 다시 헤티에게 건네주었다.

"이건 그냥 유리 조각이야. 지금도, 전에도 죽 유리 조각일 뿐이지. 배에서 떨어졌거나 해변에 내던져진 오래된 유리병을 파도가 매끄럽게 다듬어서 우리에게 예쁜 선물로 준 거란다. 그 이상의 의미는 없어. 네가 아무리 간절히 바란다 해도 이 유리 조각이 다른 세상을 보여주지는 않는단다."

그랜디 할머니는 한숨을 내쉬었다.

"네가 이렇게 바보같이 구는 걸 보고 있으니 이 할머니가 속상해 죽겠다. 너도 이제 열다섯 살이면 숙녀가 다 됐잖니. 그리고 네가 찾는 얼굴들은 네가 겨우 한 살 때 이미 사라졌어. 네 엄마와 아빠가 유리 밖을 떠났으니 너도 그래야 하지 않겠니. 엄마 아빠의 얼굴이든 누구의 얼굴이든 유리 조각에서는 찾을 수 없을 거다. 이제 그만 이리 와서 할머니하고 난롯가에 앉아 불이나 쬐자꾸나."

헤티는 바다유리를 주머니에 넣고 그랜디 할머니를 따라 거실로 향했다.

“아까 파티에서 보니까 음식에 손도 대지 않더구나.”

헤티는 아무런 대답도 하지 않았다.

“너한테 잔소리하기도 지친다. 도무지 먹지를 않으니, 원. 뭘 제대로 먹는 법이 없으니까 사흘에 피죽 한 그릇도 못 얻어먹은 애처럼 비쩍 곯았구나. 그러다 내가 저세상에 가서 네 엄마 아빠를 만나면 두 사람이 나한테 무슨 말부터 하겠니? 어머니, 왜 헤티를 제대로 먹이지 않으셨나요? 그렇게 말하지 않겠니?”

“할머니는 뭐라고 말씀하실 거예요?”

“거기까지는 생각해 본 적 없다. 아무튼 이제 너한테 뭘 좀 먹여야겠구나.”

“아무것도 먹고 싶지 않아요.”

“헤티…….”

헤티는 난로 옆에 앉아 그랜디 할머니를 올려다보았다.

“아무것도 먹고 싶지 않아요. 제발요, 할머니. 정말 아무것도 먹고 싶지 않단 말이에요.”

그랜디 할머니는 한참 동안 근심 어린 표정으로 헤티를 바라보다가 헤티 곁에 앉았다. 비가 더 세차게 창문을 두드렸다.

“퍼 노인은 계속 절망적인 미래에 대해 얘기하고 있나요?”

“내가 나올 때까지만 해도 그러고 있더구나. 하지만 이제 비도 내리기 시작한 마당에 그 노인네 연설을 듣기 위해 앉아 있을 사람이 몇이나 있겠니. 안 그래도 다들 자리를 뜨려고 하던데. 맥키, 로리, 칼, 그리고 퍼 노인과 논쟁을 벌이려는 몇몇 사람들은 제외하고 말이다."

그랜디 할머니는 콧방귀를 뀌고는 다시 말을 이었다.

"내가 볼 땐 다 쓸데없는 짓 같다만."

"그 아저씨들은 퍼 노인의 말에 반박할 만해요. 다 이유가 있으니까."

"그게 뭘까?"

"할머니도 저만큼 잘 아시잖아요. 그 아저씨들의 아버지들도 모라의 자랑을 만들기 위해 열심히 일했어요. 퍼 노인이나 그쪽 측근들 못지않게 일했다고요. 할머니도 항상 그분들 노력에 대해 말씀하셨잖아요."

"그건 맞다. 맥키의 아버지는 특히 열심히 일했지."

"그런데 지금 그분들이 모두 돌아가시는 바람에 퍼 노인이 자기 혼자 그 일을 다 해낸 걸로 꾸며도 아무도 반박할 사람이 없어요. 그러니까 맥키 아저씨와 다른 아저씨들이 퍼 노인의 말을 바로잡아야 한다고요."

"성질 고약한 100살 노인네하고 생일날 입씨름해 봐야 무슨 소용이 있겠니."

"그냥 고약하기만 한 게 아니에요. 정신이 나갔다니까요."

"그래. 어쩌면 그래서 그렇게 둘이 서로 못 잡아먹어 안달인가 보다."

"무슨 말씀이세요?"

"너하고 펴 노인, 둘이 굉장히 닮았잖니."

"할머니!"

"펴 노인도 정신이 나갔고, 너도 제정신이 아니고."

"제가 제정신이 아니라고 누가 그래요?"

그랜디 할머니가 웃음을 터뜨렸다.

"네가 그랬잖니. '모라 섬에서 나만 미친 사람인 거지'라고. 탐이 그러더구나. 네가 절벽 꼭대기에서 그렇게 말했다면서."

"그걸 일일이 고자질하다니."

그랜디 할머니가 다시 웃었다.

"농담이다, 농담."

"농담으로 하신 말씀 아니잖아요. 진지하게 말씀하셔 놓고."

그랜디 할머니가 손을 뻗어 헤티의 손을 잡았다.

"넌 펴 노인과 조금도 비슷하지 않아. 이제 됐니?"

헤티는 얼굴을 돌려 툴툴댔다.

"이번에 펴 노인이 한 연설, 정말 별로였어요."

"모라의 자랑을 만든 얘기 말이냐?"

"모라 섬을 향해 악이 다가온다느니 하는 얘기요."

"그거야 펴 노인이 평소처럼 쓸데없는 소리를 지껄인 거지.

신경 쓸 필요 없다."

헤티는 다시 주머니 속 바다유리를 만지작거렸다.

"이번엔 다르던데요."

"어떤 점이?"

"악이니 뭐니 얘기하면서 절 빤히 쳐다봤어요."

"말도 안 되는 소리. 주위가 온통 캄캄해서 퍼 노인 시선이 어느 쪽을 향하는지 도통 보이지도 않던걸."

"절 보고 있었다니까요, 할머니. 탐도 알아요. 저한테 그렇게 말했어요."

헤티는 다른 사람들은 제쳐 놓고 자신을 뚫어져라 쳐다보던 퍼 노인의 얼굴을, 화가 나서 잔뜩 굳어 있던 그 표정을 떠올렸다. 그리고 이내 다른 얼굴, 바다유리 속 얼굴을 떠올렸다. 굳어 있지도 화를 내지도 않지만…… 무어라 꼬집어 말하기 어려운 얼굴. 비는 점점 거세져 달 오두막 지붕을 신나게 두드렸다. 그러더니 곧 다시 잦아들었다. 헤티는 자리에서 일어섰다.

"그만 자러 갈게요, 할머니."

"아무것도 무서워하지 마라, 우리 아가."

"무섭다고 말하지 않았는데요."

"그래, 그랬지."

두 사람은 잠시 서로를 바라보았다. 이윽고 그랜디 할머니가 한 손을 내밀었다.

"이 할머니 좀 안아주겠니."

헤티는 몸을 숙여 그랜디 할머니와 포옹했다.

"키스도 해줘야지."

헤티는 그랜디 할머니에게 입을 맞추었다. 그랜디 할머니는 헤티의 등을 토닥여 주었다.

"이제 푹 자라. 잠이 잘 안 온다 싶으면 내 방에 와서 나를 꼭 끌어안고 자렴."

"그럴게요."

헤티는 욕실로 가서 세수를 한 다음, 자기 방으로 건너가 잠옷으로 갈아입었다. 섬은 다시 고요해졌다. 헤티는 주위에 깔린 고요함을 느끼며 촛불을 끄고 침대에 올라갔다. 잠시 후 옆방에서 할머니도 촛불을 끄고 침대에 올라가는 소리가 들렸다. 헤티는 몸을 눕히고 귀를 기울였다. 얼마 지나지 않아 할머니가 코 고는 소리가 들렸다. 낮고 규칙적인 소리. 태어나서 지금까지 줄곧 헤티의 마음을 편안하게 해준 소리였다. 헤티는 눈을 감고 잠을 청했다. 하지만 잠이 오지 않았다.

폭풍이 다가오고 있었다.

새벽 한두 시경 어렴풋이 소리가 느껴졌다. 적막 속에서 살금살금 다가오던 속삭임은, 바람이 정처 없이 떠돌아다니며 깊은 탄식을 쏟아 낸 뒤로 한층 거친 목소리로 바뀌었다. 파도가 부서지는 소리도 들렸다. 지난 몇 주 동안 이렇게 큰 소리는 처음이었다. 비는 아까보다 세차게 내리기 시작했다. 그랜디 할머니가 잠옷 위에 비옷을 걸치고 서둘러 방 안으로 들어왔다.

"날씨가 이럴 줄 누가 알았겠니. 뭐, 퍼 노인이야 자긴 다 알고 있었다고 말하겠지."

그랜디 할머니는 혀를 끌끌 찼다.

"헤티, 넌 집에서 기다려라."

"저도 할머니하고 같이 갈래요."

"안 돼, 안에서 기다리렴. 둘 다 비를 맞을 필요는 없잖니."

그랜디 할머니가 오두막을 나섰다. 헤티는 창문을 통해 할머니가 집 바깥 주변이 모두 안전한지 점검하는 모습을 바라보았다. 바람 소리와 파도 소리가 점점 거세졌다. 헤티는 절벽 위를 응시했다. 바다도 하늘도 여전히 어두웠지만 바다는 흰 물살을 출렁이며 섬뜩할 정도로 강렬하게 움직였다.

헤티는 옷을 갈아입은 다음 코트를 걸치고 부츠를 신고서 밖으로 달려갔다. 집집마다 불을 환하게 밝히고 있었다. 사람들이 암탉이며 닭장을 확인하는 모습, 헐겁게 묶인 물건들을 단단히 동여매거나 집 안으로 가지고 들어가는 모습이 보였다. 잠시 후 그랜디 할머니가 오두막 모퉁이에서 모습을 드러냈다.

"안에 있으래도 그러는구나."

"도와드리고 싶어서요."

"그럴 필요 없다. 전부 괜찮아. 이제 들어가서 몸을 닦고 따뜻하게 있으면 되겠다."

동이 틀 무렵, 섬을 향해 돌진하는 성난 파도를 이끌고 요란하게 몸부림치는 바다의 모습이 드러났다. 탐이 달 오두막에 들어왔다. 탐의 코트가 비에 젖어 희미하게 반짝였다.

그랜디 할머니가 말했다.

"이런 날씨에 밖에 돌아다니면 안 된다."

"할머니와 헤티 모두 무사한지 살펴보러 왔어요."

"우리가 무사하지 않을 리가 있니?"

"그러게요. 전 다만……."

그랜디 할머니가 빙그레 미소를 지었다.

"코트 벗고 뜨거운 차 한 잔 마셔라. 헤티가 만들어 줄 거야."

"괜찮아요. 엄마한테 도움이 필요할지 몰라서 바로 돌아가기로 약속했어요."

"네 아빠는 뭐하고?"

"마을 주변을 살피고 계세요. 사람들이 무사한지 확인하려고요. 방금 전에는 모라의 자랑을 살펴보러 내려갔다 오셨어요. 로리 아저씨하고 다른 선원들하고 같이요. 배를 타고 가서 모라의 자랑을 잘 정비해 놓으셨어요."

"그래, 모라의 자랑은 무사하던?"

"무사해요. 나중에 다시 가서 점검하실 거래요. 아빠가 그러는데, 만 바깥쪽은 파도가 엄청 험해도 정박지는 꽤 잔잔하대요. 뱀장어 곶이 파도를 막아준 덕분이래요."

탐이 헤티를 향해 몸을 돌렸다.

"나도 아빠랑 같이 내려가긴 했는데 배를 타고 모라의 자랑까지 가는 건 허락받지 못했어. 그래서 해변 위에 매어 놓은 작은 돛단배들만 확인해 봤지. 네 배는 무사해."

“고마워.”

“내가 네 배를 해변 위쪽으로 끌어다 놨어.”

“굳이 그럴 필요 없었는데. 내 배는 원래 자리에서도 아주 안전했거든.”

그랜디 할머니가 끼어들었다.

“정말 고맙구나, 탐.”

그랜디 할머니는 헤티를 흘긋 쳐다보았다. 탐은 어깨를 으쓱해 보였다.

“갑자기 폭풍이라니, 참 별일이에요. 펴 노인은 어젯밤 뭔가 알고 있었던 걸까요? 고통인지 뭔지가 다가오고 있다고 말했잖아요.”

헤티가 말했다.

“고통이라고 하지 않았어. 악이라고 했지.”

그랜디 할머니가 헤티의 말을 가로막았다.

“펴 노인이 뭐라고 말했든 아무것도 걱정할 필요 없다.”

“우리 엄마도 그렇게 생각하세요. 엄마는 오후쯤 되면 폭풍의 기세가 꺾일 거라고 보시더라고요.”

하지만 폭풍은 점점 거세질 뿐이었다. 늦은 오후가 되자 폭풍은 그칠 줄 모르는 증오심으로 섬을 마구 내리쳤다. 헤티는 침대에 앉아 바다유리를 뚫어져라 쳐다보았다. 얼굴 모양의 형상은 그대로 있었다. 밖은 사납게 요동치고 있는데 바다유리 속 형상은 이상할 정도로 움직임이 없었다. 이제 바람이 부는 곳에서 더욱 거친 소리가 들려왔고, 바다는 부서진 거대한 파도들의 묘지가 되었다.

그랜디 할머니가 말했다.

"와서 뭘 좀 먹으렴, 헤티."

헤티는 고개를 저었다.

"배 안 고파요."

폭풍은 밤새도록 계속되었고 다음 날 낮과 밤까지 이어졌다. 이제 공기는 비와, 바람에 날리는 물보라와, 거친 소리들로 가득 찼다. 헤티가 느끼기에 마치 모라 섬 전체가 고통에 몸부림치는 듯한 소리였다. 사흘째 되는 날, 비는 그쳤지만 바람은 점점 거세져 섬뜩하고 낯선 비명을 지르는 것 같았다. 헤티는 창가에 선 그랜디 할머니 옆에서 밖을 응시했다.

"이런 폭풍은 난생처음이구나. 네 부모를 데려간 폭풍도 이 정도는 아니었는데."

"할머니?"

"그래, 아가."

"뭔가 심상치 않은 일이 생길 것 같아요. 그냥 느낌이 그래요."

그랜디 할머니는 이마를 찡그리며 문을 향해 돌아서서 코트를 걸치고 부츠를 신었다.

"뭐든 내가 도울 데가 있는지 나가 봐야겠다. 넌 집에 있으렴."

그랜디 할머니의 모습이 시야에서 사라지자 헤티는 옷을 껴입고 집 밖으로 달려 나갔다. 위험이 다가오는 것이 느껴졌다. 이제 그 위험이 무엇을 겨냥하고 있는지 감지할 수 있었다. 헤티는 늑대 능선까지 부리나케 내려간 다음, 바위산 절벽 꼭대기로 기어올랐다. 돌풍에 몸이 흔들리지 않도록 자리에 앉았다. 저 아래에서는 바람이 해변을 향해 파도를 들어 올렸다. 파도가 마치 산처럼 거대해졌다.

모라의 자랑은 이런 파도 하나로 쓰러질 배가 아니었다. 하지만 파도도 만만치 않았다. 파도들이 한꺼번에 맹렬하게 달려들고, 먼저 시작된 파도 위로 새 파도가 켜켜이 쌓였다. 어떤 힘과 악의가 파도를 계속 거대하게 키웠다. 헤티로서는 상상도 할 수 없는 무서운 기운이 이 섬에 폭발했다. 마침내 모라의 자랑이 속수무책으로 부서지고 말았다. 헤티는 공포에 떨며 아래를 내려다보았다. 배 주위로 바람이 휘몰아쳤다. 헤티는 모라의 자랑이 살아남지 못하리라는 것을 직감했다. 두 눈으로 빤히 그 모습을 바라보았다. 그러면서도 마음속으로는 기적을 바랐다.

모라 섬 사람들 중 누구도, 그 오랜 세월을 산 퍼 노인조차도 뱀장어 곶의 바위들이 부서지는 것을 본 적이 없었다. 그렇기에 이번에도 정박지는 여전히 안전하리라 믿었다. 모라의 자랑 역시 조용히 정박해 있을 줄로만 알았다. 과거의 숱한 폭풍

속에서도 그렇지 않았던가. 하지만 헤티는 이번에는 다르리라는 것을 마음속으로 알고 있었다. 만조 때가 되자 해수면이 유난히 높아져 뱀장어 곶의 바위 위로 바닷물을 끊임없이 밀어 올렸다. 한 시간이 지나자 파도가 부서지며 모라의 자랑 위로 달려들었다.

저 아래에서 큰 소리가 들렸다.

"헤티!"

헤티는 절벽 꼭대기에서 기어 내려와 절벽의 위쪽 경사면을 둘러보았다. 그랜디 할머니가 절벽 꼭대기로 향하는 길을 힘겹게 올라오고 있었다.

"내려가세요, 할머니! 여기 위에도 바람이 많이 불어요!"

그랜디 할머니는 헤티의 말을 무시하고 비탈을 올라왔다. 헤티는 그랜디 할머니가 오기 편한 위치로 내려갔다. 만을 찬찬히 내려다보니 상황은 걱정했던 것보다 훨씬 심각했다. 헤티는 모라의 자랑이 정박지에서 침몰하더라도 나중에 구조할 수 있을 거라고 생각했다. 그런데 파도는 선체를 산산조각 내더니 해변 근처의 얕은 바다에 드문드문 흩어진 뾰족한 바위들 위로 밀어내 버렸다. 맥키 아저씨가 로리 아저씨와 칼 아저씨, 그리고 다른 남자들 한 무리를 데리고 파도 속으로 들어가는 모습이 보였다. 마침내 도착한 그랜디 할머니는 숨을 헐떡이며 옆으로 기어와 헤티 곁에 앉았다.

"네가 여기에 와 있을 줄 알았다. 여기 오면 안 되잖니. 이렇게 앉아만 있어도 얼마나 위험한데."

헤티는 아무런 대답도 하지 않았다. 그랜디 할머니는 헤티의 팔을 잡고 헤티에게 몸을 기댄 채 저 아래 남자들을 내려다보았다.

"다들 정신이 나갔지. 저게 얼마나 위험한 일인데."

모라의 자랑은 이미 돛대가 부러진 채 바위들 틈에 처박혀 있었다. 뱀장어 곶은 거의 바닷물에 잠겼다. 거대한 파도가 쉴 새 없이 밀려들어 이미 만신창이가 된 배를 거칠게 때리고 지나갔다. 남자들은 한창 사나운 파도 속을 힘겹게 걷거나 수영을 해서 모라의 자랑에 가까이 다가가려 했다. 아무 데고 밧줄을 잡아매기 위해서였다. 하지만 소용없는 일이었다. 파도가 남자들을 자꾸만 뒤로 밀어냈다. 맥키 아저씨가 갑자기 넘어지며 부서지는 파도 아래로 사라졌다.

헤티는 숨이 턱 막혔다. 다행히 맥키 아저씨는 곧 수면 위에 나타나 다른 남자들에게 신호를 보냈다. 남자들은 맥키 아저씨의 주위를 둘러싸고 그의 허리에 로프를 맸다. 그리고 로프 끝을 해변으로 끌고 가서 자기들 몸에 꽁꽁 묶었다. 맥키 아저씨는 어깨에 로프를 둘둘 감고 다시 배를 향해 파도를 헤치며 걸어갔다.

그랜디 할머니가 혀를 찼다.

"저런 어리석은 사람들 같으니. 왜 소용없는 일에 아까운 목숨을 걸려는 건지."

맥키 아저씨가 거대한 파도에 쓰러져 다시 수면 아래로 가라앉았다. 그리고 잠시 후 허우적대며 다시 물 위로 올라왔다.

그랜디 할머니가 안타까워했다.

"이제 그만 바다에서 나와야 할 텐데."

배가 흔들리기 시작했다. 더 많은 파도가 밀려와 선체 위에서 부서졌고 물보라는 한층 높이 치솟았다. 남자들은 더 힘차게 배를 끌어당겼고, 맥키 아저씨도 물 밖으로 완전히 끌어냈다. 잠시 후 선실과 무거운 장비 일부가 옆으로 넘어지더니 방금 전 맥키 아저씨가 있던 자리에 쿵 떨어졌다. 비틀거리며 해변으로 올라온 맥키 아저씨는 다른 남자들 곁으로 다가갔다.

그랜디 할머니가 말했다.

"저 사람들이 더 이상 할 수 있는 일이 없어."

남자들도 그렇게 판단한 모양이었다. 그들은 작은 배들을 안전한 곳으로 끌어다 놓은 해변 위쪽으로 후퇴했다. 그곳에서서 덜덜 떨며 모라 섬을 상징하는 배가 죽어가는 모습을 지켜볼 뿐이었다. 어둠이 내릴 무렵 선체가 부서지기 시작했다. 서둘러 지나가는 구름 사이로 달이 솟아오르며 이 광경 위로 무심한 빛을 던졌다. 이제 남자들은 해변에 늘어서서 잔해를 거두어들이고 있었다.

여전히 바위산 절벽에 앉아 있는 헤티의 눈에서 조용히 눈물이 흘렀다.

"헤티, 이제 그만 내려가자꾸나."

෴

헤티는 그랜디 할머니를 따라 비탈을 내려가 만으로 향하는 길을 걸었다. 차가운 비가 내리며 바다 위에 으스스한 그림자를 드리웠다. 저 아래 몇몇 오두막에서 불빛이 보였다. 달빛은 아직도 해변 위를 돌아다니는 사람들을 비추고 있었다. 부두에 도착한 헤티와 그랜디 할머니는 로프를 둘둘 감고 있는 맥키 아저씨를 발견했다. 맥키 아저씨는 두 사람을 보고 서둘러 달려왔다.

"혹시 탐 보셨어요?"

헤티와 그랜디 할머니는 고개를 저었다. 맥키 아저씨의 얼굴에 걱정스러운 기색이 역력했다.

"탐이 또 없어졌어요. 도대체 지금 때가 어느 땐데. 돌아다니지 말라고 그렇게 말했건만. 아내가 탐을 찾으러 갔어요. 저도 이제 막 찾으러 가려던 참이에요."

헤티가 말했다.

"아마 뭉고하고 같이 있겠죠."

"그건 아니다. 뭉고는 해변 아래쪽에 있더구나."

헤티는 해변을 둘러보았다. 저 멀리에서 한 무리의 아이들이 파도를 타고 밀려온 표류물을 끌어당기고 있었다. 컴컴한데다 가랑비까지 내려 제대로 알아보기 어려웠지만 뭉고, 더피, 그리고 북쪽 곶 마을의 남자아이들 몇 명이 보였다. 여자아이는 네사와 진티뿐이었다. 탐은 거기 없는 것이 확실했다. 헤티는 다시 맥키 아저씨를 돌아보았다.

"탐은 잘 있을 거예요. 자기 몸은 자기가 챙길 줄 아는 아이잖아요."

"녀석이 워낙 위험한 짓을 많이 해야 말이지. 너도 마찬가지다, 헤티. 아까 보니까 절벽 위에 있더구나. 그러다 바람에 날아가면 어쩌려고 그러니. 너 같은 어린애들은 이런 바람이 얼마나 위험한지 모르겠지. 뭉고하고 다른 애들은 또 어떻고. 파도가 저렇게 사나운데도 바다를 들락거리고 있으니. 마치 물레방아가 돌아가는 잔잔한 연못에 드나드는 거라고 생각하는 것 같구나"

그랜디 할머니가 말했다.

"그래도 자네만큼 대책 없기야 하겠어. 자네는 바닷물이 목까지 차오를 때까지 바닷속으로 걸어 들어갔지 않나."

맥키 아저씨는 그랜디 할머니 말을 듣는 둥 마는 둥, 다시 어둠 속을 살펴보며 주변을 응시했다. 헤티는 주머니에 손을 넣어 바다유리를 만졌다. 그러고 있으니 이상하게 마음이 편안해졌다. 저 아래에서는 파도가 그나마 남은 선체를 계속 부서뜨리고 있었다. 그때 뒤에서 반갑지 않은 목소리가 들렸다.

"그래서 내가 모두에게 그렇게 경고하려 애썼건만."

헤티는 끙 하고 신음 소리를 내며 뒤를 돌아보았다. 퍼 노인이 부두에 서 있었다. 그레고르 할아버지, 헤럴드 할아버지, 로르나 할머니 등 몇몇 친구들과 함께였다. 퍼 노인은 헤티를 잠시 빤히 쳐다보다가 고개를 돌려 옆에다 침을 뱉었다.

"하지만 다들 귓등으로 흘렸지. 마치 자기들하고는 전혀 상관없는 일인 것처럼 말이야."

헤티는 시선을 피했다.

"누가 지금 내 말 듣고 있나? 아니면 평소처럼 나 혼자 지껄이는 건가?"

맥키 아저씨가 물었다.

"혹시 탐 보셨나요?"

"아니, 못 봤네. 그나저나 헤티는 별일 없나?"

그랜디 할머니가 나섰다.

"헤티는 내버려둬요."

"헤티는 별일 없는지 물었지 않나."

헤티는 만을 응시한 채 아무 대꾸도 하지 않았다. 퍼 노인이 씩씩댔다.

"너한테 말하고 있지 않니, 얘야. 이번에도 내 말을 듣지 않는구나. 어젯밤 해변에서도 그러더니. 네가 달려 나가는 걸 봤다. 왜 그랬는지도 알지. 바다유리 같은 시시한 물건에 눈이 멀어 진실을 알려주면 마음에 들지 않는 거야."

헤티는 선착장을 향해 걷기 시작했다. 그랜디 할머니가 헤티를 불렀다.

"헤티! 돌아와!"

헤티는 계속해서 걸음을 옮겼다. 잠시 후 뒤에서 발자국 소리가 들렸다. 이윽고 맥키 아저씨가 헤티의 팔을 붙잡았다.

"더 가면 안 된다, 헤티. 저 아래를 봐라."

"알아요."

헤티는 아까 전 선착장 끝에서 파도가 부서지는 것을 이미 보았었다. 이제 헤티의 시선은 만의 왼편 포물선 지형에 고정되었다. 제일 바깥쪽 바위들이 파도가 만든 물거품에 잠겨 있었다. 바위는 달빛에 환하게 빛났고 다시 잦아든 비에 서늘하게 반짝였다.

헤티가 손으로 가리켰다.

"저기요."

"뭐가 보이니?"

"탐이요. 게 바위 꼭대기에 탐이 있어요."

"탐이 어디에 있다고?"

헤티는 고개를 돌려 다시 바위 쪽을 보았다. 탐은 거대한 바위 위에 올라간 것도 모자라 둥글게 굽은 꼭대기를 기어갔다. 아래에서는 파도가 요란한 소리를 내며 부딪히고 있었다. 그러나 탐은 이제 바위 꼭대기에서 바다를 응시하고 있었다. 맥키 아저씨가 고함을 질렀다.

"저 멍청한 자식!"

"잠깐만요. 다른 게 더 있는데요."

"상관없다. 저놈 자식을 이리 데려와야겠어."

"맥키 아저씨!"

하지만 맥키 아저씨는 이미 헤티를 부두 쪽으로 끌어당기고 있었다.

"맥키 아저씨!"

헤티는 팔을 비틀어 맥키 아저씨의 손에서 벗어났다.

"헤티, 이건 멍청한 짓이야. 내가 탐한테 가봐야겠다. 내 이 녀석을……."

"탐은 저기에 없어요, 맥키 아저씨."

"탐이 뭐라고?"

“탐은 저기에 없어요. 보세요.”

헤티가 게 바위를 가리켰다. 정말로 지금은 바위 꼭대기 위에 아무도 없었다.

“이런, 세상에.”

“괜찮아요. 탐은 다 내려왔어요. 지금 해변으로 달려오고 있을 거예요.”

맥키 아저씨가 해변을 응시했다.

“네 말이 맞구나. 탐이 보인다.”

“그런데 뭔가 더 있어요. 전 그걸 본 적이 있어요. 어쩌면 탐도 그걸 보고 있었나 봐요. 그걸 보려고 바위에 올라간 것 같아요.”

“그게 무슨 말이냐?”

그때 그랜디 할머니가 숨을 헐떡이며 다가왔다.

“무슨 일 있니?”

헤티는 바다를 응시하며 바다유리를 손에 꼭 쥐었다.

“배를 봤어요. 확실해요.”

헤티는 움직이는 형체를 다시 찾아보았다. 아까 보았을 때 그 형체는 파도의 가장 높은 곳에서 까딱까딱 움직이다가 파도의 가장 낮은 곳으로 사라졌다.

“저기요!”

노로 젓는 작은 크기의 배였다. 누가 타고 있는 것 같지는 않았다. 헤티는 만의 한쪽에서 외치는 소리를 들었다. 탐의 목소리였다.

"배가 있어요!"

헤티는 주변을 유심히 살펴보았다. 절벽 기슭을 돌아 부두로 향하는 지름길에 탐이 서 있었다. 탐은 게 바위 쪽을 손짓하며 외쳤다.

"저 곶 너머예요!"

헤티는 몸을 돌려 탐이 가리키는 쪽을 향했다. 여전히 배가 보였다. 이번에는 맥키 아저씨도 배를 보았다.

"바위 쪽으로 가고 있어요. 이리 오세요."

탐의 말에 사람들은 서둘러 부두로 되돌아왔다. 이제 부두는 해변에서 그리고 더 높은 지대에서 달려온 사람들로 가득 찼다. 뭉고와 다른 아이들도 있었다. 다들 곶에 시선을 고정시켰다. 틀림없이 배 한 척이 파도를 타고 바위를 향해 다가오고 있었다.

맥키 아저씨가 물었다.

"배에 누가 있나요?"

그랜디 할머니가 말했다.

"잘 안 보이는데."

탐이 숨을 헐떡이며 다가왔다.

"보이세요?"

"그건 신경 쓰지 말고 네 엄마 좀 찾아봐라. 엄마가 널 걱정하다 병날 지경이다. 그리고 아빠랑 나중에 따로 얘기 좀 하자."

맥키 아저씨는 주변에 서 있는 몇몇 남자들을 향해 몸을 돌렸다.

"아무래도 곶 쪽으로 가봐야겠어. 저 배가 금방 도착할 텐데 누가 타고 있는지도 모르잖아. 칼? 로리? 나하고 같이 가겠나?"

두 사람 모두 고개를 끄덕였다.

퍼 노인이 끼어들었다.

"저 배에 가까이 가지 마라."

맥키 아저씨가 퍼 노인을 향해 인상을 썼다.

"왜 가지 말라는 겁니까?"

퍼 노인이 중얼거렸다.

"저 배는 악의 일부야. 꿈에서 저 배를 봤다."

헤티가 반박했다.

"저건 악이 아니에요."

퍼 노인이 헤티를 노려보았다.

"네가 어떻게 알지?"

헤티는 바다유리를 만지작거렸다. 왜 그렇게 말했는지 스스로도 확신이 없었다.

"그냥 알아요. 악이 아닌 게 확실해요."

퍼 노인이 소리를 질렀다.

"저건 악이라니까! 저 배는 무조건 악이야!"

배가 제일 바깥쪽 바위에 부딪혔다. 헤티는 그 장면을 지켜보았다. 맥키 아저씨와 다른 아저씨들이 곶을 향해 달려가고, 탐은 헤티에게 가까이 다가오고 있었다. 배는 아직 그럭저럭 바다 위에 떠 있었다. 다시 파도가 치자 배는 처음 부딪힌 바위에서 벗어나 해안을 향해 더 안쪽으로 밀려들었다. 그러고는 게 바위 기슭과 충돌해 비스듬히 움직이더니 이내 우측으로 기울어졌다. 바로 그때 헤티는 배의 바닥에 쭈그려 앉아 있는 어떤 사람의 형체를 보았다.

"배 안에 누가 있어요!"

하지만 언뜻 눈에 띈 그 사람은 이미 사라지고 없었다. 다시 파도가 치자 배가 곶 주변으로 떠밀려 시야에서 멀어진 것이다. 헤티는 그 사람을 떠올려 보려 애썼다. 검은 형체만 생각날 뿐 얼굴은 도무지 알아볼 수 없었다. 갑자기 사방에서 웅성거리는 소리가 들리기 시작했다. 누군가 말했다.

"우리가 맥키를 도와야 해."

동의한다는 뜻의 함성이 울렸다. 사람들은 흩어져 곶을 향해 출발했다. 헤티는 탐이 자신의 팔을 붙잡는 것을 느꼈다.

"헤티, 더 높은 곳에서 살펴보자."

그랜디 할머니가 탐을 흘긋 쳐다보았다.

"너는 가서 네 엄마를 찾아야지. 네 아빠가 너한테 그렇게 시킨 것 같은데."

"그럴게요. 하지만 상황을 보고 싶어요. 헤티하고 같이 가도 되죠?"

"헤티하고? 헤티, 그러고 싶니?"

헤티는 아직도 배 안의 사람 형체를 떠올리고 있었다. 골똘히 생각에 잠긴 채 바다유리를 쓰다듬던 헤티는 할머니가 묻는 소리를 듣고서야 두 사람이 자신을 쳐다보고 있다는 것을 알아챘다.

"탐하고 같이 갈게요."

"알겠다. 하지만 높은 곳에서는 항상 조심해야 한다. 이 바람이 보통 바람이 아니구나. 나는 너희가 오면 먹을 수 있게 수프를 끓여야겠다. 혹시라도 내가 집에 없으면 다른 사람들을 도우러 간 거니까 너희 먼저 수프를 먹고 있어라."

그랜디 할머니는 말을 마치고 몸을 돌려 걸음을 옮겼다.

탐이 말했다.

"가자."

๑๑๑

헤티와 탐은 부러진이빨 능선까지 뛰어 올라갔다. 그곳에서 둘은 걸음을 멈추고 능선 뒤편 아래쪽을 응시했다. 어둠 속에서도 모라의 자랑이 잔해가 되어 만 주변을 떠도는 모습, 여전히 파도가 뱀장어 곶을 지나 해변 위로 벼락처럼 밀려드는 광경, 그리고 왼편의 게 바위 주변으로 부서지는 거센 파도를 볼 수 있었다. 사람들은 벌써 그곳 주변을 돌아다니고 있었다. 대개는 절벽에서 가까운 안전한 지면에 있었지만, 맥키 아저씨, 칼 아저씨, 로리 아저씨는 조금 전 탐이 올라갔던 날카로운 바위 위로 올라가고 있었다. 작은 배는 흔적조차 보이지 않았다.

탐이 말했다.

"그 배는 해안 쪽으로 올라갔어. 서두르자. 그레고르 할아버지 집을 질러가면 거기선 배를 볼 수 있을지도 몰라."

탐은 비탈 위를 달려갔다. 헤티는 탐을 뒤따라가면서 부두에서 퍼 노인이 했던 말, 그리고 자신이 퍼 노인에게 대꾸했던 말을 곰곰 생각했다. 자신이 정말 그런 말을 했는지, 왜 그렇게 말했는지 여전히 헤티 자신도 의아하기만 했다.

"빨리 와, 헤티."

탐은 절벽 꼭대기에서 헤티를 기다리고 있었다. 둘은 가장자리 섬으로 함께 달려갔다. 가장자리 섬은 모라 섬에 붙어 있는 자그마한 섬이었다. 헤티는 세찬 바람이 무서워 멀찍이 물러났지만, 탐은 섬 끄트머리까지 엉금엉금 기어갔다. 머리카락과 옷을 마구 휘젓는 바람을 뚫고서.

"탐, 너무 멀리 가지 마."

탐은 뒤를 돌아 헤티를 흘긋 보았다.

"괜찮아."

"너 끄트머리에 너무 가까이 있어."

"저 너머를 보고 싶어."

헤티는 그 자리에 서서 바다를 응시했다. 바다는 쩍 벌린 거대한 아가리 같았다. 탐은 한참 동안 아래를 유심히 내려다보다가 물러서서 다시 헤티 곁으로 왔다.

"배가 안 보여. 더 위로 올라가보자."

"너희 엄마를 찾아야 하는 건 어떡하고?"

"엄마는 괜찮을 거야."

탐은 해골 만으로 향하는 길을 달렸다. 헤티는 탐을 따라 내려가면서 무언지 모를 긴장감이 커지는 것을 느꼈다. 그레고르 할아버지의 땅은 왼쪽으로 개방되어 있었다. 양과 염소들이 풀밭 주변을 돌아다녔고 오두막 안은 캄캄했다.

"저기 있다!"

오두막 앞에서 멈추어 선 탐은 저 아래 해골 만을 가리키고 있었다. 헤티가 달려 올라가 탐에게 다가갔다.

"보여? 저기 아래."

탐의 말에 헤티는 바다에 맞서 단단히 버티고 있는 만을 내려다보았다. 배 한 척이 만의 한쪽에 있는 바위에 쿵쿵 부딪히고 있었다. 헤티와 탐은 돌투성이 해골 만 기슭으로 서둘러 걸음을 옮겼다. 배는 빠른 속도로 부서지고 있었다. 헤티와 탐이 길을 내려오는 몇 분 동안에도 선체 곳곳이 쪼개져서, 어떤 부분은 작은 바위 위에 올라가 있고 어떤 부분은 정처 없이 흘러다니고 있었다. 탐은 파도에도 아랑곳하지 않고 곧장 얕은 바다로 뛰어들었다. 헤티가 뒤에서 탐을 부르며 쫓아갔다.

"조심해, 탐!"

"괜찮아. 여긴 만하고는 달라."

헤티는 해변을 유심히 둘러보았다. 탐의 말대로, 이곳은 파도의 세기가 한결 덜했다. 만의 남쪽 끝에 바위가 가로놓여 파도를 부분적으로 차단시킨 덕분이었다. 그럼에도 파도가 가진 기세는 만만치 않았다. 오히려 파도가 더 먼 곳까지 덮쳤다. 헤티는 바위산 절벽에서 보았던 적의를 이곳에서도 느꼈다. 탐을 돌아보니, 이제 탐은 가장 가까운 곳에 떠 있는 배의 잔해를 향해 물살을 헤치며 걸어가고 있었다. 헤티는 서둘러 해변으로 향했다. 탐이 무모한 시도를 하려는 것은 아닌지 걱정되었다. 바닷물이 허리까지 차올랐을 때 탐은 걸음을 멈추고 헤티를 돌아보았다.

"별로 위험하지 않아, 헤티."

"게 바위를 올라간 건 위험했어."

탐은 어깨를 으쓱해 보였다.

"저 멀리 바다에 작은 점 같은 게 보였어. 다들 모라의 자랑 때문에 바쁘니까 나라도 제대로 봐야겠다 싶어서 게 바위로 올라갔지. 덕분에 이 배를 발견한 거야. 게 바위는 좀 위험했을지 몰라도 여긴 아니야. 난 그저 물 위에 떠 있는 게 뭔지 자세히 보고 싶은 거야. 잠깐 동안 저게 사람의 몸인가 생각했는데, 노 저을 때 앉는 가로대더라고."

탐은 첨벙거리며 해변으로 돌아와 헤티 옆에 섰다. 탐에게서 물이 뚝뚝 흘러내렸다.

"바다에 누가 보여?"

"아니."

이렇게 말하면서도 헤티는 어둠 속을 응시했다. 한밤중의 만은 으스스한 느낌이 들었다. 이 작은 배가 부서져 쓸쓸하게 버려져 있는 모습을 보니 더욱 그랬다. 헤티는 바닥에 웅크려 앉은 사람의 형체를 다시 떠올렸다. 이렇게 거센 폭풍에 이렇게 작은 배에서 과연 살아남을 사람이 있을까. 헤티는 다시 한 번 바다유리를 꼭 쥐고 얼굴을 찡그렸다.

"배에 사람이 있는지 똑똑히 봤어?"

"못 봤어. 지금 가봐도 사람은 없을 거야. 사람이 있었다면 멀리 떠밀려 갔겠지."

"아닐 수도 있어."

"무슨 뜻이야?"

헤티가 바다를 가리켰다.

"낮고 평평한 바위도 있잖아. 만일 배가 적당한 자리에 부딪혔다면? 배에 타고 있던 사람은 그 바위 위에 기어 올라가서 해변으로 갈 수 있었을 거야."

헤티는 몸을 돌려 해골 만 주변을 유심히 보았다. 사람의 흔적은 보이지 않았다. 날이 어두워져 주변을 살펴보기가 더욱 힘들었다. 그때 비탈 저 위쪽에서 움직이는 사람들의 형체가 보였다. 잠시 후 고함이 들려왔다.

"탐!"

뭉고였다. 옆에는 더피와 네사가 있고 뒤에는 진티가 있었다. 아이들은 앞다투어 비탈을 달려 내려왔다. 가장 먼저 뭉고가 도착했다.

"탐, 넌 이제 죽었다. 너희 엄마가 이쪽으로 오고 있어."

다른 아이들도 도착해 주위에 모여들었다. 진티가 바위 쪽을 보며 말했다.

"너희들, 배 봤지?"

진티는 해안가를 향해 달려 내려갔다. 뒤이어 네사가 따라갔다. 작은 만 위에서 또 다른 고함이 들려왔다.

"탐!"

이번에는 탐의 엄마인 이슬라 아주머니였다. 잠시 뒤 맥키 아저씨가 몇몇 다른 아저씨들과 함께 모습을 드러냈다. 탐은 헤티를 바라보았다.

"나하고 같이 가줄 거지?"

"좋아."

뭉고가 끼어들었다.

"우리도 같이 갈게."

"아니. 난 헤티하고만 가고 싶어."

뭉고는 헤티, 그리고 탐을 차례대로 쳐다보았다.

"그러든지."

탐은 비탈 꼭대기까지 최대한 느릿느릿 올라갔다. 이슬라 아주머니는 더욱 화가 나서 쏘아붙였다.

"도대체 뭘 하고 돌아다니는 거니?"

이슬라 아주머니는 아들의 팔을 붙잡고 손바닥으로 머리통을 찰싹 때렸다.

"온 섬을 다 뒤지고 다녔잖아."

"엄마……."

"이 녀석아, 내가 널 찾느라 실성한 사람처럼 섬을 구석구석 쏘다녔단 말이다. 이 엄마는 걱정돼서 죽는 줄 알았는데 도대체 넌 어디 있었던 거니? 게 바위 꼭대기에 올라가질 않나!"

이슬라 아주머니가 탐을 한 번 더 찰싹 때렸다. 헤티가 슬그머니 나섰다.

"이슬라 아주머니. 탐이 배를 발견했어요."

"탐이 뭘 했는지가 중요한 게 아니다. 이 녀석은 아직……."

맥키 아저씨가 이슬라 아주머니의 말을 막고 탐에게 물었다.

"잠깐만. 탐, 네가 배를 발견했다고?"

탐이 바위를 가리켰다.

"저 아래요. 부서지긴 했지만 바위 주변에 잔해가 떠 있어요."

"사람은 못 봤고?"

"사람은 없어요. 그런데 헤티는 배에 탔던 사람이 바위를 기어올라 해안으로 왔을 수도 있을 거래요."

맥키 아저씨는 잠시 탐과 헤티를 빤히 쳐다보다가 다른 아저씨들을 향해 돌아섰다.

"그럴 수도 있을까?"

로리 아저씨가 고개를 저었다. 다른 아저씨들도 마찬가지였다. 칼 아저씨가 말했다.

"익사했을 가능성이 커, 맥키."

"그렇겠지. 하지만 헤티 말이 맞을 수도 있어. 혹시 모르니까 계속 주변을 살펴보는 게 좋겠어."

맥키 아저씨는 이제 막 비탈을 올라온 뭉고와 더피, 그리고 여자아이들을 죽 훑어보았다.

"각자 집에 돌아가라. 이런 폭풍 속에서 돌아다니면 안 돼."

네사가 말했다.

"저희도 도울 수 있어요."

"그렇다면 좋다. 하지만 둘씩 다녀야 해. 알겠니? 혼자서 찾으러 다녀서는 절대 안 돼."

하지만 30분이 지나도록 아무것도 보이지 않았다. 헤티와 탐이 남쪽 비탈 위 바위들에 올라가 살펴보고 있는데 맥키 아저씨가 다가왔다.

"그만하면 됐다. 탐, 엄마는 이제 집에 갈 거니까 너도 엄마하고 같이 가라. 엄마와 말다툼하지 말고. 엄마는 저기 꼭대기에서 널 기다리고 있다."

"알겠어요, 아빠."

탐은 헤티에게 눈길을 건넸다가 걸음을 옮겨 비탈 위로 향했다.

"착하구나, 내 아들. 이제 헤티도 가야지?"

"알겠습니다."

"달 오두막으로 돌아가렴. 할머니가 안 계시더라도 집에서 기다리고 있어라. 어두운데 더 이상 돌아다니지 말고. 아저씨가 같이 가줄까? 뭉고나 다른 애들은 집으로 돌아간 모양이니까."

"괜찮아요."

"그래. 그럼 잘 가라. 가장자리 섬을 지날 때 조심하고."

"아저씨하고 다른 아저씨들은 어떻게 하실 거예요?"

"우리는 계속 찾아봐야지."

다른 아저씨들이 작은 만의 북쪽 끝에 있는 길에서 맥키 아저씨를 기다리고 있었다. 헤티는 꼭대기로 올라가 가장자리 섬 쪽 방향으로 뛰어갔다. 저 아래 바다가 어느 때보다 사납게 보였다. 돌풍도 점차 거세지는 것 같았다. 헤티는 언덕 위의 대피소에 있다가 돌풍 속에서 몸을 가누며 서둘러 가장자리 섬을 지나 만으로 향했다. 뱀장어 곶을 따라 게 바위까지 이어진 길이 헤티 앞에 펼쳐졌다. 뱀장어 곶은 거품을 물고 있는 입처럼 하얀 포말에 뒤덮였고 게 바위는 어둠 속에서 빛났다. 헤티는 부러진이빨 능선에 멈추어 서서 아래를 내려다보았다.

모라의 자랑은 흔적조차 남지 않았다.

달 오두막은 비어 있었다. 헤티는 그랜디 할머니가 침대에서 자고 있는 것은 아닌지, 혹은 물레를 돌리느라 바쁜 것은 아닌지 확인하려고 집 안을 둘러보았다. 어디에도 그랜디 할머니는 보이지 않았다. 헤티는 거실로 돌아와 창가로 갔다. 저 아래 바다가 자신을 향해 으르렁거리는 것 같았다. 배에 타고 있던 사람을 떠올리며 헤티는 주머니에서 바다유리를 꺼내 창문에 비추어 보았다. 지난번 그 얼굴이 아직 그 안에 있었다. 어둡지만 선명했다. 한 시간이 지나도록 헤티는 그 얼굴을 뚫어져라 쳐다보았다. 그때 문이 열리고 그랜디 할머니가 터벅터벅 걸어 들어왔다.

"잠깐 있다가 또 나갈 거다."

헤티는 바다유리를 주머니에 집어넣었다.

"어디 계셨어요?"

"예배당에서 안나와 돌리를 도왔지. 맥키가 새로운 소식이 생기면 꼭 전해달라고 사람들에게 신신당부하더구나. 서로서로 계속 연락을 취하라고 강조했고. 난 네가 잘 있는지 확인하고 수프를 좀 마신 다음에 다시 가겠다고 했단다. 수프 좀 남았니?"

"그대로 있어요."

그랜디 할머니가 고개를 절레절레 저었다.

"너 또 입에도 안 댔니? 내가 왜 애써서 음식을 만드는지 모르겠다."

헤티는 그랜디 할머니가 부츠를 벗는 것을 도왔다.

"잔소리는 싫어요, 할머니."

그랜디 할머니는 난로 위에 놓인 냄비 뚜껑을 열었다.

"음, 맛있는 냄새. 이런 음식을 어떻게 마다할 수 있는지, 원."

헤티는 커다란 머그잔 두 개를 가지고 왔다. 할머니는 국자로 수프를 듬뿍 떠서 각각의 머그잔에 담았다. 두 사람은 난롯가에 앉았다.

"자, 어서 먹자."

헤티가 수프를 한 모금 마셨다.

"맛있어요."

"그럴 줄 알았다. 그래서 이 할머니가 그렇게 널 먹이려고 한 거 아니니. 특히나 이런 밤엔 더 맛있지."

그랜디 할머니와 헤티는 잠시 동안 말없이 수프를 마셨다. 바람은 여전히 이 작은 오두막을 두드려 대고 있었다.

"집이 워낙 부실해서 언젠가는 날아가 버리겠어."

"200년 됐다고 할머니가 누누이 말씀하셨잖아요."

"아이고, 200년을 더 버틸 수는 없겠구나."

그랜디 할머니가 수프를 다 마시고 자리에서 일어섰다.

"더 줄까?"

"전 아직 다 안 먹었어요."

그랜디 할머니는 헤티의 머그잔 안을 들여다보고 혀를 찼다.

"반도 안 먹었구나. 어서 마저 마시렴."

하지만 헤티는 겨우 홀짝거릴 뿐이었다.

"그게 어디 마시는 거냐. 제대로 좀 먹어야지. 꿀꺽꿀꺽 잘 넘기는지 이 할머니가 지켜보고 있어야겠다."

헤티는 남은 수프를 간신히 다 마셨다.

"맛이 없다느니 그런 말은 하지 마라."

"아까 맛있다고 말했는데요. 정말 맛있어요. 아까도 그렇게 말했다고요."

"좀 더 주랴?"

"아니요, 됐어요."

"정말?"

"더 먹고 싶지는 않아요. 제발요, 할머니."

"네 머그잔 이리 다오."

그랜디 할머니는 머그잔 두 개를 바닥에 내려놓고 의자에 등을 기대앉았다.

"너하고 탐이 어떤 배가 해골 만에 부딪히는 걸 봤다면서."

"누가 그래요?"

"맥키가 그러던데. 남자들 몇몇하고 같이 그쪽을 수색하고 있더구나."

"그런데 그 아저씨들은 아무도 발견 못 했대요?"

"그랬나 보더라. 이제 발견할 수나 있겠니. 설사 누가 배 안에 있었다 해도 지금쯤은 바다에 가라앉았을 텐데. 이곳에 누가 살아서 도착할 수 있겠니. 세상 어떤 사람이 그렇게 말하든 나는 절대 안 믿는다. 이번에도 모라 섬의 바다에서 익사한 또 하나의 죽음인 거지. 더구나 이제는 먼바다로 나갈 수 있는 큰 배도 없으니 언제 그 사실을 외부로 전할 수 있을지도 모르는 일이고."

"우리가 모라의 자랑을 잃었다는 게 아직도 믿기지가 않아요."

"그러게 말이다. 워낙 근사한 배라서 우리와 영원히 함께할 줄 알았는데. 아마 다들 그렇게 생각했을 거야. 수십 년 전에 모라의 자랑이 만들어지던 모습이 지금도 이렇게 생생하구나. 그런 배가 부서지는 걸 보고 있으려니 너무 괴로웠어."

"정말 생생하게 기억나세요?"

"그럼, 기억나고말고. 돌리하고 내가 남자들에게 매일같이 음식을 가져다주었는걸. 배가 만들어지는 모든 단계를 전부 지켜보았지. 지금 이렇게 널 보고 있는 것처럼 그때 그 남자들 모습도 똑똑히 보았어. 다들 정말 열심히 일했단다. 대단한 인물들도 있었고. 물론 지금은 거의 다 저세상 사람이 됐지만 말이야. 모라 섬 남자들을 하나로 뭉치게 만든 사람이 바로 맥키의 아버지였어. 그 사람 말이라면 다들 귀담아들었으니까."

"퍼 노인이 아닐 줄 알았어요."

"그렇지만 퍼 노인도 나름 한몫했지. 그레고르도 헤럴드도 다른 사람들과 마찬가지로 정말 열심히 일했고. 자기 자신을 자랑스럽게 여기는 것도 당연해."

"그분들 자부심 하난 대단하시죠."

그랜디 할머니는 난롯불을 뒤적이고서 헤티를 다시 돌아보았다.

"헤티, 넌 가끔 굉장히 냉정할 때가 있어."

"무슨 말씀이세요?"

"있잖니, 좋아하지 않는 사람들이라도 너그럽게 볼 필요가 있단다."

"퍼 노인을 너그럽게 볼 수는 없을 것 같은데요."

"헤티……."

"저는요, 퍼 노인을 절대로 너그럽게 볼 수 없어요. 그 노인네가 바다유리 때문에 절 얼마나 차갑게 대하는데요. 자기가 좋아하지 않는 사람들한테는 얼마나 잔인한지 몰라요. 거만하죠, 미신도 믿죠, 게다가 다들 자기 말에 복종해야 한다고 생각한다니까요. 가장 나이가 많다는 이유 하나만으로요."

"퍼 노인 말에 일일이 따를 필요는 없어."

"따르는 사람들도 있잖아요."

"따르지 않는 사람들도 있어. 까다로운 노인네라는 사실은 나도 인정한다. 하지만 이걸 기억하렴. 너도 잘 알다시피, 네 부모를 빼앗아 간 그 폭풍이 퍼 노인의 아들도 데려갔다는 거."

"그때 돌리 할머니는 남편을 잃으셨어요. 하지만 그렇다고 돌리 할머니가 퍼 노인처럼 꼬이지는 않았잖아요."

"이런 일에 대한 반응은 사람마다 다른 법이야. 모라 섬에는 대대로 바다에서 가족을 잃지 않은 집이 거의 없지. 더러는 아주 많은 가족을 잃은 집도 있고. 퍼 노인이 죽으면 그 집안은 끝이 나게 되잖니. 그러니까 퍼 노인을 너무 심하게 대하지는 마라."

헤티는 어깨를 으쓱해 보였다.

"뭐, 아들이 죽기 전에도 퍼 노인은 성질이 고약했어요. 다들 그러던데요. 할머니도 그렇게 말씀하셨잖아요."

"맞다. 그렇지만 그래도 넌 퍼 노인에게 심한 거야. 퍼 노인이 살아온 세월이 무척 길다는 거 알지? 그만큼 퍼 노인은 사람들이 바다에 빠져 죽는 걸 숱하게 보아왔단다. 많은 사람들이 다른 이들을 구하느라 배에서 지체하다가 그만 영영 돌아오지 못하는 걸 수도 없이 목격했어. 네 엄마 아빠도, 돌리의 남편도, 그리고 퍼 노인 자신의 아들도. 그런 엄청난 비극을 겪고도 매정해지지 않거나 운명론자가 되지 않기란 어려운 일이지. 이 할머니가 네가 강해지길 바라는 것도 그래서란다, 헤티."

"제가 약하단 말씀이세요?"

"물론 그건 아니야. 네 부모가 어떤 사람들인데. 그런 부모한테서 태어난 딸이 절대로 약할 리가 없지. 다만……."

"다만 뭐요?"

그랜디 할머니는 헤티의 손을 꼭 잡았다.

"헤티, 모라 섬 사람들이 살아남기 위해 가장 많이 의지하는 게 뭔지 아니?"

헤티는 대답하지 않았다.

"우리가 키우는 동물도 농작물도 생선도 아니란다. 양털도 아니고 돌을 거래해서 얻는 다른 물건도 아니야."

"그럼 뭐예요?"

"우리는 우리의 정신에 의지해. 물론 다른 것들에도 의지하지만, 우리가 가장 많이 의지하는 건 우리의 정신이란다. 내가 너에게 말한 힘도 바로 이 정신에 대한 거다, 헤티. 우리는 정신으로 인내하면서 살고 있어. 우리 조상들도 정신으로 버텨왔단다. 결국 견디는 게 가장 중요하니까. 인내하지 않으면 우리는 살아남을 수가 없어."

헤티는 고개를 돌렸다.

"앞으로 우리는 배도 없이 어떻게 살아남죠, 할머니?"

"맥키가 사람들을 모아서 다른 배를 만들 거다. 그 아버지에 그 아들이지. 탐도 자기 아빠를 쏙 빼닮게 될걸. 녀석이 좀 더 크면 더 이상 철없이 위험한 짓은 하지 않을 거다. 물론 너나 나나 탐이 왜 그렇게 행동하는지 알고 있지만."

"전 모르는데요."

"할머니가 생각하기엔 네가 아주 잘 알고 있는 것 같은데. 넌 마음이 혼란스러워질까 봐 일부러 모르는 척하고 있는 거야. 나도 그쯤은 이해할 수 있다. 너하고 탐은 태어나면서부터 가장 친한 친구로 지내왔지. 하지만 최근에 탐은 널 다른 식으로 보고 있어. 다른 남자아이들처럼 네 마음을 얻으려고 애쓰더구나."

타닥타닥, 난롯불이 타는 소리가 났다. 밖에서는 여전히 바람이 휘몰아치고 있었다.

"탐 이야기는 하고 싶지 않아요."

"알겠다."

"그리고 할머니는 잘못 아시는 거예요. 다른 남자아이들은 절 미쳤다고 생각한단 말이에요."

그랜디 할머니가 소리 내어 웃었다.

"내가 늙긴 했어도 눈은 멀지 않았다. 뭉고와 더피가 네 옆에서 장난을 치고 까불거리더구나. 그래도 더피는 나름 생각이란 걸 하는 녀석이고 나한테는 그 녀석 생각이 훤히 보여. 어디 걔들뿐이냐. 핼보슨 형제가 왜 아침에 너하고 같이 학교에 가기 시작했을까? 따지고 보면 그쪽 길은 그 아이들이 가던 길도 아닌데. 그리고 북쪽 곶 마을 남자애들은 왜 그렇게 자꾸 우리 집 앞에서 얼쩡거릴까? 왜 섬의 맨 꼭대기에서 우리 집까지 그 먼 길을 걸어올까? 오직 널 보기 위해 그러는 것 같지 않니?"

"이런 이야기 그만하면 안 돼요, 할머니?"

더 강력한 돌풍이 우레 같은 소리를 지르며 오두막 한쪽을 지나갔다. 헤티는 그랜디 할머니의 팔을 꼭 붙잡고 할머니에게 기댔다.

"할머니 몸이 차가워요."

"따뜻해지고 있단다, 아가."

헤티는 그랜디 할머니를 흘긋 보았다. 돌리 할머니, 안나 할머니, 그밖에 모라 섬에 사는 대부분의 할머니들처럼 그랜디 할머니의 몸은 여전히 놀랄 만큼 건강했다. 하지만 작년부터 달라지기 시작한 것은 분명했다. 헤티는 그랜디 할머니가 언젠가는 세상을 떠날 날이 오리라는 사실을 처음으로 생각해 보았다. 할머니와 헤티의 눈이 마주쳤다.

"걱정 마라, 헤티. 할머니 아직 안 죽는다."

두 사람의 몸 위로 불꽃의 그림자가 어른거렸다.

"난 이만 예배당에 가봐야겠다. 여기에 더 오래 있다간 깜박 졸겠어. 누가 날 찾아오면 예배당에 있다고 전해다오."

"저도 같이 갈게요."

"넌 집에서 잠을 좀 자둬라."

그랜디 할머니는 경계하는 눈빛으로 주변을 둘러보고 어깨를 움츠려 코트를 걸친 다음 집을 나섰다.

헤티는 난로 안을 살피고 석탄을 더 넣었다. 잠시 불꽃을 응시하던 헤티는 자기 방으로 돌아갔다. 하지만 잠옷으로 갈아입지는 않았다. 자야 한다는 생각에 더욱 긴장이 됐다. 헤티는 침대에 누워 폭풍이 오두막을 때리는 소리에 귀를 기울였다. 배에 타고 있던 사람의 형체와 주머니 속 바다유리가 다시 한 번 떠올랐다. 어쩐지 그 형체를 다시는 보고 싶지 않았다.

불안한 와중에 깜박 잠이 들었다가 문득 다시 눈을 떴다. 마치 무엇이 휘저어 놓기라도 한 듯 어둠이 방 안을 소용돌이치고 있었다. 헤티는 침대에서 일어나 앉아 주변을 유심히 살펴보다가 거실로 건너갔다. 밖에서 나는 소리가 아까와 사뭇 달랐다. 바다에서 들리는 요란한 파도 소리, 울부짖는 듯한 바람 소리가 거대한 굉음에 뒤엉켰다. 어느 소리가 어느 소리인지 더 이상 분간할 수 없을 지경이었다. 사방으로 벽 너머에서 울려대는 불협화음에 헤티는 잔뜩 겁이 나 거실 한가운데 우뚝 멈추어 섰다.

누군가의 고함이 들렸다.

෴

헤티는 바다를 뚫어져라 쳐다보았다. 틀림없이 그쪽 방향에서 목소리가 들렸다. 하지만 지금은 울부짖는 듯한 폭풍 소리만 들려왔다. 헤티는 창가로 다가가 밖을 유심히 내다보았다. 저 아래 바다에서는 섬을 향해 잇따라 파도가 밀려오며 거칠고 혼란스러운 광경이 펼쳐졌다. 그때 무언가 움직이며 오두막 가까이 다가왔다. 어둠에 둘러싸인 사람의 형체였다. 그리고 고함이 다시 들려왔다.

"헤티!"

이제 목소리와 목소리의 주인공을 모두 알아챌 수 있었다. 헤티가 중얼거렸다.

"휴, 저 할아버지도 참. 이렇게 사람을 놀라게 하다니."

그레고르 할아버지였다. 발을 질질 끌며 창가로 다가온 그레고르 할아버지는 창문을 통해 잠시 헤티를 빤히 쳐다보더니 대문을 향해 손짓했다. 헤티는 고개를 끄덕이고서 달려가 문을 열었다. 그레고르 할아버지는 곧 대문 앞에 도착했지만 집 안으로 들어오지는 않았다. 숨을 씨근거리며 입구에 서 있을 뿐이었다.

"내 소리 들었냐?"

"네, 할아버지가 외치시는 소리 들었어요."

"그 전에 말이다. 내가 문을 두드렸는데."

"폭풍 소리가 워낙 커서요. 무슨 일이세요?"

"네 할머니를 찾고 있다."

그레고르 할아버지는 어깨 너머로 뒤를 흘긋 본 다음, 다시 헤티를 보았다.

"서쪽에서 어떤 사람을 봤다. 확신하긴 그렇지만 기어가는 것 같던데."

"서쪽에서요?"

그레고르 할아버지가 고개를 끄덕였다.

"상처 절벽 쪽으로 가더구나. 내가 멀찍이 있어서 자세히 보지는 못했지만, 움직이는 모습이 이곳 사람은 아니었다. 다른 사람들한테 가서 그쪽으로 내려가 보라고 해야 하는 건지, 누구한테 부탁해서 이 일을 섬 전체에 알려야 하는 건지 원. 결정하지 못하고 있던 차에 마침 근처에 너희 집이 있어서 이리로 왔다. 네가 사람들한테 가서 알리면 되겠다 싶더구나. 네 할머니가 괜찮다고 한다면 말이다. 그랜디는 집에 있니?"

"저희 할머니는 안나 할머니와 돌리 할머니를 도우러 예배당에 가셨어요."

"그럼 네가 가서 할머니한테 말 좀 전해주겠니? 거기엔 모라 섬 전체에 알릴 만한 사람이 있겠지. 누가 맥키한테도 전해줘야 할 텐데. 아무튼 넌 어서 가라. 난 상황 봐서 뒤따라가마."

헤티는 코트와 부츠로 몸을 감싸고 집을 나섰다. 바람이 곧바로 따라왔다. 헤티는 몸을 굽히고 휘청거리며 앞으로 나아갔다. 울부짖는 소리는 이제 세상을 죄다 집어삼킬 것 같은 비명으로 바뀌었다. 헤티는 계속 몸을 낮추어 휘청휘청 걸음을 옮겼다. 마침내 섬의 중앙으로 향하는 길에 다다랐다.

바람을 막아줄 무언가를 애타게 찾으며 헤티는 힘겹게 길을 따라 내려갔다. 길 양쪽의 산등성이가 나름대로 보호막이 되어 주긴 했지만, 이곳 역시 주변에 강풍이 휘몰아쳤다. 헤티는 코트를 더 단단히 여미고 바람을 가르며 앞으로 나갔다. 길은 오른쪽으로 향한 뒤 다시 일직선으로 이어졌다. 마침내 익숙한 마을의 윤곽이 드러나며 마을회관과 학교, 안나 할머니의 오두막이 눈에 들어왔다.

사방이 캄캄했고, 놀랍게도 저 아래 예배당도 캄캄했다. 소나기가 억수같이 퍼붓기 시작했다. 헤티는 일단 학교 현관 아래 몸을 수그리고 소나기가 지나가길 기다렸다가 서둘러 예배당으로 향했다. 이번에는 출입문 가장자리 주변으로 깜박깜박 빛이 새어 나왔다. 그 빛은 헤티가 문을 열자 사라졌다. 예배당 안에서 안나 할머니의 목소리가 들렸다.

"어서 들어오너라. 촛불을 다시 켤 테니."

헤티는 문을 닫고 들어와 제단을 응시했다. 세 사람의 흐릿한 형체가 드러났다. 그랜디 할머니와 돌리 할머니는 앉아 있었고 안나 할머니는 서 있었다. 잠시 후 성냥불이 타오르더니 촛불이 다시 켜졌다. 안나 할머니가 헤티를 향해 돌아섰다.

"네가 올 줄은 몰랐구나, 헤티."

"안에 아무도 없는 줄 알았어요. 처음엔 빛이 안 보였거든요."

헤티는 잠시 망설인 뒤 말을 이었다.

"다들 기도하고 계셨어요?"

"그래. 맥키가 사람을 보내올 때까지 기다리는 동안 기도를 하는 게 가장 좋을 것 같아서 말이야. 뭐 새로운 소식 있니?"

"네."

"이리 와서 말해보렴."

헤티는 그랜디 할머니를 한 번 보고서 제단을 향해 다가갔다. 이상하게도 예배당 안에서는 폭풍의 비명이 작게 느껴졌다.

"촛불을 꺼뜨려서 죄송해요."

"촛불이야 다시 켜면 되지."

하지만 다시 켠 촛불은 또 꺼져버렸다.

돌리 할머니가 입구 쪽을 유심히 살펴보며 말했다.

"거기 누구요?"

"날세. 그레고르."

그레고르 할아버지가 기우뚱거리며 입구에 서 있었다. 코트며 머리카락이 비에 흠뻑 젖었다. 돌리 할머니가 서둘러 다가가 그레고르 할아버지의 팔을 붙잡았다.

"이리 와서 앉아, 그레고르."

"갑자기 들이닥칠 생각은 없었어."

안나 할머니가 촛불을 다시 켜는 동안 그레고르 할아버지는 숨을 심하게 헐떡이며 자리에 앉았다.

"비가 세게 퍼붓기 시작하길래 마구 달렸지. 그러면 안 되는데 말이야. 심장이 이렇게 쿵쾅거리느니 차라리 온몸이 흠뻑 젖는 편이 나아. 그나저나, 그 사실을 전했니, 헤티?"

"저도 막 도착했어요."

"왜 그렇게 오래 걸렸냐?"

"오다가 비를 피하느라고요."

그레고르 할아버지가 고개를 저었다.

"계속 달렸어야지. 낭비할 시간이 없는데."

안나 할머니가 물었다.

"무슨 일인데?"

"어떤 사람을 봤어. 누군지는 모르겠는데 천천히 기어가는 것 같더군. 상처 절벽 쪽으로 말이야. 모래 섬 사람은 아니었어. 그건 확실해. 누가 가서 아래쪽 사람들한테 경고해야 해. 맥키하고 그쪽 사람들한테도 말해줘야 하고. 가서 전할 수 있는 사람이 여기 없나?"

"지금 당장은 없는걸."

"그럼 헤티를 보내야겠네."

그랜디 할머니가 고개를 저었다.

"헤티는 안 보내면 좋겠는데."

헤티가 끼어들었다.

"저 갈 수 있어요."

"누군가는 가야 해. 그리고 헤티가 당신들 셋을 합한 것보다 빠르잖아. 비에 젖지 않으려고 가다가 멈추지만 않으면 말이지."

헤티는 반박하려고 입을 열었다가 이내 마음을 바꾸고 조용히 말했다.

"저 갈 수 있어요."

안나 할머니가 말했다.

"헤티는 괜찮을 거야, 그랜디. 워낙 빠르고 똑똑하잖아."

"그래, 헤티는 빠르지."

"할머니!"

"알았다, 알았어."

그랜디 할머니가 헤티 쪽으로 몸을 돌렸다.

"섬 저쪽에서 사람들을 찾아 그레고르 할아버지 뭔가를 봤다는 얘기를 전하렴. 그런 다음에 곧장 집으로 와야 한다."

"맥키 아저씨도 찾아볼게요."

"안 된다, 헤티. 그렇게까지는……."

하지만 헤티는 이미 밖에 나가고 없었다. 헤티는 서쪽의 깎아지른 듯한 절벽을 향해 달렸다. 바람이 얼굴과 몸을 쉴 새 없이 때렸다. 저 아래 바다에서는 큰 파도가 해변을 덮칠 때마다 바위 위에 하얀 포말이 일었다. 헤티는 늑대 능선에서 잠시 멈추어 주변을 둘러보았다. 앞에는 상처 절벽으로 향하는 길이 나 있고, 섬의 이쪽 모퉁이에는 오두막 몇 채가 있었다. 헤티는 왼쪽으로 가로질러 바위산 절벽을 오르기 시작했다. 충동적인 선택이었다. 마침내 정상에 다다른 헤티는 돌풍에 쓰러지지 않도록 몸에 힘을 주고 버텼다.

이렇게 위에서 내려다보니 파도가 그 어느 때보다 섬뜩해 보였다. 헤티는 가장자리에서 멀찍이 물러나 몸을 돌려 북쪽을 응시했다. 발아래 펼쳐진 모라 섬은 달빛이 비치는 방향에 따라 어둠과 밝음이 한데 어우러져 있었다. 활 모양으로 완만하게 굽은 지형, 산등성이를 십자형으로 가로지르는 크고 작은 길, 드문드문 흩어진 오두막, 섬의 한가운데를 향해 파도처럼 넘실대는 땅, 바위와 언덕으로 이루어진 윤곽이 한눈에 들어왔다.

사람은 찾을 수 없었다. 엎드려 기어 다니는 사람은커녕 개미 새끼 한 마리도 눈에 띄지 않았다. 헤티는 다시 비탈을 기어 내려갔다. 상처 절벽 바로 안쪽에는 바위로 이루어진 갓길을 따라 오두막들이 바짝 붙어 자리 잡고 있었다. 그곳을 향해 죽 이어진 길을 달려 내려간 헤티는 2분쯤 지나 첫 번째 오두막 앞에 도착했다. 헤티는 두 주먹을 쥐었다 폈다 하면서 그 집 대문을 뚫어져라 쳐다보았다. 이제 곧 처음으로 이 대문을 두드려야 했다. 하지만 그 집은 정말이지 이 섬에서 절대로 방문하고 싶지 않은 집이었다. 할 아저씨와 사라 아주머니의 집은 이 집에서부터 가까운 거리에 있었다. 전력을 다해 달리면 금방 도착할 수 있을 것이다. 그 두 분이 헤티에게서 소식을 듣고 이 집에 와서 전해줄 수 있을 것이다. 헤티가 이런 생각을 하고 있는데 갑자기 대문이 열렸다. 퍼 노인이 헤티를 내다보고 있었다. 비옷에 부츠를 신고 있었고 한 손에는 지팡이가 들려 있었다. 퍼 노인은 경멸하는 듯한 눈빛으로 헤티를 죽 훑어보았다.

"문을 두드리지 그랬냐? 왜, 어디 마음씨 좋은 집으로 곧장 달려갈걸, 하고 있었냐? 할과 사라는 친절하다고 생각하면서? 마침 나도 그 집을 방문하려던 참이다. 그러니 불쾌하고 소름 끼치는 이 고약한 퍼 노인 때문에 신경 쓰지 않아도 된다. 내가 네 속을 모를 거라고 생각하지 마라, 얘야."

퍼 노인은 헤티를 위아래로 훑어보았다.

"그래, 무슨 소식이냐?"

"그레고르 할아버지가 그러시는데요, 어떤 사람이 이쪽으로 오는 걸 보신 것 같대요."

"그 소식일 줄 알았다. 그래서 미리 옷을 차려입고 기다리고 있었지."

퍼 노인은 집에서 나와 문을 닫고 어둠 속을 응시했다.

"사악한 영혼이 돌아다니고 있어. 지금 여기 모라 섬에 말이다."

"그 사람이 사악한 영혼인지 영감님이 어떻게 아시죠?"

퍼 노인은 몸을 돌려 헤티를 마주보았다.

"당연히 그건 사악한 영혼이다, 이 돌대가리 계집애야."

"저한테 그런 식으로 말씀하지 마세요."

"내가 단지 모라의 자랑을 잃은 것 때문에 해변에 악이 나타났다고 말한 줄 아니?"

퍼 노인이 헤티를 노려보았다.

"하긴, 그러고 보니 넌 내 말을 듣지도 않았지. 안 그러냐? 넌 한 번도 내 말을 귀 기울여 들은 적이 없어. 네가 내 말을 제대로 들었다면 말이다, 나는 바다유리인지 뭔지 하는 시답잖은 생각을 네 머릿속에서 당장 몰아냈을 거다."

"그리고 영감님의 엉터리 생각들을 제 머릿속에다 집어넣으셨겠죠."

헤티는 몸을 돌려 길을 걸어 내려가기 시작했다. 펴 노인이 뒤에 대고 고함을 질렀다.

"너 어디로 가는 줄은 알고 가는 거냐?"

헤티는 걸음을 멈추고 몸을 돌렸다.

"전 다른 사람들에게 조심해야 한다는 소식을 전하러 가는 거예요."

"거기 잠깐 기다려!"

펴 노인이 절뚝거리며 다가왔다.

"나도 같이 가야겠다. 네가 사람들한테 바보 같은 소리를 지껄이지 않게 해야 할 것 아니냐."

"그러시죠. 가는 길에 서로 이야기하지 않아도 된다면요."

두 사람은 돌풍과 싸우며 능선과 능선 사이 산길을 터벅터벅 걸었다. 왼편 상처 절벽 기슭 주변으로 거센 물결이 일었다. 몇 분 뒤 두 사람은 할 아저씨와 사라 아주머니의 집에 도착했다. 펴 노인이 말했다.

"창문에 불빛이 보이는구나."

헤티는 펴 노인이 말을 꺼내기 전에 이미 불빛을 보았다. 사라 아주머니가 두 사람을 내다보는 모습도 진작 보았다. 잠시 뒤 문이 열리더니 할 아저씨가 손짓했다. 퍼 노인과 헤티는 오두막으로 다가갔다. 사라 아주머니도 문 앞에서 기다리고 있었다.

할 아저씨가 말했다.

"사라가 누굴 봤대요. 창문에 어떤 얼굴이 비쳤대요."

퍼 노인이 사라 아주머니에게 물었다.

"자세히 봤나?"

사라 아주머니는 고개를 저었다.

"얼굴이 까맣다는 정도만 알아봤어요. 머리카락이 막 휘날렸는데 금방 사라졌어요."

"사라진 지는 얼마나 됐지?"

"한 30분 정도요. 이런 일은 사람들한테 가서 알려야 한다는 건 알지만, 집 안에 할도 없이 저 혼자라서 너무 무서웠어요."

할 아저씨가 말했다.

"전 몇 분 전에 집에 왔어요. 수색대 사람 한 명하고 동쪽 근방에 있었거든요. 안 그래도 사람들에게 이 일을 알리려고 막 나가려던 참이었어요."

잠시 아내를 응시하던 할 아저씨가 말했다.

"모두 같이 가시지요."

네 사람은 밖으로 나갔다. 바람이 다시 거세지고 있었다. 헤티는 아무 말도 하지 않고 주변의 땅을 살펴보았다. 모라 섬은 헤티에게 익숙한 곳이었다. 숨을 수 있을 만한 장소는 샅샅이 안다고 확신했다. 그런데 지금 생전 처음으로 이 섬이 위협적으로 느껴졌다. 네 사람이 옆집에 도착했을 때 랩 아저씨와 아일사 아주머니 부부는 이미 대문 앞에 나와 있었다.

사라 아주머니가 말했다.

"우리가 올 걸 벌써 알고 있었나 봐요."

랩 아저씨가 급히 달려와 그들을 맞았다. 할 아저씨가 말했다.

"무슨 일 있어?"

"아일사가 웬 이상한 소리를 들은 것 같대."

헤티는 쭈뼛쭈뼛 서서 아일사 아주머니를 건너다보았다. 할 아저씨가 물었다.

"아일사는 괜찮고?"

"좀 겁을 먹었어. 집 밖에서 무슨 비명을 들었다는데."

"자네도 들었어?"

"이렇게 폭풍이 치는데 무슨 소리를 들을 수 있겠나. 그렇지만 아내 말을 의심하진 않아."

사람들이 대문으로 다가가자 아일사 아주머니는 시선을 떨어뜨렸다. 사라 아주머니가 다독였다.

"괜찮아, 아일사."

"여보, 들은 대로 얘기해."

"비명을 들었어. 뭐라고 해야 할까……. 아, 도저히 말로 설명할 수가…….”

아일사 아주머니는 몸을 휙 돌려 집 안으로 들어가 버렸다. 랩 아저씨가 말했다.

“미안해. 아일사가 지금 얘기를 할 기분이 아닌가 봐.”

헤티는 자신을 쳐다보는 퍼 노인의 험상궂은 눈초리를 느꼈다. 퍼 노인이 웅얼거렸다.

“이제 내 말을 믿겠냐, 얘야? 악이 퍼지고 있다는 말을 이제 믿겠냐고?”

“아니요, 전 영감님 말씀 안 믿어요.”

“저런, 내 말을 믿어야 할 텐데.”

퍼 노인이 나머지 사람들을 노려보았다.

“자네들도 마찬가지야. 이 중에서 내 말을 믿는 사람은 아무도 없겠지만.”

할 아저씨가 말했다.

“지금은 믿습니다, 영감님. 랩, 자네는 아일사와 함께 있어. 우리는 다른 집들을 들르고 맥키를 찾아볼 테니까.”

섬의 이쪽 언저리에 있는 나머지 오두막들은 활 모양으로 완만하게 굽은 지형 주변에 모여 있었다. 하지만 지금은 어디에도 불빛이 전혀 보이지 않았다. 집집마다 문을 두드려도 대답이 없었다.

그때 헤티가 외쳤다.

"저쪽을 보세요!"

험한 비탈 위에 사람들의 형체가 움직이고 있었다. 할 아저씨가 말했다.

"가보자."

퍼 노인이 할 아저씨 앞을 가로막았다.

"나는 가지 않겠네. 맥키나 맥키 친구들하고 얘기하기 위해 그런 수고를 하고 싶진 않아."

"그럼 영감님은 댁으로 돌아가 계세요."

"그러지."

퍼 노인은 마지막으로 못마땅한 표정을 지어 보이고서 어둠 속에 길을 나섰다. 할 아저씨가 나머지 사람들을 향해 돌아섰다.

"자, 가자."

그들은 구불구불 이어진 길을 따라 올라가 노두를 힘겹게 기어갔다. 수색대는 고지대 전역에 흩어진 여러 종류의 양 떼들 사이에 있었다. 헤티는 맥키 아저씨를 한눈에 알아보았다. 하지만 맥키 아저씨는 자신을 향해 다가오는 사람들을 분명하게 알아보지 못하고 외쳤다.

"거기 누구요!"

할 아저씨가 외쳤다.

"우리야, 맥키."

그들은 맥키 아저씨와 합류했다. 바람이 그들을 향해 사납게 몰아쳤다.

"미안. 다른 사람은 못 알아보고 할만 알아봤네. 게다가 어둠 속에서는 할 자네도 이상하게 보이더라고. 아니 뭐, 그렇다고 할이 낮에는 좀 괜찮아 보인다는 건 아니지만."

그때 바람을 따라 비명이 흘러들었다. 맥키 아저씨가 말했다.

"또 시작이네."

할 아저씨가 물었다.

"이 소리 들은 적 있어?"

"조금 전에도 들었어."

"랩이 그러는데 아일사도 비명을 들었대."

헤티는 다른 사람들이 바람을 등지고 서 있다는 것을 깨닫고 자신도 바람을 등지도록 몸을 돌려 주변을 살펴보았다. 하지만 비탈 위에 보이는 것이라고는 수색 중인 사람들뿐이었다. 그중에 탐도 있었다. 탐도 동시에 헤티를 보고 달려 내려왔다.

"탐, 넌 집에 있는 줄 알았는데."

"아빠가 다시 나와서 도와도 된다고 하셨어. 너도 나랑 같이 좀 찾아볼래?"

"좋아."

맥키 아저씨가 말했다.

"잠깐만 있다가 내려오렴. 헤티는 좀 쉬어야 하니까."

헤티가 재빨리 말했다.

"전 괜찮아요."

하지만 그 말이 무색하게 결국 피로가 헤티의 발목을 잡았다. 헤티는 탐 옆을 터벅터벅 따라갔다. 수색대는 비탈의 북쪽 주변을 찾아보았지만 더 이상 비명이 들려오지 않았다. 낯선 형체도 발견되지 않았다. 탐이 헤티의 팔을 잡았다. 헤티는 걸음을 멈추었다.

"집으로 가, 헤티."

"난 괜찮아."

"너 안 괜찮아. 완전히 지쳐 있어."

헤티는 탐을 보며 간신히 미소를 지었다.

"고마워, 탐. 그럼 나중에 보자."

집에 도착했을 때, 헤티는 피로로 온몸이 쑤셨다. 그랜디 할머니는 집에 없었다. 헤티는 난로 주변을 정리한 다음, 창가로 다가가 밖을 내다보았다. 이지러진 달이 구름을 뚫고 나와 수평선을 환하게 비추고 있었지만 새벽이 올 기미는 보이지 않았다. 여전히 바다유리를 경계하면서도 헤티는 또다시 주머니 속 바다유리를 만지작거렸고, 그러다 결국 밖으로 꺼내보았다. 바다유리 속에는 아직도 얼굴의 형상이 남아 있었다. 다시 주머니에 바다유리를 집어넣었지만 형상은 헤티의 마음속에 선명하게 박혔다. 다시 비가 내리기 시작했다. 헤티는 터덜 터덜 자기 방으로 들어가 침대에 푹 쓰러졌다. 그리고 옷을 입은 채 잠이 들었다.

ꩰꩰꩰ

눈을 떴을 때는 해가 중천에 떠 있었다. 비는 그쳤지만 폭풍은 여전히 기승을 부리고 있었다. 헤티는 침대에서 풀쩍 내려와 오두막 주변을 살펴보았다. 그랜디 할머니는 보이지 않았다. 하지만 난로에는 불이 지펴져 있었고 탁자에는 빵과 치즈가 놓여 있었다. 헤티는 코트를 걸치고 부츠를 신은 다음, 서둘러 집을 나섰다.

희미한 태양이 하늘 위에 간신히 떠 있었다. 누군가 새로운 소식을 들고 오지 않을까 주변을 둘러보았지만 아무도 보이지 않았다. 헤티는 바위산 절벽을 향해 달린 뒤 정상까지 기어올라갔다. 눈앞에 펼쳐진 모라 섬은 마치 활짝 편 손바닥 같았다. 하지만 어딘지 텅 비어 있는 듯했다.

헤티는 아래를 응시했다. 마치 이 섬에 자기 혼자 남은 것 같은 기분이 들었다. 아주 먼 옛날 섬 뒤편에 살았다고 전해지는 전설 속 은둔자처럼. 지금은 그 전설을 믿는 사람이 거의 없었다. 그때 늑대 능선을 향해 달려가는 어떤 형체가 눈에 띄었다.

"탐!"

헤티의 외침을 듣고 탐은 위를 올려다보며 신나게 손을 흔들었다. 헤티는 조심스럽게, 하지만 최대한 빨리 걸음을 옮겨 탐에게 다가갔다.

"헤티, 널 찾고 있었어. 이리 와 봐."

탐은 헤티의 손을 잡고 헤티를 끌고 가기 시작했다.

"잠깐만. 무슨 일인데 그래?"

탐은 여전히 헤티의 손을 잡은 채 걸음을 멈추었다.

"방금 뭉고를 만났어. 뭉고가 그러는데 로리 아저씨의 수색대가 누굴 발견했대."

"어디서?"

"은둔자의 동굴 근처에서. 내가 아는 건 그게 전부야. 빨리 가보자."

탐은 헤티를 다시 끌고 가려 했다.

"탐, 이거 놔주면 안 돼?"

탐은 망설였다.

"나 혼자 가면 더 빨리 갈 수 있어."

탐은 헤티의 손을 놓아주었다. 둘은 학교까지 달려 내려간 다음, 섬의 한가운데를 향해 왼쪽으로 가로질렀다. 헤티는 달리면서 주변을 살펴보았다. 다른 사람들은 벌써 소식을 들은 것이 분명했다. 들판은 텅 비었고 집집마다 아무 소리도 들리지 않았다. 탐과 헤티는 북쪽 곶까지 줄곧 달렸다. 북쪽 곶은 양쪽으로 내리막을 이루는 거대한 절벽이었다. 절벽 왼편 아래쪽에 은둔자의 동굴이 자리 잡고 있었다.

탐이 주변을 둘러보았다.

“사람들이 이 근처 어디에 있을 텐데. 뭉고가 사람들을 전부 고지대로 올려 보내지 않았다면 말이야.”

헤티가 동굴 근처를 달려 절벽 한쪽 아래로 이어지는 길까지 내려갔다.

“탐!”

탐이 헤티가 있는 곳으로 서둘러 달려갔다.

헤티가 아래를 가리켰다.

“저기 봐.”

북서쪽 끝 돌투성이 해변이 사람들로 붐볐다. 헤티가 보기에는 모라 섬 사람들 대부분이 모여 있었다. 그랜디 할머니, 맥키 아저씨, 퍼 노인도 있었다. 사람들의 시선이 향한 곳은 해안에서 바다 쪽으로 들쭉날쭉 늘어선 바위 너머였다. 저 끝에서 어떤 형체가 그들을 마주 보고 있었다. 자그마한 노파였다.

헤티는 온몸이 굳어버렸다.

"그 여자야, 탐."

"누구?"

"바다유리에서 본 얼굴."

"그때 절벽 꼭대기에서 네가 나한테 한사코 말해주지 않았던 그 얼굴?"

헤티는 계속해서 노파를 뚫어져라 쳐다보았다. 이렇게 멀리서도 얼굴을 똑똑히 알아볼 수 있었다. 헤티는 주머니 속을 더듬거려 바다유리를 찾아서 잠시 만져보았다.

"믿을 수가 없어, 탐. 마치……."

헤티는 적당한 말을 찾으려고 얼굴을 찡그렸다.

"마치 저 노파는 순전히 나를 찾으려고 온갖 어려움을 뚫고 여기 온 것 같아. 그런 기분이 들어."

헤티는 노파에게 시선을 고정시킨 채 서둘러 길을 따라 내려갔다. 작은 배로 항해를 하고, 폭풍을 만나고, 배가 산산조각이 나고, 밤새 온 섬을 기어다니다가, 이 미끄러운 바위에 도착하기까지 무수한 역경 속에서 이토록 늙고 연약한 사람이 어떻게 살아남았을까. 도무지 상상이 되지 않았다. 도대체 바위 끝까지 어떻게 기어 올라갔는지도 수수께끼였다. 하지만 헤티는 노파가 그렇게 한 이유를 조금도 의심하지 않았다.

"우리가 저 노파를 말려야 해."

탐이 헤티의 어깨에 닿을 정도로 바싹 다가왔다.

"뭘 하고 있는 거지?"

"목숨을 끊으려는 거야."

"그걸 어떻게 알아?"

"그냥 알아. 저 노파는 살아갈 의지를 잃었어."

"널 찾으러 왔다며."

"아직 날 못 봤잖아."

헤티와 탐은 해변을 향해 달려가 사람들 사이를 헤치고 앞으로 나갔다. 아무도 둘의 존재를 알아차리지 못했다. 모두의 시선은 바위 끝에 있는 노파에게 고정되어 있었다. 이제 노파는 사람들에게서 등을 돌린 채, 북서쪽을 향해 무섭게 달려드는 파도를 응시하고 있었다. 누군가 헤티와 나란히 걸음을 옮겼다. 그랜디 할머니였다.

"안 그래도 네가 언제 나타나나 했다."

헤티는 아무 말도 하지 않았다. 계속해서 노파를 뚫어져라 바라볼 뿐이었다. 노파가 몸을 돌려 서로 시선을 마주치길 바라며. 하지만 그럴 기미는 전혀 보이지 않았다.

그랜디 할머니가 말했다.

"다행히 바다에 돌출된 곳이 파도를 막고 있구나. 안 그랬다면 노파는 저쪽으로 곧장 휩쓸려 갔을 거다."

"노파하고 대화를 시도해 본 사람은 없나요?"

"많았지. 하지만 도무지 입을 열려고 하지 않더구나. 퍼 노인은 아무짝에도 쓸모가 없고. 저놈의 영감탱이는 거의 쉬지도 않고 노파한테 소리를 지르면서 욕을 퍼붓지 뭐냐. 그러니 노파가 무슨 수로 우릴 믿겠어. 그렇다고 저 노인네 입을 꿰매 버릴 수도 없고."

헤티는 오른쪽에 서 있는 퍼 노인을 보았다. 퍼 노인은 노파를 빤히 노려보고 있었다. 지팡이를 쥔 손가락 마디가 하얘졌다. 맥키 아저씨는 길게 늘어선 바위 위에 올라가 걸음을 옮기려 했다. 그러자 퍼 노인이 소리쳤다.

"노파를 내버려둬라, 맥키! 죽게 내버려두라고!"

맥키 아저씨가 퍼 노인을 흘긋 쳐다보고는 말했다.

"영감님, 지금 이 상황에서 영감님의 분노는 그다지 필요가 없네요."

"죽게 내버려두라니까! 저 여자는 우리 섬에 악을 가져왔어!"

순간, 맥키 아저씨가 발을 헛디뎠다. 이슬라 아주머니가 비명을 질렀다. 다행히 맥키 아저씨는 바다에 빠지지 않았다. 둥근 바위 옆으로 미끄러졌지만 용케 거칠거칠한 모서리를 붙잡고 버티고 있었다. 하지만 몸을 위로 끌어올리는 것은 쉽지 않았다. 둥근 바위 옆이 미끄러워 힘을 쥐어 짜내야 했다. 몇 분이 지났을까. 마침내 맥키 아저씨가 바위 위에 올라섰다.

이슬라 아주머니가 소리쳤다.

"여보! 이쪽으로 돌아와."

맥키 아저씨가 이슬라 아주머니를 돌아보았다.

"거긴 너무 미끄러워. 그리고 당신은 체중이 많이 나가잖아."

맥키 아저씨는 바로 옆 바위에 한쪽 발을 디디려다 포기하고 해변을 향해 조심조심 걸음을 옮겼다. 퍼 노인은 침을 뱉고 나서 절뚝거리며 맥키 아저씨에게 다가갔다.

"그래, 이제 제대로 보이나?"

"제가 뭘 보고 있는지 말씀드리지요. 저는 인간성을 잃어버린 성질 고약한 노인과 우리의 도움을 필요로 하는 한 노파를 보고 있습니다."

퍼 노인이 씩씩댔다.

"저 노파는 우리 도움을 받을 자격이 없어. 왜냐면 저 노파야말로 이 모든 사태의 원인이기 때문이지. 노파는 모라의 자랑을 파괴시킨 폭풍을 몰고 왔다고. 자네가 구해준다면 저 노파는 더 큰 악을 가지고 올 거야."

"영감님은 미신이나 믿는 어리석은 노인이십니다."

"나는 같은 꿈을 연거푸 꿨어. 내가 뭘 아는지는 내 자신이 아주 잘 알고 있다고."

그때 헤티가 앞으로 달려가 퍼 노인의 팔을 붙잡았다.

"저 노파는 나쁜 사람이 아니에요. 악령이 아니란 말이에요."

바로 그 순간 노파가 헤티의 말을 듣기라도 한 듯 갑자기 몸을 돌려 그들을 향해 섰다. 처음으로 헤티와 노파의 눈이 마주쳤다. 그 즉시 노파의 표정이 바뀌었다. 적개심과 겁이 가득하던 표정이 무언가 강렬한 확신과 관심이 어린 표정이 되었다. 노파는 조금도 망설임 없이 해안을 향해 걸음을 옮겼다.

맥키 아저씨가 놀란 표정을 지었다.

"세상에."

헤티가 바위 가까이 달려가 두 팔을 활짝 벌리고 외쳤다.

"힘을 내세요. 힘내서 해안으로 오세요."

노파는 한 걸음 더 옮기다가 살짝 미끄러졌지만 이내 계속해서 해안으로 향했다.

"기어서 오세요. 그게 더 안전할 거예요. 두 손과 무릎을 바닥에 대고 기어서 오세요."

노파는 헤티의 말을 무시하고 천천히 비틀비틀 걸었다. 계속해서 걸음을 옮기는 와중에도 노파의 시선은 헤티의 얼굴을 잠시도 떠나지 않았다. 헤티도 노파를 뚫어져라 쳐다보았다. 아주 흐릿했던 형상이 피와 살이 있는 사람의 모습으로 지금 이 자리에 나타났다니. 좀처럼 믿기지 않는 사실이었다. 노파는 한 번도 넘어지는 일 없이 꿋꿋하게 해안으로 걸어왔다. 헤티는 계속 두 팔을 활짝 벌리고 부드럽게 손짓했다. 하지만 이런 평화로운 장면은 지속되지 못했다.

"당신 고향으로 돌아가! 우리는 이곳에 당신을 맞아들이고 싶지 않아!"

퍼 노인의 외침이었다. 노파는 걸음을 멈추고 헤티에게서 시선을 돌려 퍼 노인을 응시했다. 퍼 노인은 지팡이를 들어 올려 노파를 향해 휘둘렀다.

"돌아가! 돌아가라고!"

노파의 몸이 흔들렸지만 퍼 노인을 향한 시선은 흔들림이 없었다. 퍼 노인이 악을 썼다.

"돌아가라니까!"

헤티가 외쳤다.

"그만 좀 하세요! 저분은 제 친구란 말이에요!"

"친구는 무슨 놈의 친구. 이 섬의 적이고 악일 뿐이야!"

여전히 퍼 노인에게 시선을 고정시킨 채 노파의 몸이 다시 흔들렸다. 그러더니 물속에 풍덩 빠져버렸다. 퍼 노인은 승리의 함성을 질렀지만, 그 함성은 다른 사람들의 비명에 이내 묻히고 말았다. 맥키 아저씨가 바다로 달려가려고 부츠는 물론 코트와 스웨터까지 벗어 던졌다. 이슬라 아주머니가 맥키 아저씨의 팔을 붙잡았다.

"안 돼, 여보! 너무 위험해!"

맥키 아저씨는 이슬라 아주머니를 뿌리치고 바닷속으로 몸을 던졌다. 헤티는 두려움에 떨며 그 광경을 바라보았다. 노파는 물속에서 허우적거렸다. 가라앉지는 않았지만 그래도 해안과 꽤 멀리 떨어져 있었다. 맥키 아저씨가 제때에 노파에게 닿기는 불가능해 보였다. 퍼 노인이 또다시 소리 질렀다.

"어둠 속으로 돌아가라, 이 마녀야!"

헤티는 퍼 노인을 돌아보며 주먹을 꽉 쥐었다.

"영감님이나 돌아가시죠. 이 구역질나는 늙은 노인네!"

"어떻게 나한테 그런 말을……."

"영감님이나 어둠 속으로 돌아가시란 말이에요! 영감님은 정말 끔찍한 사람이에요! 소름 끼친다고요!"

"이 계집애가……."

"영감님이야말로 악령이에요!"

퍼 노인이 지팡이를 들어 올렸다. 헤티는 지지 않고 외쳤다.

"절 때리기만 해보세요!"

퍼 노인이 지팡이를 힘껏 내려쳤다. 헤티는 한 손으로 지팡이를 막고 다른 한 손으로 퍼 노인을 밀쳤다. 퍼 노인은 뒤로 휘청거리다가 겨우 몸을 가누었다. 그런데 그 자리에 서서 헤티를 노려보던 퍼 노인의 안색이 순간 달라졌다. 갑자기 턱이 경직되고 눈빛이 싸늘해졌다. 그러면서도 시선은 헤티에게서 잠시도 떨어지지 않았다. 곧이어 손에서 지팡이가 떨어지더니 퍼 노인의 몸이 바닥에 쓰러졌다.

누군가 소리쳤다.

"퍼 노인이 쓰러졌어요!"

로르나 할머니가 가장 먼저 달려왔다. 잠시 후 그레고르 할아버지와 헤럴드 할아버지, 그리고 나머지 사람들도 우르르 달려왔다. 아일사 아주머니가 말했다.

"퍼 노인에게 인공호흡을 해줘요."

헤티는 누군가 자신의 등을 끌어당기는 것을 느꼈다. 그랜디 할머니가 심각한 표정으로 서 있었다.

"퍼 노인이 잘못한 거예요, 할머니. 글쎄, 절 때리려고 했어요."

그랜디 할머니는 아무 말 없이 그저 헤티를 퍼 노인에게서 멀리 떼어 놓았다. 헤티는 바다를 돌아보았다. 아직 수면 위로 노파의 머리가 보였지만, 두 팔이 허우적거리고 있었다. 힘이 빠지고 있는 것이 틀림없었다. 맥키 아저씨가 힘껏 헤엄쳐 갔지만, 노파가 있는 곳까지는 아직도 한참 더 남아 있었다. 갑자기 노파가 물 아래로 가라앉았다.

헤티가 외쳤다.

"안 돼!"

곧이어 퍼 노인을 살피는 사람들의 말소리가 들렸다.

"괜찮을 거야, 괜찮을 거야."

"퍼 노인이 누울 자리를 만들어봐요."

"영감님, 잠시 쉬면 괜찮아질 겁니다."

헤티는 바다 위, 노파가 있던 공간에서 눈을 떼지 않았다.

이슬라 아주머니가 외쳤다.

"여보! 맥키! 돌아와! 이젠 그 노파한테까지 가긴 무리야!"

하지만 맥키 아저씨는 헤엄을 멈추지 않았다. 이슬라 아주머니는 바다를 향해 마구 뛰어들었다. 칼 아저씨와 로리 아저씨가 달려가 이슬라 아주머니의 두 팔을 붙잡았다. 얕은 바다에 발을 담근 채 세 사람은 맥키 아저씨의 모습을 멍하니 바라보았다. 그때 갑자기 맥키 아저씨가 물속으로 잠수했다. 헤티는 숨을 죽이며 지켜보았다. 몇 초 동안 아무 일도 일어나지 않았다. 잠시 후 물보라가 일더니 맥키 아저씨의 모습이 불쑥 다시 나타났다. 맥키 아저씨는 어깨에 노파를 들쳐 메고 있었다. 노파의 눈은 감겨 있었다.

이슬라 아주머니가 칼 아저씨와 로리 아저씨를 뿌리치고 해변을 벗어나 바다로 달려갔다. 두 남자도 뒤따라갔고, 곧이어 탐도 가세했다. 네 사람은 거친 바다를 헤치고 들어갔다. 맥키 아저씨는 노파를 어깨에 멘 채 젖 먹던 힘을 다해 사람들 쪽으로 걸음을 옮겼다. 마침내 그들은 맥키 아저씨의 주위를 에워싸고 노파의 몸을 높이 들어 올렸다. 그리고 다 함께 물살을 헤치고 해안으로 돌아왔다.

헤티는 노파의 얼굴을 자세히 들여다보았다. 물에 젖은 얼굴은 무표정하고 고요했다. 맥키 아저씨와 다른 사람들은 선 채로 숨을 헐떡였다. 하지만 환호성은 거의 들리지 않았다. 대부분의 사람들은 퍼 노인 주위에 몰려 있었다. 헤티는 잠시 사람들을 빤히 쳐다보다가 노파를 향해 돌아섰다.

"죽지 마세요. 제발 죽지 마세요."

이슬라 아주머니와 남자들이 노파를 해변에 눕혔다. 그랜디 할머니, 돌리 할머니, 안나 할머니가 황급히 달려와 노파의 상태를 살폈다. 헤티는 주머니 속의 바다유리를 꼭 쥔 채 노파에게 속삭였다.

"죽으면 안 돼요. 절 찾으러 오셨잖아요."

퍼 노인을 둘러싸고 수런수런 떠드는 소리가 났다. 곧이어 바로 옆에서 그랜디 할머니의 목소리가 들렸다.

"숨을 쉬고 있긴 해. 하지만 숨소리가 너무 약하구나."

안나 할머니가 로리 아저씨와 칼 아저씨에게 말했다.

"노파를 우리 집에 데려다 놓게. 최대한 빨리. 이 코트를 덮어서."

그런데 노파를 옮기려는 순간, 그레고르 할아버지가 건너편에서 큰 소리로 외쳤다.

"당신들이 챙겨야 할 사람은 따로 있을 텐데. 그 처량한 노파보다 중요한 사람 말이야."

그레고르 할아버지가 헤티에게 다가와 증오에 찬 눈길을 던졌다.

"퍼 노인이 돌아가셨다."

⁂

모라 섬 사람들 모두가 예배당 앞에 모였다. 여기 없는 사람은 예배당 안에서 퍼 노인의 장례식을 준비하는 사람들과, 안나 할머니의 집에서 노파를 구하기 위해 분주한 사람들뿐이었다. 헤티는 주변을 쓱 둘러보았다. 장막이 덮이듯 사람들 위로 긴장감이 감돌았다. 헤티는 불안했다. 자신을 향한 적개심을 느낄 수 있었다.

사람들의 얼굴 표정에서도, 자신에게 등을 돌리고 거리를 두려는 태도에서도 적개심이 전해졌다. 모두가 그런 것은 아니었다. 하지만 아주 많은 사람들이 그랬다. 헬버슨 형제와 북쪽 곶 마을에 사는 남자아이들조차 헤티의 시선을 피하고 있었다. 그래도 헤티 곁에는 탐이 있었다. 맥키 아저씨와 이슬라 아주머니도 함께해 주었다. 정말 고마웠다. 헤티는 안나 할머니의 집으로 향하는 길을 내려다보았다. 그 안에서 무슨 일이 일어나고 있는지 궁금했다. 헤티가 탐에게 말했다.

"안나 할머니가 우리도 들어가게 해주면 좋겠는데."

"우리가 들어갈 만한 공간이 없잖아. 안나 할머니네 오두막은 엄청 좁으니까."

"노파를 우리 집에 데리고 갔어야 했어. 우리 집은 넓잖아."

헤티는 뭉고와 더피가 자신을 보고 있다는 것을 알아챘다. 헤티가 휙 돌아보자 두 녀석은 시선을 피했다. 네사와 진티도 헤티를 한참 동안 대놓고 빤히 보다가 얼굴을 돌렸다. 로르나 할머니가 예배당 밖으로 나와 한 발을 질질 끌면서 다가왔다.

"얘, 헤티. 이렇게 된 마당에 너라도 네 자신을 뿌듯하게 여기렴. 퍼 노인이 죽기 전에 들은 마지막 말이 네가 퍼부은 악담이라니."

로르나 할머니는 안나 할머니의 집을 흘긋 보고 말을 이었다.

"네…… 친구를 위해서 말이지."

"퍼 노인이 먼저 노파에게 악담을 퍼부었어요."

"그럴 만한 이유가 있었겠지."

"조난을 당해 우리 섬에 떠밀려 온 아무 죄 없는 노파일 뿐인데요."

로르나 할머니가 어깨를 으쓱해 보였다.

"너도 들었잖니. 퍼 노인의 꿈 얘기 말이다."

"네, 들었어요. 잔인한 꿈이었죠."

"그 꿈이 맞을 수도 있지 않겠니?"

"틀릴 수도 있고요."

로르나 할머니는 대꾸하지 않았다.

"퍼 노인은 미신 같은 헛소리를 늘어놓았어요. 그리고 노파를 잔인하게 대했죠. 퍼 노인이 입을 다물고 있었다면 노파가 발을 헛디뎌 바다에 빠지는 일은 없었을걸요."

"얘야, 네가 입을 다물고 있었다면 퍼 노인은 여전히 살아 있을걸."

사람들이 두 사람의 대화를 들으러 주위에 몰려들었다. 맥키 아저씨가 헤티 편을 들었다.

"로르나 아주머니, 퍼 영감님이 뭐라고 악담을 퍼부었는지 우리 모두 들었어요. 아주머니께서도 들으셨잖아요."

"하지만 퍼 노인이야 원래 그런 사람 아닌가. 그 성격을 누가 바꿀 수 있었겠어. 나도 알고 자네도 아는 사실이지. 헤티가 그런 노인을 몰아붙이고 공격해 댄 건 몹쓸 행동이었어. 노인이 심장마비를 일으킬 만도 했지."

"퍼 노인이 심장마비를 일으킨 건 늙고 병이 들었기 때문이에요. 헤티 때문이 아니란 말입니다."

그레고르 할아버지와 헤럴드 할아버지가 사람들을 밀치고

다가왔다. 그레고르 할아버지가 말했다.

"어쨌든 헤티의 행동은 잘못된 거였지. 그래, 로르나 말처럼 퍼 노인은 절대로 변할 사람이 아니었어. 누가 그 성격 모르나. 다들 훤히 알잖아. 최근 몇 년 사이에 퍼 노인이 가끔 좀 이상한 말을 지껄이긴 했지만, 그중엔 맞는 말들도 꽤 있었다고."

로르나 할머니가 맞장구쳤다.

"암, 그렇고말고."

"퍼 노인이 세상을 떠났으니 이제 우리가 대신 불운을 떠안게 됐지 뭔가. 저 노파가 우리한테 가져온 모든 불운을 말이야."

그레고르 할아버지가 콧방귀를 끼고 말을 이었다.

"안나와 그랜디가 노파를 살린다면 우리가 그 짐을 죄다 뒤집어쓰게 생겼어."

헤럴드 할아버지가 툴툴댔다.

"퍼 노인도 바로 그걸 경고한 거야. 저 노파 때문에 더 큰 악이 몰려올 거라고 말이지. 모라의 자랑을 잃은 건 시작에 불과해."

헤티가 항변했다.

"전부 미신이에요. 모르시겠어요?"

그레고르 할아버지가 말했다.

"헤티, 너 아주 큰 잘못을 저지른 거다. 그렇다면 좀 그런 줄 알아라. 이렇게 자꾸 말대꾸하는 건 너한테 아무런 득이 되지 않아. 넌 퍼 노인에게 요만큼도 존경심을 보인 적이 없지. 정말 버릇없는 행동이었다. 그래, 퍼 노인이 까다로운 양반이었다고 치자. 어째 나이를 먹을수록 더 까다로워지긴 하더구나. 하지만 그렇다고 해서 네가 퍼 노인한테 덤벼들어서 잡아먹을 듯 몰아붙이고 한 번도 본 적 없는 노파를 친구라고 감싸는 게 용납되는 건 아니다."

탐이 나섰다.

"헤티는 노파를 본 적이 있어요."

그레고르 할아버지가 탐을 흘긋 쳐다보았다.

"그러냐, 꼬마야?"

"네, 그래요. 노파를 본 적이 있다고 헤티가 말해줬어요. 전 헤티 말을 믿어요."

그레고르 할아버지가 로르나 할머니에게 곁눈질하며 말했다.

"그래, 장하다. 헤티가 전에 그 노파를 본 적이 있다니, 과연 어디에서 봤을지 궁금하구나. 가만, 한번 생각해 봐야겠는걸."

헤티는 탐과 눈이 마주쳤다. 탐이 인상을 쓰고 있었다.

"괜찮아, 탐. 난 바다유리를 부끄러워하지 않아."

로르나 할머니가 말했다.

"아니, 넌 부끄러워해야 해. 퍼 노인한테 미신을 믿느니 어쩌니 하면서 물고 늘어져 놓고, 막상 넌 유리병 조각에서 얼굴을 봤다고 주장하다니. 그거야말로 어리석은 짓이 아니고 뭐냐."

그레고르 할아버지가 말했다.

"나 원 참, 너무 유치해서. 그런 얼굴을 어디선들 못 보겠냐. 그런 하나 마나 한 소리를 하다니. 보고 싶으면 구름 속에서도 볼 수 있을 테지. 파도, 모래, 안개, 달, 뿌연 창문에서도 볼 수 있고. 하다못해 난로 안에 타고 있는 석탄 안에서는 못 보겠냐."

헤티가 받아쳤다.

"네, 똥 속에서도 볼 수 있죠. 똥은 왜 빼셨나요. 똥 속에서도 얼마나 많은 얼굴을 볼 수 있는데요."

주변 사람들의 차가운 시선이 느껴졌다.

"여러분이 어떻게 생각하든 상관없어요. 퍼 노인은 노파에게 너무 잔인했어요."

뭉고가 헤티 뒤쪽 어딘가에서 경멸적인 투로 말했다.

"네 친구에게 말이지."

헤티는 주변을 둘러보지도 않고 대꾸했다.

"그래, 맞아. 내 친구에게."

바로 그때 안나 할머니네 집 문이 열렸다. 모습을 드러낸 사람은 그랜디 할머니였다. 헤럴드 할아버지가 빈정댔다.

"어쩌면 네 할머니가 널 정신 차리게 해 줄지도 모르겠구나."

그랜디 할머니는 사람들을 향해 천천히 걸음을 옮겼다. 헤티가 물었다.

"노파는 아직 살아 있나요?"

그랜디 할머니는 대답 대신, 사람들 얼굴을 찬찬히 들여다본 다음 헤티의 어깨에 한 손을 올려놓았다.

"나하고 같이 들어가자."

그랜디 할머니는 헤티를 오두막으로 데리고 들어갔다. 로르나 할머니가 불렀다.

"이봐, 그랜디."

그랜디 할머니가 걸음을 멈추고 소리가 나는 곳을 돌아보았다.

"우리는 오늘 오후에 퍼 노인을 묘지에 묻을 거야. 예배당에서 장례식을 치를 거고."

"알아."

"저 아이도 조문을 와야지."

"그럴 거야."

말을 마친 그랜디 할머니는 헤티를 데리고 계속 걸음을 옮겼다. 그랜디의 할머니의 발걸음은 오두막 문 앞에서 멈추었다.

"저, 헤티, 이 할머니 말 잘 들어라……."

"훈계라면 듣고 싶지 않아요."

그랜디 할머니는 목소리를 낮추었다.

"훈계를 하려는 게 아니다. 널 로르나와 다른 사람들에게서 떼어 놓으려고 이리 데리고 왔을 뿐이야."

"그분은 아직 살아 있나요? 아까도 여쭤봤는데 대답 안 해 주셨어요."

"살아는 있다. 하지만 의식은 없어. 의식이 어디 깊은 곳에, 어쩌면 너무 깊은 곳에 있어서 다시는 돌아오지 못할지도 모르겠구나. 솔직히 말하면 난 그 노파가 살 수 있을 것 같지가 않아. 안나와 돌리도 같은 생각이다. 지금 이런 이야기를 하는 이유는 네가 괜히 희망을 키웠다가 나중에 마음을 다칠까 봐 그래. 그러니까 할머니 말 잘 들어라."

그랜디 할머니는 잠시 말을 멈추었다. 눈가의 주름이 더 깊어졌다.

"정말 조심해야 한다, 헤티."

"훈계하려는 거 아니라고 말씀하셨잖아요."

"정말 정말 정말 조심해야 한다, 헤티. 네가 지금 흥분 상태고 화가 나 있다는 건 알지만 그래도 말과 행동을 조심해야 해. 지금 모라 섬에는 널 좋지 않게 보는 시선들이 있어. 네가 퍼 노인이나 그 노인네 친구들을 좋아한 적 없다는 점은 나도 안다. 그래, 나도 그 사람들 별로 좋아하지 않아. 퍼 노인이 저 노파한테 굉장히 못되게 굴었다는 것도 인정해. 하지만 어쨌든 퍼 노인은 이곳 모라 섬에서 누구보다 오래 살아온 사람이야. 어떤 잘못을 했든 퍼 노인을 좋아한 사람들도 있어……."

"저도 그건 알아요."

"어떤 사람들은 퍼 노인을 무척 존경하기까지 했지. 그러니 네가 퍼 노인에게 아무리 화가 나더라도 그런 건 잠시 잊어버리고 오늘 오후에 이 할머니하고 같이 장례식에 가자꾸나."

"지금 그분을 봐도 돼요?"

"물론이지."

안나 할머니의 침실은 어둡고 조용했다. 침대 곁에 서 있던 안나 할머니와 돌리 할머니는 그랜디 할머니와 헤티가 노파에게 다가갈 수 있도록 옆으로 비켜주었다. 헤티는 노파를 내려다보았다. 침대에 누운 노파의 목까지 담요가 덮여 있었다. 몸은 깨끗하게 씻겨 있고 백발도 단정하게 빗겨 있었다. 두 눈은 감겨 있고 몸은 아무 움직임이 없었다.

안나 할머니가 침대 시트를 정돈하기 위해 잠시 담요를 젖혔다. 헤티는 노파가 갈아입은 수수한 옷에 눈이 갔다. 노파의 몸은 가냘팠고, 얼굴은 예쁘지도 못생기지도 않았다. 하지만 어딘가 조각 같은 모습이 묘하게 시선을 사로잡았다. 헤티는 노파가 폭풍 속에서도 목숨을 잃지 않고 모라 섬까지 온 일에 대해 다시 곰곰이 생각했다. 수수께끼 같은 일이었다.

잠시 후 헤티는 할머니들을 돌아보았다. 모두 눈을 감고 고개를 숙인 채 조용히 입술을 움직이고 있었다. 헤티도 할머니들을 따라 하며 나름대로 기도문을 읊조렸다. 침묵은 계속되었다. 창밖의 바람소리와 사람들 목소리, 와글거리는 머릿속 생각들이 간혹 방해할 뿐이었다. 잠시 후 돌리 할머니의 목소리가 들렸다.

"이 노파는 이 세상으로 돌아오고 싶지 않은가 봐."

헤티는 눈을 떴다. 세 할머니들이 노파를 응시하고 있었다. 안나 할머니가 팔을 뻗어 노파의 맥박을 짚었다.

"너무 약해. 아까보다 더 약한데."

헤티가 말했다.

"죽으면 안 돼요."

그랜디 할머니가 헤티를 달랬다.

"우리로선 막을 수 없는 일이란다. 그게 운명이라면 말이야."

"운명일 리가 없어요. 여기에서 이렇게 죽으면 안 돼요. 가족도 없고 아는 사람 하나 없는데."

세 할머니들이 안타까운 표정을 지었다. 안나 할머니가 말했다.

"우리가 할 수 있는 일은 아무것도 없어, 헤티. 우리는 이 노파가 누군지 어디에서 왔는지 아무것도 몰라. 설사 안다 한들 우리한테는 더 이상 큰 배가 없잖니. 바깥세상에 가서 소식을 전하거나 무언가를 알아볼 수가 없어. 나만큼이나 너도 잘 아는 사실일 거다. 새 배가 완성될 때까지 우리는 섬 밖으로 나갈 수가 없는 신세고, 이 불쌍한 노파도 마찬가지야."

"그럼 우린 어떻게 해요?"

"이 노파를 보살펴야지. 우리 간호로 부족하다면 모라 섬의 영혼들이 묻힌 안식의 장소에 눕히는 수밖에. 퍼 노인 옆자리에."

"아니요. 제가 본 건 그런 게 아니에요."

헤티는 주머니 속 바다유리를 꼭 쥐고 눈을 감았다. 잠시 후 기침 소리가 들렸다. 헤티는 눈을 깜박거리다가 몸을 앞으로 구부렸다. 세 할머니들도 똑같이 움직이고 있었다. 노파의 얼굴이나 몸에는 여전히 아무런 변화가 없었다.

"노파가 기침을 했어요."

"그러게 말이다."

안나 할머니는 담요 밑으로 손을 집어넣었다. 헤티는 노파의 고요한 얼굴에 시선을 고정시키며 안나 할머니의 말을 기다렸다.

"맥박이 조금 강해지긴 했지만 그래도 여전히 약해."

돌리 할머니가 말했다.

"어쩌면 우리 기도가 도움이 됐는지도 몰라."

"아직 의식이 돌아올 기미는 없지만 약간 호전되고 있어."

안나 할머니는 방을 휙 둘러본 다음 말을 이었다.

"이 방보다 넓은 공간이 있으면 좋겠는데. 간호를 제대로 하려면 말이야."

"그랜디 할머니와 제가 모시고 가면 돼요."

모두 고개를 돌려 헤티를 보았다.

"저희 집이 이 근처에서 제일 크잖아요. 남는 방도 있고요. 그렇죠, 할머니?"

그랜디 할머니는 아무 말도 하지 않았다.

"어차피 그 방은 사용하지도 않잖아요. 게다가 침대도 괜찮고 벽난로도 있고……."

"몇 년째 사용하지 않고 비워둔 방인데."

"아직 쓸 만할 거예요. 제발요, 할머니. 그 방에서 이분을 간호해요, 네?"

그랜디 할머니는 이마를 찡그리며 안나 할머니를 돌아보았다.

"노파를 우리 집에 데려가서 돌볼게. 헤티 말이 옳아. 우리 집이 더 넓잖아. 하지만 노파를 옮기려면 아주 조심해야 할 텐데. 따뜻한 옷가지도 좀 필요할 테고."

"제가 집에 가서 이것저것 가져올게요."

"아니다, 헤티. 안나네 집에서 해결할 거야. 넌 가서 맥키가 아직 밖에 있는지 봐라. 멕키를 찾아서, 노파를 옮길 사람 두 명이 필요하다고 전해다오. 믿을 만한 사람으로. 그런 다음에 넌 집으로 달려가서 안을 정리하고 있으렴."

헤티는 출입문을 향해 서둘러 걸음을 옮겼다.

"잠깐만. 이 할머니 말 아직 다 안 끝났다, 얘야."

헤티가 걸음을 멈추었다.

"시간이 좀 걸릴지도 몰라. 노파를 빨리 옮기기는 어려울 테니까. 그러니 거실에 불 잘 피워 놓고 옛날에 쓰던 손님용 침실도 살펴보렴. 그 방 침대를 정리하고 담요도 많이 준비해 놓고."

"방에도 불을 피워 놓을게요."

"그 방 굴뚝이 괜찮은지 모르겠구나. 하도 오래 사용을 안 해서 말이야."

"만약 연기가 나면 노파를 제 침대에 눕히면 돼요."

그랜디 할머니가 고개를 저었다.

"손님용 침실이 마땅치 않으면 내 침대를 쓸 거다. 내 방이 너무 추우면 거실 난로 옆에 침대를 마련해서 눕히면 되고. 자, 얼른 가라. 아, 그리고 채소 수프를 만들어 두렴. 모든 채소를 아주 얇게 썰어야 한다. 노파가 뭘 좀 넘길 수 있게 되면 수프가 필요할 거야."

헤티는 안나 할머니의 오두막에서 달려 나갔다. 그러다 문 밖에 서 있는 탐과 바로 마주쳤다.

"여기에서 뭐 해?"

"너 기다리고 있었지. 그 노파는 아직 살아 있어?"

"응, 그런데……."

헤티는 예배당 쪽으로 시선을 던졌다. 사람들이 아직 그곳에 있었다. 자신을 향한 적대감도 여전히 그대로였다. 헤티는 다시 탐을 돌아보았다.

“탐, 나 노파를 봤어. 틀림없이 바다유리에서 노파를 봤어.”

“난 네 말 믿어.”

탐은 잠시 망설인 뒤 말을 이었다.

“지금도 바다유리 가지고 있어?”

“응.”

“봐도 돼?”

헤티는 바다유리를 꺼냈다. 어둡지만 선명하고 강한 형상이 아직 그 안에 있었다. 탐이 바다유리 속을 뚫어져라 들여다보았다. 헤티가 물었다.

“얼굴 모양이 보이니?”

탐은 실눈을 뜨고 계속해서 바다유리를 보았다. 헤티는 잠시 탐을 지켜보다가 고개를 저었다.

“안 보이지? 그렇지?”

“미안. 노력 중이야.”

“그런 거 같다. 괜찮아, 탐.”

헤티는 바다유리를 가까이 들여다보다가 깜짝 놀랐다. 몇 분 사이 형상이 변해 있었다. 꽤 선명하다고 생각했던 형상이 지금은 일그러져 보였다. 헤티는 오두막 안에 누워 있는 노파의 얼굴을 떠올리며 눈을 찌푸렸다. 하지만 지금은 이런 것을 생각할 시간이 없었다. 헤티는 다시 주머니 속에 바다유리를 넣었다.

"맥키 아저씨!"

헤티의 외침에 맥키 아저씨가 서둘러 다가왔다.

"무슨 일이니, 헤티?"

"노파를 저희 집으로 옮기려고요. 전 얼른 가서 집 안을 정리해야 해요. 그랜디 할머니가 노파를 옮겨줄 사람 두 명을 찾아 달라고 하세요."

"그야 얼마든지 찾을 수 있지."

탐이 말했다.

"저도 도울게요."

"착하구나. 우리 둘이 옮기면 되겠다."

맥키 아저씨와 탐은 안나 할머니네 집 안으로 사라졌다. 헤티는 서둘러 길을 따라 달렸다. 예배당에 모인 사람들 누구와도 이야기할 일이 없길 바라며. 하지만 집이 가까워졌을 때 그레고르 할아버지가 큰 소리로 헤티를 불렀다.

"노파는 아직 숨이 붙어 있냐?"

헤티는 걸음을 멈추고 대답했다.

"그럼요."

그레고르 할아버지는 헤럴드 할아버지를 보며 궁얼거렸다. 로르나 할머니가 다가와 그들 곁에 나란히 서서는 분노가 담긴 낮은 목소리로 말했다.

"퍼 노인 장례식에는 반드시 오도록 해라."

헤티가 대답하기도 전에 세 사람은 돌아서서 길을 재촉했다.

헤티는 절벽 꼭대기까지 뛰어 올라가 바다를 내려다보았다. 바람은 적의가 가득한 기세를 조금도 잃지 않았고 파도는 여전히 만을 휘갈기고 있었다. 태양은 무언가에 홀린 듯 구름 사이를 표류했다. 헤티의 머릿속은 노파의 얼굴과 방금 바다유리에서 본 일그러진 형상에 대한 생각뿐이었다. 그 형상은 마치 죽음을 암시하는 것 같았다. 헤티는 오른쪽을 가로질러 언덕 등성이 아래로 향하다가 문득 걸음을 멈추었다. 저 아래에서 세찬 파도 소리가 들려왔다. 해안을 내려다보니 마치 길고 숱 많은 잿빛 머리카락이 나뒹구는 듯했다.

"바다유리에서 당신을 봤어요. 당신은 살아 있었어요. 눈을 떠서 나를 빤히 바라봤어요."

멀리서 천둥이 쳤다. 잠시 뒤 서쪽 절벽에서 번개가 번쩍였다. 헤티는 계속 달렸다. 잠시도 멈추지 않았다. 집에 도착해 보니 거실에 냉기가 올라왔다. 헤티는 불을 피워 실내에 온기를 불어넣은 다음, 비어 있는 낡은 손님용 침실로 향했다. 한 번도 사용한 적 없는 방이었다. 이상한 기분이 들었다. 혹시 이 방에 유령들이 살지는 않을까, 이따금 궁금하게 여긴 적은 있었다. 하지만 실제로 그런 기운을 느낀 적은 한 번도 없었다. 엄마 아빠의 영혼을 느낀 적도 전혀 없었다.

헤티는 잠자리를 정리하고 여분의 담요를 찾았다. 그리고 먼지 쌓인 벽난로를 물끄러미 바라보았다. 이 벽난로에 불이 타오르는 것을 한 번도 본 적이 없었다. 그랜디 할머니 말처럼 벽난로를 사용하기엔 굴뚝이 너무 지저분할지도 모른다. 어쩌면 먼저 수프부터 끓여 놓는 게 좋을지도 모른다. 하지만 헤티가 하고 싶은 일은 그게 아니었다. 자신이 지금 무엇을 하고 싶은지 헤티는 잘 알고 있었다. 헤티는 석탄을 가져와 최대한 조심스럽게 불을 피울 준비를 마쳤다. 마침내 불을 붙이자 타닥 하고 석탄 타는 소리가 났다. 다시 한번 타닥 소리가 들리더니 마침내 작은 불꽃이 일었다.

헤티는 바로 이 방에서 노파의 얼굴을 보고 싶었다. 기운을 차리고 자신을 알아보는 노파의 얼굴을 상상하며 헤티는 불꽃을 바라보았다. 불꽃이 사그라지다가 이내 새 불꽃이 타올랐다. 아까보다 더 크고 환했다. 타닥 소리는 점점 커졌다. 짙은 석탄 냄새가 방 안에 퍼지기 시작했다. 헤티는 부지깽이를 들고 팔을 뻗어 불이 활활 타오르도록 석탄을 쿡쿡 찔렀다. 불꽃이 탐욕스럽게 퍼지고 연기가 굴뚝을 통해 구불구불 피어올랐다. 잠시 후 집 밖에서 사람들의 목소리가 들렸다. 그제야 헤티는 아직 수프를 끓이지 않았다는 사실을 떠올렸다. 그랜디 할머니가 꾸짖을까 걱정되었다.

그런데도 헤티는 여전히 꾸물거렸다. 웬일인지 사람들 목소리며 폭풍 소리가 의식 밖으로 스르르 빠져나가 귀에 들리는 둥 마는 둥 했다. 마침내 의식이 돌아와 아차 싶었을 때는 어느새 바다유리를 꺼내 불 앞에 갖다 대고 있었다. 비스듬하게 비치는 강렬한 햇살 속에서 불길이 바다유리를 향해 솟구쳤다. 마치 바다유리를 뚫고 헤티 안으로 파고드는 것 같았다. 헤티는 여전히 바다유리 속에 있는 형상을, 아직 얼굴 모양을 유지하고는 있지만 점점 일그러져 가는 어두운 형상을 응시했다. 그 순간 어렴풋하게 어떤 두려움이 스쳐 지나갔다.

헤티는 노파의 얼굴을 향해 말했다.

"당신에게 무슨 일이 일어나고 있는 건가요?"

오두막 문이 바람에 쾅 소리를 내며 황급히 열렸다. 헤티는 바다유리를 주머니에 넣고 서둘러 출입문으로 향했다. 그랜디 할머니가 헤티를 향해 천천히 걸어 들어왔다. 이어서 안나 할머니와 돌리 할머니가 들어왔고, 그 뒤로 맥키 아저씨와 탐이 임시로 만든 들것에 노파를 싣고 따라왔다. 노파는 여러 장의 담요로 몸을 감싸고 쿠션으로 머리를 받치고 있었다. 눈은 여전히 감은 채였다.

그랜디 할머니가 사람들에게 말했다.

"잠깐만 기다려 봐."

사람들은 들것을 든 채 문지방 앞에서 멈추어 섰다. 그랜디 할머니는 방 안에 들어서서 주변을 둘러보았다. 헤티가 말했다.

"불이 잘 타고 있어요, 할머니. 연기 안 나죠?"

그랜디 할머니는 잠시 벽난로를 들여다본 다음 침대를 살펴보았다.

"침대 정리도 다 해놓았어요."

그랜디 할머니는 여전히 진지한 표정으로 침대를 점검한 뒤에야 사람들을 향해 돌아섰다.

"이제 노파를 안으로 들여요."

사람들은 함께 노파를 옮겼다. 헤티는 옆에 서서 노파의 얼굴을 보았다. 섬뜩할 정도로 창백했다.

"제가 뭐 도와드릴 일 있을까요, 할머니?"

"불길이 꺼지지 않도록 잘 지켜보렴."

헤티는 뒤를 돌아보고 싶은 충동을 꾹 참고 한참 동안 불을 살펴보았다. 차분한 동작으로 노파를 들것에서 침대로 주의 깊게 옮기는 소리, 노파 위로 이불을 반듯하게 덮어주는 소리, 조심조심 주변을 움직이는 발자국 소리가 뒤에서 들려왔다. 마침내 헤티가 뒤를 돌아보았을 때 맥키 아저씨와 탐은 이미 집을 나섰고, 세 할머니들이 침대 옆에 서서 기도하고 있었다. 노파는 여러 개의 쿠션으로 머리와 등을 받치고 침대에 누워 있었다. 조용히 숨을 쉬고 있었지만 아까와 마찬가지로 몸을 움직인다거나 주변 사람들을 알아볼 기미는 보이지 않았다. 그랜디 할머니가 눈을 떴다.

"수프 가져오렴, 헤티."

헤티가 벌떡 일어났다.

"죄송해요, 아직 준비를 못 했어요."

안나 할머니가 말했다.

"괜찮다, 지금도 잘하고 있는걸."

그랜디 할머니가 지시했다.

"아까 말한 것처럼 채소를 최대한 얇게 썰어라. 그러고 나면 퍼 노인 장례식에 갈 준비를 해야 한다."

"전 가고 싶지 않은데요."

"이건 가고 싶고 말고 할 문제가 아니야. 우리 둘 다 가야 해."

"누군가는 노파를 보살펴야 하잖아요."

"안나와 돌리가 있을 거다. 집에 오는 길에 그렇게 하기로 얘기가 됐다. 누군가는 노파를 돌봐야 한다는 사실쯤은 모두가 알고 있어. 안나와 돌리가 노파를 돌봐야 하는 건 다들 이해할 테지. 하지만 네가 퍼 노인 장례식에 참석하지 않는 건 아무도 이해하지 못할 거다."

"그렇지만……."

"맥키와 탐은 준비하러 먼저 갔다. 너도 준비해야지. 그 전에 수프 재료부터 썰어놓고."

헤티는 인상을 잔뜩 찌푸렸다. 하지만 그런다고 꿈쩍할 할머니가 아니라는 것을 잘 알았다. 헤티는 서둘러 방에서 나와 채소를 썰기 시작했다. 밖에서 세차게 부는 바람과 몰아치는 파도를 떠올리니 점점 화가 치밀었다. 자신이 퍼 노인의 죽음에 책임이 있는 게 아닐까 은근히 죄책감을 느끼고는 있었다. 그럼에도 불구하고 심술궂은 퍼 노인의 표정이며, 노파에게 잔인한 말을 내뱉으며 지팡이로 허공에 삿대질하던 퍼 노인의 모습은 도저히 잊을 수가 없었다. 그리고 바다에 뛰어들던 노파의 모습도. 아마도 스스로 목숨을 끊으려던 것이리라. 아무튼 지금 당장은 혼자 있게 되어 다행이었다. 헤티는 계속 수프를 준비했다. 이내 수프가 끓기 시작했다. 헤티는 잠시 주방에서 나와 창가로 향했다. 바다는 여전히 거센 파도로 인해 수평선까지 흰 물거품으로 뒤덮여 있었다.

헤티는 바다를 향해 나직이 속삭였다.

"유령처럼 으스스한 바다. 어쩜 바다는 이토록 아름답고 또 이토록 잔인할 수 있을까?"

헤티는 부엌으로 돌아가 수프의 맛을 보고 양념을 조금 더 넣었다. 곧이어 손님용 침실의 문이 열리고 그랜디 할머니가 걸어 나왔다.

"수프는 다 됐니?"

"네."

"채소는 얇게 썰었고?"

"확인해 보세요."

그랜디 할머니는 수프를 떠서 맛을 보았다.

"아주 좋구나. 수프가 정말 맛있게 됐다. 너도 좀 먹어보지 않겠니?"

"그분은 좀 어때요?"

"할머니가 묻는 말에 아직 대답 안 했잖니."

"생각 없어요. 노파는 어때요?"

"네가 마지막으로 봤을 때와 별 차이가 없구나. 우리 집에 데려온 게 잘한 일인지 모르겠다. 기침은 처음부터 했던 거고 맥박은 좀 나아지는가 싶었는데, 우리 집에 온 다음부터 더 수척하고 창백해진 것 같아. 맥박도 처음으로 돌아간 것 같고. 너무 약해."

"마지막으로 뭘 먹거나 마신 게 언제쯤일까요?"

"글쎄다. 며칠간 바다에 있었던 것 같은데."

"안나 할머니 집에서는 뭐 좀 안 먹었어요?"

"먹었다고 할 수가 없지. 우리가 입안에 물을 조금 넣은 게 전부일걸. 그나마도 거의 흘러내렸지만. 얼른 뭐라도 먹든지 마시든지 해야 할 텐데 말이다. 안 그러면 기력이 완전히 바닥날 거야. 하긴 지금까지 살아남은 것도 기적이지. 머그잔에 수프를 부어야겠다."

"잔을 따뜻하게 데워놨어요."

"잘했다."

그랜디 할머니는 머그잔에 수프를 붓고 작은 숟가락을 집었다.

"나도 좀 들어야겠다. 너와 내가 퍼 노인 장례식에 갈 채비를 하는 동안 안나와 돌리가 노파에게 이 정도는 먹일 수 있겠지."

"할머니……."

"같은 말을 처음부터 반복하게 하지 말아다오. 넌 장례식에 가야 해. 더 이상 왈가왈부하지 말자. 장례식에 가지 않으면 무례하다고 책잡히게 될 테니, 가서 최대한 공손한 태도를 보이렴. 최대한 단정하게 차려입고. 나도 수프를 다 먹고 나면 옷을 갈아입어야겠다. 준비되면 집 뒤쪽에서 만나자. 서두르지 않으면 늦을 거야. 5분 안에 준비를 마쳐라."

하지만 두 사람이 길을 나선 것은 15분이 지난 뒤였다.

"꾸물거리면 장례식에 안 갈 줄 아니?"

“꾸물거린 거 아니에요.”

“하긴 그렇구나. 넌 워낙 옷 입는 데 늑장을 부리니까. 이 할미가 눈치 못 챘을 거라고 생각하면 안 된다. 네가 옷을 빨리 입든 천천히 입든 전혀 상관없어. 네가 좋든 싫든 어차피 우린 장례식에 갈 거야. 우리가 도착했을 때 이미 식이 시작됐다면 너를 문 안으로 밀어 넣고 내 앞에 세워 놓을 생각이다.”

하지만 헤티는 예배당으로 향하면서도 자신이 장례식에 참석하지 않으리라는 것을 알고 있었다. 지금 헤티는 오로지 집에 누워 있는 노파에 대한 생각과, 어쩌면 퍼 노인이 노파를 죽인 장본인일지도 모른다는 생각 외에 다른 어떤 생각도 할 수 없었다. 예배당 방향으로 갈라지는 길 앞에 다다랐을 때 결국 헤티는 걸음을 멈추었다.

“아무래도 안 되겠어요, 할머니.”

“헤티…….”

“전 안 갈 거예요.”

그랜디 할머니는 입을 열었다가 이내 다물었다. 헤티는 고개를 돌려 자신들 쪽으로 바삐 다가오는 사람들을 보았다. 다들 가장 좋은 옷을 차려입고 있었다. 그랜디 할머니는 사람들이 지나갈 때마다 일일이 고개를 끄덕여 인사한 뒤 다시 헤티에게 말했다.

“장례식에 빠지면 안 돼, 헤티.”

"사람들이 절 보는 표정 보셨어요?"

"저 사람들은 너한테 신경도 쓰지 않았어. 그저 장례식에 늦을까 봐 걱정하더구나. 너야말로 그런 걱정을 해야 하지 않니."

"저 사람들은 절 비웃었는걸요. 저 혼자 상상하는 게 아니에요. 할머니도 직접 말씀하셨잖아요. 절 아니꼽게 보는 시선들이 있다고요. 지금 사람들 얼굴을 보니 알겠어요. 사람들은 절 싫어해요. 제가 퍼 노인에게 대든 건 맞지만 퍼 노인은 잔인하고 끔찍했어요. 노파를 겁줘서 바위에서 미끄러지게 했잖아요. 그 바람에 노파는 지금 혼수상태예요. 어쩌면 깨어나지 못할지도 몰라요."

"나도 안다."

"게다가 그때 노파는 해안에 거의 다 도착한 상태였어요, 할머니! 거의 다 도착했다고요!"

"그래, 안다, 알아. 퍼 노인은 잘못을 했지. 잘못이 없다는 말이 아니야."

그랜디 할머니는 한숨을 쉬고 말을 이었다.

"널 아니꼽게 보는 시선들이 있다고 말하지 않았잖니. 좋지 않게 보는 시선들이라고 했지. 의미가 전혀 달라."

"저한테는 별로 다르게 들리지 않는데요."

그랜디 할머니가 헤티의 손을 잡았다.

"헤티, 이 섬에 사는 누구도 널 싫어하지 않아. 다만 네게 화가 나는 사람들도 있는 거야. 네가 퍼 노인한테 경솔하게 행동했다고 생각하니까. 이 할머니는 네가 지금 조의를 표하지 않으면 그 사람들을 더 화나게 만들까 봐 걱정된다."

"그래도 전 안 가요. 전 퍼 노인한테 너무 화가 났다고요."

누군가 예배당 쪽에서 그들을 향해 다가오고 있었다. 로르나 할머니였다.

"지금 막 두 사람을 찾으러 나서던 참이었어."

로르나 할머니가 차가운 목소리로 이렇게 말한 뒤 헤티를 위아래로 훑어보았다.

"이 아이도 왔으니 식을 시작해도 되겠군."

"전 가지 않을 거예요, 로르나 할머니."

"왜 안 가겠다는 거니?"

"그 노파가 지금 그럭저럭 살아 있긴 하지만 서서히 죽어 가고 있는 것 같아서요. 이게 다 퍼 노인 때문이에요. 그래서 전 퍼 노인을 절대로 용서하지 않을 거예요."

헤티는 그랜디 할머니를 흘긋 쳐다본 다음, 쏜살같이 길을 달려 내려갔다. 부러진이빨 능선과 가장자리 섬을 지나 모라섬의 동쪽을 향해 정신없이 줄달음질했다. 구름이 쫓아오는 오른쪽 하늘 아래로 커다란 파도가 고함을 지르며 솟구쳐 올랐다. 헤티는 해골 만 위쪽에서 잠시 멈추어 힘겹게 숨을 가다듬었다가 다시 달리기 시작했다. 빼드렁니 곶 북동쪽 맨 끝에 다다를 때까지 한 번도 쉬지 않았다. 파도가 계속해서 섬을 때리자 저 아래 바위들 주위에 하얀 포말이 일었다. 양들은 조용히 풀을 뜯으며 헤티의 주변을 돌아다녔다.

헤티는 양들 사이에 자리를 잡고 앉았다. 여전히 화가 풀리지 않았다.

집에 돌아온 것은 늦은 오후였다. 거실에는 아무도 없었다. 하지만 세 할머니들이 손님용 침실 안에서 낮은 목소리로 이야기하는 소리가 닫힌 문 너머로 들려왔다. 헤티는 난로 앞에 무릎을 꿇고 앉아 주머니에서 바다유리를 꺼냈다. 일그러진 형상은 아직 비밀을 털어놓길 원하지 않는 듯 여전히 바다유리 속에 갇혀 있었다. 헤티는 난로의 불길을 향해 바다유리를 내밀었다. 불빛이 타오르고 사그라질 때마다 형상이 환해졌다 어두워졌다 하는 것이 마치 바다유리 위로 불길이 갈라지는 것 같았다.

헤티는 갑자기 바다유리 가까이로 몸을 바싹 기울였다. 무언가 신기하고 새로운 변화가 느껴졌다. 바다유리 속에 형상이 있는 것은 그대로였지만 그 형상은 어느덧 두 개로 나뉘고 있었다. 흐릿한 두 형상은 서로 다른 모습으로 완전히 분리되었다. 이런 변화에 문득 겁이 나 헤티는 뒤로 물러나 앉았다. 쫙 펼친 헤티의 손 위로 불길이 타닥타닥 타는 듯했다. 헤티는 닫힌 문 뒤에 누워 있는 노파의 얼굴을 떠올리며 다시 바다유리를 응시했다. 두 형상은 지금까지 바다유리 속에서 보았던 노파의 얼굴이 아니었다.

"당신들은 더 이상 노파가 아니군요. 그렇다면 당신들은 어떤 사람들인가요? 아니, 사람이 아닌 건가요?"

손님용 침실의 문이 열렸다. 안나 할머니가 문 앞에 서 있었다.

"헤티, 네가 들어오는 소리를 듣지 못했구나."

"노파는 좀 어때요?"

"안타깝게도 별 차도가 없다."

"수프는요? 좀 먹었나요?"

안나 할머니는 고개를 저었다. 헤티의 시선이 다시 아래를 향했다.

"근사한 바다유리 조각이구나."

"놀리지 마세요."

"놀리는 거 아닌데."

"다들 저를 바다유리나 가지고 다니는 바보 같은 애라고 생각하잖아요."

안나 할머니가 헤티에게 다가와 무릎을 꿇고 앉았다.

"난 그렇게 생각하지 않는단다. 정말이야. 나한테 바다유리를 보여주겠니? 내가 쥐어봐도 될까?"

헤티는 망설였다.

"봐서 무서우면 만지지 않을게."

"그게 아니라……."

"놀리지 않겠다고 약속하마. 네가 바다유리를 소중하게 여기는 거 알아. 너한테 빼앗으려는 게 아니야. 반드시 만져봐야겠다는 것도 아니고. 단지 바다유리 속을 보고 싶은 것뿐이란다. 하지만 네가 원하지 않으면 보여주지 않아도 돼."

헤티는 바다유리를 들었다.

"형상들이 보이세요?"

안나 할머니는 바다유리 속을 자세히 들여다보았다.

"참 매끄러운 바다유리구나. 맑고 아름다워. 바다유리 너머로 벽난로의 불길이 보이네. 저게 네가 말하는 그 형상이니?"

안나 할머니의 물음에 헤티는 시선을 피했다.

"나한테 화내지 마라. 나는 볼 수 없는 걸 너는 볼 수 있잖니. 그저 그렇다는 것뿐이란다."

발밑으로 불티가 튀었다. 안나 할머니는 불씨를 정리하고 자리에서 일어섰다.

"헤티, 넌 신경이 너무 곤두서 있어. 하지만 기억해 둬라. 이 집에 있는 우리하고는 싸울 필요가 없다는 걸 말이야."

"죄송해요, 안나 할머니."

"괜찮다."

"노파를 보러 들어가도 될까요?"

“물론이지.”

두 사람은 손님용 침실로 향했다. 그랜디 할머니와 돌리 할머니가 침대 옆에 서 있었다. 노파는 고개를 옆으로 돌린 채 아까처럼 몸을 기대고 누워 있었다. 호흡이 너무 느려서 거의 느껴지지 않을 정도였다. 입과 눈은 닫혀 있고 이목구비는 고요했다. 헤티가 생전 처음 보는 어떤 쓸쓸함이 노파의 얼굴에 깃들어 있었다.

“차도가 있을까요?”

그랜디 할머니가 헤티를 돌아보았다.

“안나와 돌리와 내가 교대로 노파 곁을 지킬 거다.”

“저도 도울 수 있어요.”

“안 돼. 넌 가서 네 몫으로 남겨둔 음식을 먹으렴. 나머지 저녁 시간엔 집 안을 청소하든지.”

“이분을 돕고 싶어요, 할머니.”

“네가 잘 도와줄 거라는 건 알지만, 지금 같은 상태에서 네 명 모두 매달리고 있을 필요는 없어. 그렇지만 집은 청소해야 하지 않겠니? 이 오두막이 저절로 깨끗해지지는 않을 테니까 말이야. 내가 이따가 나가서 네가 음식을 다 먹었는지 확인할 거다.”

헤티는 노파를 응시한 다음, 그랜디 할머니를 보았다. 지금은 그랜디 할머니와 말다툼을 해봐야 소용없었다. 헤티는 방문을 향해 걸음을 옮기다가 멈추어 뒤를 돌았다.

"장례식은 어떻게……."

"네가 있었더라면 좋았을걸."

෴

아침이 되었지만 폭풍은 조금도 잦아들지 않았다. 헤티는 침실 창 밖을 내다보았다. 바다는 거칠고 구름은 빠르게 지나갔다. 날씨가 점점 더 나빠지는 것 같았다. 헤티는 옷을 갈아입고 세수를 한 다음, 손님용 침실로 살금살금 다가갔다. 안에서는 아무런 소리도 들리지 않았다. 헤티는 조심조심 문을 열고 안을 들여다보았다.

노파는 눈을 감은 채 침대에 가만히 누워 있었다. 여전히 선뜻 다가갈 수 없을 것 같았다. 안나 할머니와 돌리 할머니는 아직 교대 시간이 되지 않아 도착하지 않았고, 그랜디 할머니는 침대 옆 의자에서 졸고 있었다. 헤티는 문을 닫고 방에서 나왔다. 그랜디 할머니가 헤티의 몫으로 남겨놓은 아침 식사는 그냥 지나쳐 버렸다. 코트를 걸치고 부츠를 신고서 헤티는 대문을 열고 집 밖을 나섰다.

거센 바람에 몸이 곧장 뒤로 밀려났다. 바람 사이로 휘청거리며 간신히 문을 닫고서 헤티는 만을 향해 터벅터벅 걸어 내려갔다. 가는 길에 아무도 만나지 않길 간절히 바라며. 자신을 좋게 보아주는 사람이라 해도 만나고 싶지 않았다. 로르나 할머니나 그레고르 할아버지처럼 절대로 같이 어울릴 수 없는 사람들과 맞닥뜨리는 것도 싫지만, 맥키 아저씨나 이슬라 아주머니처럼 편을 들어주고 대신 목소리를 높여주는 친절한 사람들을 만나는 것이 더 괴로운 일이었다. 견디기 힘들 것 같았다.

특히 탐은 더 마주치고 싶지 않았다. 정말이지 탐은 보고 싶지 않았다.

하지만 헤티는 이내 깨달았다. 해변에는 이미 누군가 먼저와 있었다. 뭉고와 더피였다. 헤티는 걸음을 멈추고 잠시 고민했다. 이 아이들이 갈 때까지 어딘가에 숨어 있을까. 하지만 헤티는 스스로를 다독였다.

“아니야. 강하게 나가야지.”

헤티는 자신을 향해 사정없이 주먹을 날리는 돌풍을 가르며 계속 앞으로 가다가 부두에서 걸음을 멈추었다. 바다에서 물거품이 일고 연무가 피어올랐다. 게 바위도 뱀장어 곶도 하얘졌다. 모라의 자랑을 부서뜨린 해안 근처 바위들은 물속에 잠겼다. 거대한 파도들이 바위 위를 덮쳐 해안까지 달려들었다. 헤티는 해변 주위를 둘러보았다. 지금쯤 뭉고와 더피가 저쪽 길로 올라갔기를 내심 기대했다.

하지만 둘은 파도를 향해 돌멩이를 던지며 여전히 그 자리에 있었다. 헤티는 잠시 그 둘을 지켜보았다. 어쩌면 저 녀석들이 자신을 발견했을지도 모른다는 생각이 들었다. 둘 중 누구도 헤티 쪽을 돌아보지는 않았지만 분명 그런 것 같았다. 헤티는 길을 따라 내려가 작은 돛단배들을 정박시켜 놓은 곳으로 향했다.

뭉고와 더피는 계속 돌멩이를 던지고 있었다. 헤티는 그 아이들이 자신을 못 본 체하길 바랐다. 하지만 헤티가 한 줄로 늘어선 돛단배들에 다다라 옆쪽으로 막 걸음을 옮기려는 순간, 뭉고와 더피가 달려왔다. 헤티는 못 본 체하며 자신의 돛단배를 찾았다. 아기 돌고래라는 이름의 이 작은 배가 훼손된 데 없이 무사하다는 것을 한눈에도 알아볼 수 있었다.

헤티가 걱정했던 돛대와 돛과 활대는 모두 배 안에 안전하게 놓여 있었다. 지난번에 최대한 단단히 묶어 놓은 덕분이었다. 하지만 배 바닥에 물이 조금 고여 있었다. 뭉고와 더피 생각은 잠시 치우고 헤티는 파래박을 찾기 위해 배의 가로대 아래를 더듬거렸다. 그때 어깨 너머로 손 하나가 쓱 나타났다. 헤티는 그 손을 흘긋 쳐다보았다.

"간 떨어질 뻔했잖아, 뭉고."

뭉고는 헤티의 눈앞에 바다유리 조각을 내밀고 있었다. 헤티는 파래박을 내려놓고 똑바로 일어서서 두 소년이 자신을 보며 히죽히죽 웃는 모습을 응시했다. 뭉고가 바다유리를 더 가까이 들이밀었다.

"우린 바다유리 속을 아무리 들여다봐도 얼굴 같은 건 코빼기도 안 보이더라. 더피가 어쩌면 넌 봤을 거라고 하네."

더피가 키득거렸다. 헤티는 더피를 한 번 쳐다본 다음, 다시 뭉고를 향해 눈길을 돌렸다. 뭉고는 짐짓 진지한 표정이었다.

"그게 보여? 하긴, 넌 보이겠구나. 넌 그 뭐냐…… 그……."

더피가 끼어들었다.

"특별한 재능이 있으니까."

뭉고와 더피는 서로 눈빛을 주고받았다. 헤티는 뭉고의 손에서 바다유리를 빼앗아 들었다. 색깔은 뿌옇고 끝이 약간 뾰족하며 표면이 소금으로 덮여 있었다. 헤티는 이 바다유리로 뭉고의 얼굴을 확 찌르고 싶었다. 얼굴에 구멍이 날 만큼. 하지만 헤티는 천천히 심호흡을 하고 아기 돌고래의 바닥으로 손을 뻗어 고여 있는 물에 바다유리를 씻었다. 그리고 다시 몸을 일으켜 뭉고의 옷소매로 바다유리를 닦았다. 뭉고가 빈정댔다.

"엄청 고맙구나."

헤티는 조금 전 뭉고가 그랬던 것처럼 짐짓 진지한 표정을 지으며 바다유리를 유심히 살펴보았다. 별로 특별할 것 없는 유리 조각에 불과했다. 혹시나 싶어 시도해 보겠지만 딱히 무언가 보이리라는 기대는 되지 않았다. 헤티는 이 아이들을 놀려주기로 결심했다.

"뭔가 보여."

"그래?"

"얼굴."

헤티가 바다유리를 들어올렸다.

"보여?"

뭉고는 건성으로 흘긋 쳐다보는 척했다. 헤티는 뭉고의 눈앞에 유리를 바싹 갖다 댔다.

"제대로 봐야지. 이제 보여?"

뭉고는 대답하지 않았다.

"도대체 이게 왜 안 보이니? 눈 멀었어?"

이번에는 더피에게 유리를 갖다 댔다.

"그럼 네가 봐. 뭉고는 안 보인다고 하니까. 계속 보고 있어. 자세히 들여다봐야 해."

더피는 뭉고를 흘긋 쳐다보았다.

"뭉고를 왜 봐. 바다유리를 보란 말이야."

헤티의 말에 더피는 바다유리를 응시했다.

"얼굴 안 보여?"

더피가 어깨를 으쓱했다. 헤티는 코웃음을 쳤다.

"너희 둘 다 눈이 멀었구나. 어휴, 이게 왜 안 보이니, 그냥 보면 되는데."

헤티는 하늘을 향해 바다유리를 들어올렸다. 바다유리 너머로 희끄무레한 회색 구름이 일그러져 보였다.

"그럼 이건 절대 못 보겠네. 자, 봐, 뭉고. 여기 갈색 머리카락에 삐쩍 곯은 모습 보이지. 머리카락에 콧물도 막 묻고…… 썩은 동태 눈깔처럼 멍한 파란색 눈동자랑…… 흉측하게 한쪽으로 축 처진 입이랑. 아마 열다섯 살쯤 된 남자애인가 본데……."

"어, 정말 보이네."

"되게 못생기지 않았니. 으웩, 얘 진짜 촌스럽다. 멀쩡한 여자애라면 이런 남자애는 절대 좋아할 수 없을 거야."

"그, 그래. 근데 난 이만 가 봐야겠어. 나중에 보자."

"가긴 어딜 가. 기다려. 나머지 얼굴도 보여줄게."

뭉고와 더피가 부두를 향해 걸음을 옮기기 시작했다. 헤티는 그 뒤에 대고 소리쳤다.

"더피, 이거 한번 봐! 얜 더 못생겼어. 어떻게 생겼는지 말해 줄까?"

"아니야, 괜찮아."

“네가 원하면 말해줄게!”

아무 대답이 없었다.

“제발! 나머지 얼굴이 어떻게 생겼는지 말해주겠다니까!”

헤티는 계속 소리를 지르며 쫓아갔지만 뭉고와 더피는 멈추지 않았다. 겉으로는 애써 태연한 척하지만 두려움을 감추지 못하는 녀석들의 모습에 헤티는 만족스러웠다. 심장이 두근거릴 정도였다. 하지만 이제 뭉고와 더피는 갔고, 둘을 놀리던 기쁨도 사라졌다. 이제 남은 건 한층 더 쌓인 죄책감뿐이었다. 헤티는 바다유리를 내던졌다. 그제야 자신이 떨고 있다는 것이 느껴졌다. 헤티는 아기 돌고래의 뱃전에 기대 서서 배에 말을 걸듯 중얼거렸다.

헤티가 돛단배에 대고 말했다.

“괜히 센 척했어.”

헤티는 파래박을 꺼내 배 바닥의 물을 최대한 퍼냈다. 걸레로 배의 표면도 깨끗이 닦았다. 이렇게 자신의 돛단배와 단둘이 있으니 마음이 편안해졌다. 하지만 몸이 떨리는 것은 여전했다. 그때 뒤편 조약돌 해변에서 발자국 소리가 들렸다. 헤티는 주먹을 꼭 쥐고 뒤를 돌아보았다. 탐이 서 있었다.

“괜찮아, 헤티?”

“괜찮지 않을 게 뭐야?”

탐이 망설이며 말했다.

“네가 꼭 덤벼들려는 것처럼 보여서 말이야. 아니면 뭔가 찾고 있거나.”

헤티는 주먹을 풀고 호흡이 차분히 가라앉길 기다렸다.

“너 때문에 놀라서 그런 거잖아. 그게 다야.”

“놀라게 할 생각은 없었는데.”

탐은 그 자리에 엉거주춤 서 있었다. 바람이 탐의 얼굴 위로 머리카락을 날렸다. 헤티는 잠시 동안 탐을 가만히 바라보았다. 탐을 오랜 친구로, 그저 아주 오랫동안 알고 지낸 사람으로 여기려 애쓰며. 하지만 지난 몇 달 사이 많은 것이 달라졌다. 탐은 몸이 점점 강해지면서 아빠인 맥키 아저씨를 닮아갔다. 물론 맥키 아저씨의 머리카락은 점점 빠지고 있지만.

“여긴 왜 온 거야?”

헤티는 자신의 말투가 마음에 들지 않았다. 너무 냉정하고 쌀쌀맞았다. 하지만 지금은 헤티 스스로도 어쩔 수 없었다.

“널 보러 오는 데 꼭 무슨 이유가 있어야 돼?”

헤티는 아기 돌고래를 쓱 훑어보며 말했다.

“아니, 뭐. 난 그냥…… 네가 혹시 무슨 이유가 있어서 왔나 한 거야.”

“이유가 있긴 하지.”

헤티는 얼른 탐을 향해 얼굴을 돌렸다.

“너 뒤에 뭘 감추고 있는 거니?”

"응."

"뭔데?"

"그 이유."

"탐, 너 빨리 말 안 해?"

"너희 집에 누워 있는 그 노파 말이야, 본토 사람이야."

사뭇 과장된 몸짓으로 탐은 등 뒤에서 비밀을 꺼내놓았다. 그것은 작고 평평한 직사각형 나뭇조각이었다.

"해골 만을 살펴보다가 이걸 발견했어. 우리가 배의 잔해를 발견한 그 바위 옆 해초에 걸려 있더라고. 이건 틀림없이 노파가 탄 배의 이름을 새긴 판자야. 목재 종류도 같고, 배가 충돌한 장소와 같은 곳에 있었으니까."

탐이 자신의 반응을 살펴보고 있다는 것을 알면서도, 헤티는 그저 판자를 뺏어 들어 그 위에 새겨진 글자를 가만히 읽었다.

헤티는 얼굴을 찡그렸다. 하가는 굉장히 익숙한 이름이었다. 본토 최북단에 위치한 항구. 그곳에 가 본 사람은 맥키 아저씨, 그리고 아저씨와 함께 일하는 몇몇 선원들뿐이었다. 다른 단어들은 낯설었다.

"셈퍼 피델리스가 뭘까?"

"배 이름."

"근데 무슨 의미지?"

"내가 알겠니. 중요한 건 이 배가 하가에서 왔다는 거지. 아마 노파도 그곳 사람일 거야. 이게 또 뭘 의미하는지 알겠어?"

이번에도 탐이 자신의 반응을 살펴보고 있는 것이 느껴졌다. 헤티는 답을 알면서도 일단 물어보았다.

"뭘 의미하는데?"

"그야 노파가 모라 섬까지 80킬로미터 이상을 항해했다는 의미지. 그 폭풍을 뚫고, 그 조그만 배를 타고 말이야. 네가 나한테 했던 말 기억나? 노파가 널 찾으러 여기 온 것 같다고 말했지?"

"넌 엉터리 같은 말이라고 생각하잖아. 안 그래?"

"아니. 놀랍다고 생각하는데."

탐은 헤티에게 미소를 지었다. 이번에는 헤티도 애써 미소를 지어 보였다.

"내가 여기에 온 이유가 하나 더 있어."

자신의 미소가 희미해지는 것을 느끼며 헤티는 조심스럽게 물었다.

"음, 뭔데?"

"네가 회의에 갈지 알아보려고."

"무슨 회의?"

"그레고르 할아버지가 회의를 소집했어. 긴급회의래. 30분쯤 있으면 시작할 거야. 로리 아저씨가 아빠한테 전하러 왔어. 혹시 그랜디 할머니를 찾으러 너희 집에 들른 사람 없었어?"

"아무도 못 봤는데."

"아마 네가 집 밖에 나와 있어서 못 봤나 봐. 아무튼 회의가 열리긴 열릴 거야. 넌 어떡할래?"

"마을 사람들 전부 가는 거야?"

"아니, 어른들만."

"그럼 우린 참석 대상이 아니잖아."

"그게 무슨 상관이야. 가서 들으면 되지, 뭐."

헤티는 탐의 눈동자에서 장난기와 함께 다른 감정도 보았다. 탐이 그런 감정을 갖지 않길 바랐는데. 헤티는 눈길을 돌려 하가에서 온 노파를 잠시 생각하다가 다시 탐을 돌아보았다. 헤티는 두려웠다. 탐에게 상처를 줄까 봐.

"어떻게 들을 건데?"

"나한테 맡겨. 가자."

헤티와 탐은 부두로 향하는 길을 따라 내려가기 시작했다.

"아까 뭉고하고 더피를 봤어. 헤티 네가 이 아래에 있다고 말해주더라."

헤티는 탐이 계속해서 말하길 기다렸다. 하지만 탐은 입을 다물었다. 절벽 한쪽 구불거리는 오르막길에 접어든 둘은 부러진이빨 능선에서 잠시 멈추었다. 한 차례 숨을 고른 뒤 탐이 막 걸음을 옮기려 하는 순간, 헤티가 탐의 팔을 잡았다.

"넌 왜 뭉고하고 더피랑 어울려 다녀?"

"그게 어때서?"

"걔들은 바보잖아."

탐은 어깨를 으쓱해 보였다.

"그럼 어쩌라고? 네가 요즘 계속 날 피하는데."

"내가 언제 널 피했니?"

하지만 탐은 대답 없이 돌아서서 뛰어 내려갔다. 헤티도 탐을 따라 뛰었다. 하지만 탐이 더욱 속도를 내는 바람에 헤티는 마을 회관에 도착할 때까지도 탐을 따라잡지 못했다. 마을 회관의 닫힌 정문 너머에서 왁자지껄 떠드는 소리가 들려왔다. 탐은 이미 마을 회관 옆으로 가고 있었다. 헤티가 다시 탐의 팔을 잡았다.

"난 널 피하지 않아, 탐."

탐은 여전히 대답이 없었다.

"피하지 않는다니까."

하지만 헤티는 탐의 눈빛을 보고 자신의 거짓말이 들켰다는 것을 알 수 있었다. 탐이 말을 돌렸다.

"어떻게 엿들을 수 있는지 알려줄게."

탐은 모퉁이를 돌아 마을 회관 뒤편의 작은 문으로 헤티를 데려갔다.

"여기야."

"화장실?"

"응."

"난 안 들어갈래."

"어때서? 아주 완벽한데. 회의실이 바로 옆에 있고 벽은 아주 얇아서 잘 들리거든."

"너 전에도 여기에서 엿들은 적 있어?"

"넌 그런 적 없이?"

"없어."

"흠, 네 맘대로 해."

탐은 안으로 들어가 문을 닫았다. 헤티는 어떻게 해야 할지 몰라 밖에 서 있었다. 그랜디 할머니의 목소리가 들렸고, 잠시 후 안나 할머니의 목소리도 들렸다. 두 할머니들은 저 아래쪽 길에서 마을 회관을 향해 걸어오고 있었다. 헤티는 하가에서 온 노파를 다시 떠올리며 주머니 속 바다유리를 꼭 쥐었다. 할머니들의 목소리가 점점 가까이 다가왔다. 잠시 망설이던 헤티는 화장실 문을 열고 슬그머니 안으로 들어갔다.

෴

"문 잠가. 혹시 누가 들어올지 모르니까."

탐의 말에 헤티는 조금 주저하며 문을 잠갔다. 그리고 돌아서서 문에 등을 기댔다. 화장실 안은 어두웠고 고약한 냄새가 났다. 하지만 두 사람이 서로 몸이 닿지 않은 채 서 있기에 딱 알맞은 공간이었다. 신기하게도 폭풍이 아득하게 느껴졌다. 이내 탐의 말이 옳았음을 깨달았다. 마을 회관 안의 소리들이 곧장 벽을 뚫고 전해졌다.

한 사람 한 사람의 목소리가 들려왔다. 그랜디 할머니, 안나 할머니, 돌리 할머니를 제외한 모든 어른들이 참석했다는 것을 분명하게 알 수 있었다. 회의가 아직 시작되지 않았다는 것도 알 수 있었다. 곧이어 출입문이 여닫히는 소리와 그랜디 할머니의 목소리가 들렸다.

“일찍 도착하지 못해서 미안. 우리가 회의 내용을 많이 놓친 건 아니겠지?”

그레고르 할아버지가 말했다.

“아무것도 놓친 거 없어. 모두 도착하길 기다렸다가 시작하려고 했으니까. 돌리는 안 왔나? 마을 성인들이 전부 참석해야 하는데.”

“돌리는 노파를 간호하고 있어서 못 왔어.”

그레고르 할아버지가 비꼬듯 웃으며 말했다.

“헤티가 간호하면 안 되나? 헤티가 꽤나 하고 싶었을 텐데. 노파의 특별한 친구니까.”

“그 일에 헤티까지 거들 필요는 없어, 그레고르.”

맥키 아저씨가 말했다.

“맞습니다. 그리고 오늘 회의에 모든 성인들이 참석할 필요도 없어요. 한 사람 빠진다고 회의가 엉망이 되지는 않을 테니까요. 잘 아시잖아요, 그레고르 영감님.”

헤티는 탐이 몸을 가까이 기울이는 것을 느꼈다. 탐이 속삭였다.

“벌써부터 다들 만만치가 않다.”

이번에는 안나 할머니가 말했다.

“그나저나, 그레고르. 당신이 회의를 소집했다면서.”

그레고르 할아버지가 기운차게 말했다.

"암, 내가 소집했지. 내가 보아 하니, 중요한 사실을 잊어버린 사람들이 있는 것 같아서 말이야. 더군다나 불쌍한 퍼 노인이, 허어, 퍼 노인에게 명복을! 하여튼 퍼 노인이 더 이상 우리 곁에 없으니 그 사실을 일깨우려면 이제 내가 나서야 하지 않겠어."

그레고르 할아버지가 본격적으로 이야기를 시작했다. 아무도 그레고르 할아버지의 말을 가로막지 않았다.

"자, 첫째로 할 얘기는, 모라의 자랑을 잃었으니 다른 배를 만들어야 산다는 겁니다. 그것도 가급적 빨리 만들어야 해요. 그러지 않으면 겨울이 시작되기 전에 외부와 거래를 할 수 없을 테니까. 이건 더 생각할 필요도 없는 일이지요. 한시 바삐 서둘러야 합니다."

맥키 아저씨가 입을 열었다.

"저……."

"잠깐, 맥키. 끝까지 들어. 아직 내 말이 끝나지 않았으니까. 내가 말을 마치면 이야기하라고."

"마음대로 하세요."

"우리에게는 브린다 섬이나 다른 여러 섬들에 보내려고 쌓아 놓은 재고가 잔뜩이에요. 물건들이 저기 그대로 남아 있단 말입니다. 거래를 하지 않을 거라면 모라 섬에 최고급 양모와

진귀한 돌이 있어 봤자 무슨 소용인가요. 우리 주민들이 실을 잣고, 뜨개질을 하고, 옷감을 짜고, 돌을 깎아가며 힘들게 일해 봤자 무슨 소용이겠냐고요."

맥키 아저씨가 다시 말했다.

"저, 이제 말 좀 해도 됩니까?"

"아니, 아직. 자네 차례가 되면 알려주지. 지금은 좀 잠자코 있으라고."

사람들 사이에서 웅성거림이 확 커졌다가 이내 차츰 작아졌다. 마을 회관 안은 다시 조용해졌다. 헤티는 탐이 자신을 향해 얼굴을 찡그리는 것을 보았다. 그레고르 할아버지가 고함을 질렀다.

"생선 재고량은 점점 줄고 시난해 작황은 영 형편이 없어서 벌써부터 걱정이 이만저만이 아닙니다. 그러니 우리 모두, 지금 당장, 새 배를 만드는 데 집중해야 한다 이 말씀이오."

맥키 아저씨가 말했다.

"그레고르 영감님, 마치 우리가 그런 사실들을 전혀 모르고 있는 것처럼 말씀하시네요. 물론 우리는 새 배를 만들 거고 모라의 자랑만큼 잘 만들 거예요. 우리한테는 자원도 있고 기술도 있어요. 폭풍이 지나가는 대로 제가 작업반을 조직할 겁니다."

"하지만 자네 작업을 방해하는 건 폭풍이 아닐 텐데, 맥키.

자네 작업을 방해하는 건 그 재수 없는 노파야. 그리고 자네가 내 말을 잘라먹지 않았다면 내가 두 번째 얘기도 마저 말했을 텐데 말이야. 그게 무엇인고 하니, 그 노파가 우리 마을의 온갖 문제를 일으키는 가장 큰 원인이라는 거지. 그런데도 자네하고 자네 주변 사람들은 노파를 보살피고 두둔하고 있으니, 이거야 원. 펴 노인이 우리에게 제대로 경고했고 그 경고가 옳았다는 게 입증되고 있지 않은가."

로르나 할머니가 거들었다.

"내 말이 그 말이야."

사람들이 웅성거리는 소리가 커졌다. 작은 화장실 안에서 헤티는 화가 치밀어 오르는 것을 느끼며 회의실과의 사이에 놓인 벽을 노려보았다. 탐이 또다시 헤티에게 몸을 바싹 기대며 작은 목소리로 말했다.

"여기서 사람들한테 소리 지르면 안 돼."

헤티도 목소리를 낮추어 말했다.

"안 그럴 거야."

하지만 꾹 참기가 정말 힘들었다.

그레고르 할아버지가 계속해서 말했다.

"우리는 노파를 도와서는 안 돼. 노파가 어떻게 되든 내버려둬야 한단 말이지. 그 노파 때문에 이미 모라의 자랑을 잃었어. 그런 마당에 노파를 도와주면 다음엔 또 어떤 악이 올지 누가 알겠나? 퍼 노인이 옳았어. 옳았고말고. 그 노파는 평범한 조난자가 아니야. 불운을 가져오는 마녀라고."

맥키 아저씨가 반박했다.

"그 노파는 불운을 가져오는 사람이 아니에요."

"맞다니까. 누구보다 내가 잘 아네."

"퍼 노인처럼 꿈을 꿨다느니 하는 얘기라면 말씀하지 마세요."

"누가 언제 문제를 일으킬지 꼭 꿈을 꿔야 아나?"

"그럼 그걸 무슨 수로 아시나요?"

"다 경험으로 아는 거지. 그 방면에선 내가 자네보다 40년은 더 잔뼈가 굵어, 맥키. 나는 불운을 몰고 오는 남자들과 항해해 봐서 척 보면 탁 알 수 있거든. 자네 아버지가 살아 계셨다면 내 말에 맞장구쳤을걸. 그뿐인가. 비슷한 문제를 일으키는 여자들도 나는 숱하게 겪어봤지."

로르나 할머니가 거들었다.

"왜 그 있잖아, 온 마을 사람들 농사가 완전히 망했을 때. 그게 프레다의 섬의 이복 자매가 모라 섬에 살러 왔을 때였지. 자네도 제법 나이를 먹었을 때라 기억날 거야. 어쩐지 그 여자들이 모라 섬에 도착하는데 딱 보자마자 감이 안 좋더라고. 아니나 다를까, 그 여자들이 가자마자 수확량이 다시 늘었잖아."

그랜디 할머니가 말했다.

"그냥 농사가 안 되려니 안 된 거지. 프레다 섬의 이복 자매하고는 아무 상관도 없었어. 바다에서 떠밀려 온 이 노파도 마찬가지야. 작은 배를 타고 표류하다가 하필이면 우리 섬에 난파된 게 재수 없다면 재수 없는 일인 거지. 모라의 자랑을 파괴시킨 폭풍이 어디 그 노파 책임인가."

그레고르 할아버지가 빈정댔다.

"노파한테 단단히 홀리셨구먼."

"당신이야말로 지나치게 관심을 갖는 것 같은데. 그 노파는 누구한테도 해를 끼치지 않는 그저 평범한 늙은이일 뿐이야. 그런데 당신하고 로르나는 어떻게든 말을 만들어 내려고 하잖아."

"온 섬을 다니면서 한번 물어봐. 하나같이 그 노파를 믿지 않는다고 말할걸. 퍼 노인은 언제나 옳은 주장만 했지. 그리고 당신은 나한테 말을 만들어 낸다는 둥 잔소리를 늘어놓을 때가 아니지 않아? 당신 손녀 헤티를 좀 보라고. 바다유리에서 얼굴이 보인다느니 하는 어처구니없는 소리를 하면서 돌아다니지를 않나, 퍼 노인한테 잡아먹을 듯이 대들지를 않나, 예배당에서 조문도 안 하려고 그 고집을 부리지를 않나. 참 막돼 먹었지."

로르나 할머니가 맞장구쳤다.

"하이고, 갈수록 더하던데. 오늘 아침엔 해변에 내려가서 마구 소리를 지르더라니까. 내가 집을 나설 채비를 하고 있었는데, 헤티 목소리가 어찌나 큰지 바람 소리며 파도 소리를 다 집어삼키겠던걸. 자기 배 옆에 서서 아무 데나 대고 그렇게 목이 터져라 소리를 지른다니, 원. 대체 헤티가 왜 그런 건지 나한테 설명 좀 해 봐, 그랜디."

"다 그럴 만한 이유가 있으니까 소리를 질렀겠지. 얼굴을 찾으려는 것도 그만한 이유가 있는 거고."

그레고르가 할아버지가 말했다.

"바다유리에서 말인가?"

"어디서든. 헤티 같은 과거를 지녔다면 당신들도 똑같이 했을걸."

그레고르 할아버지가 중얼댔다.

"누구는 과거 없나. 나도 내 과거가 있는걸."

"그래, 훌륭해. 그러니 헤티를 좀 내버려 둬. 노파에 대해서는 다들 그만 걱정해도 될 것 같아. 돌리와 안나와 내가 보기에, 노파가 하루도 못 버틸 듯싶어."

헤티는 더 이상 듣고 있을 수가 없어 화장실 문을 향해 손을 뻗었다. 그때 어깨 위로 탐의 손이 느껴졌다. 헤티가 잔뜩 성난 눈빛으로 노려보자 탐은 이내 손을 거두었다. 헤티는 자물쇠를 풀고 문을 밀어 연 다음, 뒤도 돌아보지 않고 달려갔다. 문득 오르막 꼭대기를 보니 뭉고와 더피가 자신을 지켜보고 있었다. 헤티가 화난 목소리로 말했다.

"나 봤다는 말하면 죽어. 절대로 말하면 안 돼."

뭉고와 더피는 헤티가 자신들 앞을 지나 급히 달려가는 모습을 빤히 쳐다보았다. 헤티가 향한 곳은 바위산 절벽이었다. 절벽 정상까지 기어 올라간 헤티는 그 자리에 주저앉아 바람을 맞았다. 저 아래 파도가 해변을 향해 밀려와 부서졌다. 헤티는 눈물을 흘리며 바다를 가만히 내려다보다가 주머니 속 바다유리를 꼭 쥐었다. 몇 시간 뒤, 탐이 헤티에게 다가왔다. 그 사이 헤티는 거친 바다만 줄곧 내려다보고 있었다.

"이런, 추워서 떨고 있잖아."

탐의 말에 헤티는 대꾸하지 않았다. 탐은 옆에 앉아 헤티에게 팔을 둘렀다. 헤티는 탐에게 살짝 기댔다. 하지만 탐이 자신의 머리에 입을 맞추자 헤티는 다시 몸을 세웠다. 탐이 헤티의 몸에 두르고 있던 팔을 풀었다.

"미안."

"우린 아무런 도움을 주지 못했어, 탐. 그 노파 말이야. 우린 도움을 주지 못했어. 난 노파를 저버렸어."

"넌 노파를 저버리지 않았어, 헤티."

"아니. 노파는 나를 찾아서 여기까지 왔어. 그래, 알아. 내 말이 얼마나 어처구니없는 소리로 들리는지……."

"어처구니없는 소리라고 생각하지 않아. 전에도 너한테 그렇게 말했잖아."

탐은 주머니에 손을 넣어 롤빵 두 개를 꺼냈다. 헤티는 빵을 물끄러미 쳐다보았다.

"돌리 할머니 빵은 정말 최고야. 돌리 할머니가 너희 집에 빵을 조금 가지고 오셨대. 그랜디 할머니가 널 찾으면 빵을 주라고 하셨어."

"할머니가 날 찾아오라고 너한테 부탁하셨구나?"

"응."

"미안해, 탐."

"괜찮아. 어차피 널 찾고 있었거든. 온 섬을 샅샅이 뒤졌어. 동쪽으로 올라갔다가 빼드렁니 곶하고 북쪽 곶 쪽으로 빙 돌아서 은둔자의 동굴이랑 네가 좋아할 것 같은 몇몇 장소들 쪽으로 내려왔어. 근데 아무 데도 네가 보이지 않는 거야. 그래서 혹시 집으로 갔나 싶어서 들러봤지. 사실 네가 진짜로 거기 있을 거라고는 기대하지 않았지만. 그때 마침 그랜디 할머니가 마을 회관에서 돌아오셨는데 널 많이 걱정하시더라. 나도 걱정돼서 다시 나와서 돌아다녔어. 처음부터 여기로 올걸 그랬네. 마을 회관에서 곧장 여기로 온 거야?"

"응."

탐이 어깨를 으쓱해 보였다.

"아, 그랬구나."

"걱정해 줘서 정말 고마워."

탐이 헤티에게 롤빵을 건넸다.

"이거라도 먹는 게 좋겠다. 그랜디 할머니는 네가 빵을 안 먹으려 할 거라고 하시더라. 그래도 나한테 꼭 빵을 줘야 한다고 당부하셨어."

헤티는 말없이 빵을 받았다. 그리고 바다를 향해 돌아앉아 허겁지겁 먹었다. 잠시 후 탐의 팔이 또다시 슬며시 자신의 어깨를 두르는 것이 느껴졌다. 이번에는 그냥 내버려두었다. 헤티는 빵을 마저 다 먹은 다음, 탐을 보며 조그맣게 말했다.

"고마워, 탐."

헤티는 자리에서 일어났다.

"이제 가봐야겠다."

ᘐᘐᘐ

노파는 헤티가 마지막으로 보았던 자세 그대로 누워 있었다. 눈을 감은 채 고요한 표정이었다. 그랜디 할머니, 안나 할머니, 돌리 할머니는 조용히 침대 주변에 서 있었다. 헤티가 문 앞에서 말했다.

"노파가 본토 사람이라는 거, 탐이 말했나요?"

세 할머니들이 일제히 고개를 돌려 헤티를 보았다. 그랜디 할머니가 말했다.

"아니, 그런 말 안 했는데. 탐은 그걸 어떻게 알았다니?"

"노파의 배에 있던 이름표를 발견했대요. 하가에서 온 배래요."

"흐음, 그렇다면 결론은 뻔하구나. 하가 사람들은 더 이상 모라 섬에 오지 않고 우리는 하가로 갈 수 있는 배가 없잖니. 노파는 모라 섬에서 죽는 수밖에."

헤티는 노파의 얼굴에 시선을 고정시킨 채 침대를 향해 다가갔다. 헤티가 소곤소곤 말했다.

"너무 크게 말씀하지 마세요, 할머니. 노파가 다 듣겠어요."

돌리 할머니가 헤티 곁으로 다가와 낮은 목소리로 말했다.

"헤티, 안타깝지만 네가 상황을 바꿀 수는 없단다. 이 노파의 삶은 거의 끝나 가고 있어. 어쩌다 모라 섬까지 오게 됐는지는 몰라도 그 바람에 크게 다쳐서 죽어가고 있는 거야."

"노파는 죽지 않아요."

"곧 죽을 거다, 얘야."

안나 할머니도 낮은 목소리로 말했다.

"돌리 말이 맞아, 헤티. 우리는 지난 몇 년 동안 너무나 많은 사람이 모라 섬에서 죽어가는 걸 지켜봤지. 이제 더 이상 그런 일이 없었으면 좋겠지만 이곳은 모라 섬이야. 노파는 저세상으로 가고 있어. 만일 조금이라도 의식이 있다면 스스로도 알고 있을 거야."

헤티는 침대 끝에 걸터앉아 노파의 손을 잡았다. 손은 차가웠고 바스라질 것 같았다.

"제가 돌볼게요."

그랜디 할머니가 말했다.

"안 된다, 헤티. 지금 이대로 하는 게 나아."

헤티는 노파의 나머지 손까지 꼭 잡았다.

"전 꼼짝도 하지 않을 거예요."

"헤티……."

"절 여기에서 내보내시려면 맥키 아저씨를 불러서 끌어내야 할 거예요."

"고집 좀 부리지 마라."

"제 고집이 누굴 닮았겠어요, 할머니."

안나 할머니와 돌리 할머니가 서로 눈짓을 했다. 그랜디 할머니가 두 할머니들을 보고서 말했다.

"어쩌면 그 편이 나을지도 모르겠구나……."

안나 할머니가 말했다.

"우리는 밖에서 기다릴게, 그랜디."

두 할머니들이 방을 나갔다. 그랜디 할머니는 방문을 닫고 침대로 다가왔다.

"조금 비켜주겠니."

헤티는 꼼짝도 하지 않았다.

"조금만 비켜라, 얘야. 우리 둘이 같이 앉을 자리는 충분하잖니. 네가 노파의 손을 놓지 않아도 되고."

"전 이 자리가 좋아요."

헤티는 노파의 손을 잡은 채 약간 옆으로 비켰다. 이제는 팔뚝을 어루만졌다. 팔뚝 역시 차가웠고 역시나 부서질 것처럼 약했다. 하지만 아직 생명이 꺼지지는 않았다. 아직은. 남아 있는 생명의 속삭임이 느껴졌다. 헤티는 노파의 손목 위에 한 손을 살짝 올려 맥박을 쟀다. 문득 정신을 차려 보니 그랜디 할머니가 지켜보고 있었다.

"맥박이 너무 희미할 거다. 그렇지?"

"상관없어요. 그래도 전 여기 있을 거예요. 그냥 돕고 싶을 뿐이에요. 도울 수 있어요."

"어떻게 도우려고?"

"곁에 앉아 있을 거예요. 그게 전부예요. 가만히 앉아 있는 게 무슨 해가 되진 않잖아요? 어차피 할머니들이 돌보셨어도 별 차도가 없었는걸요. 그랜디 할머니랑 안나 할머니, 돌리 할머니는 모라 섬 최고의 치료사들인데도 말이에요."

"구한 사람보다 잃은 사람이 더 많은 법이란다."

그랜디 할머니는 작은 방, 빈 찬장과 선반, 금방이라도 부서질 것 같은 침대 옆 탁자, 벽난로의 쇠살대 안에서 타오르는 불길을 죽 훑어보았다. 이곳에서 빛나는 것은 벽난로 안의 불길뿐이었다.

"얼마나 많은 사람이 목숨을 잃었는지. 사람들은 바다에서 사투를 벌이다 우리가 사는 이곳 모라 섬에 닿곤 하지. 그건 네가 누구보다 잘 알 거야. 하지만 우리가 그 사람들을 살려낼 수는 없단다, 얘야. 우리가 할 수 있는 건 그저 살릴 수 있도록 최선을 다하는 일뿐이야."

"제가 바라는 것도 그것뿐이에요."

그랜디 할머니는 벽난로로 다가가 부지깽이로 불을 쑤신 다음, 다시 침대로 돌아왔다.

"그래, 노파가 숨을 거둘 때 누군가는 곁에 있어야겠지. 네가 곁에 있는 편이 낫겠구나. 난 나가 있으련다. 피곤해지거나 무슨 일이 생기면 이 할머니를 부르렴."

"제 걱정은 마세요."

"걱정이 되는구나, 헤티. 할머니는 네가 항상 걱정된다."

그랜디 할머니가 방을 나갔다. 닫힌 방문 건너편에서 그랜디 할머니의 발자국 소리가 차츰 멀어졌다. 이내 사방이 조용해졌다. 곧이어 바람 소리가 들렸다. 강풍이 불고 있다는 사실을 까맣게 잊고 있다가 문득 다시 알아차린 것이다. 한두 번도 아니고 어떻게 그럴 수가 있는지, 그리고 고요한 상태와 폭풍 소리가 어떻게 공존할 수 있는지 의아했다. 헤티는 바람 소리에 귀를 기울였다. 바람과 고요함은 함께 계속되었고, 각각 서로의 특징 속으로 깊숙이 스며들었다. 이따금 어딘가에서 바람이 불고 어딘가에서 고요함이 흐르는지 분간하기 어려울 지경이었다. 어느 때는 집 밖이 고요함에 빠지고 집 안에서 폭풍이 부는 것 같다가도, 또 어느 때는 서로 하던 일을 바꾸어 바람이 제 구역으로 돌아간 것 같았다.

헤티는 방 안의 고요함 속에 몸을 기댔다. 이 고요함을 깨는 것은 불길이 타닥타닥 타오르는 소리뿐이었다. 노파의 숨소리는 너무나 희미해서 거의 들리지 않았다. 숨이 붙어 있다고 믿기 힘들 만큼 약한 소리였다. 헤티는 조금의 움직임도 없는 노파의 얼굴을 눈으로 훑었다. 이목구비가 얼어버린 것만 같았다. 헤티는 노파의 손과 팔, 어깨를 어루만지고 허리를 숙여 낮게 속삭였다.

"살아나셔야 해요."

헤티는 노파의 목에 손을 댔다.

"목을 좀 만져볼게요. 다치게 하지 않겠다고 약속해요."

다시 바람이 불고 이내 다시 고요해졌다. 곧이어 바람과 고요함이 한 공간에 머물렀다. 헤티는 노파의 핏기 없는 뺨 위에 손을 얹었다. 얼굴에는 아무런 움직임이 없었다. 하지만 마치 헤티의 온기가 전달되기라도 한 듯 피부의 냉기가 살짝 가라앉은 것 같았다.

"목이 많이 마를 거예요."

헤티는 노파의 손을 놓고 주위를 둘러보았다. 침대 옆 탁자에 물 한 컵이 놓여 있었다. 헤티는 컵 안에 손가락을 담근 뒤 노파의 입가를 따라 젖은 손가락 끝을 가져다 댔다. 입술은 움직임이 없었다. 또다시 손가락을 물컵에 담갔다가 노파의 입술에 가져다 댔다. 역시 아무런 반응이 없었다. 헤티는 손가락 끝으로 노파의 뺨과 턱을 천천히 어루만졌다. 이번에는 손가락 두 개를 물에 적셔 노파의 피부에 물을 축이면서 귓속말로 속삭였다.

"죽으려고 이곳에 오신 건 아니잖아요."

헤티는 다시 손가락을 적셨다.

"절 찾으려고 오셨잖아요."

헤티의 젖은 손가락이 노파의 입술을 축였다.

"정신이 돌아오실 때까지 전 자리를 뜨지 않을 거예요."

방문 너머로 사람들 목소리가 들렸다. 무슨 말인지 알아들을 수는 없지만, 그랜디 할머니와 다른 할머니들이 방 안으로 들어올지 말지 의논하는 중이라는 것을 알 수 있었다. 방문은 여전히 닫혀 있고 목소리는 차츰 멀어졌다. 불길이 타닥타닥 소리를 내고 폭풍이 큰 소리로 으르렁댔다. 땅거미가 질 무렵에도 노파에게는 아무런 변화가 없었다. 헤티는 이제 침대에 누웠다. 오른손으로는 노파의 머리를 조심스럽게 끌어안으며 이마를 쓰다듬고, 왼손으로는 노파의 왼손을 잡아 깍지를 꼈다. 벽난로의 불빛만이 방 안을 비추고 있었다. 불이 꺼지지 않게 수시로 불을 뒤적였다. 곧 석탄을 더 넣어야 할 것 같았다. 잠시 후 문이 열리고 그랜디 할머니가 말을 걸었다.

"이제 그만 나오렴, 헤티."

"전 안 나갈 거예요."

"뭘 좀 먹어야 하잖니. 내가 노파 곁에 있을게. 나도 어떻게 손을 쓰지 못하는데 네가 할 수 있는 일이 뭐가 있겠니."

"할머니는 이분을 회복시킬 수 없어요."

"넌 할 수 있고?"

"네, 전 할 수 있어요."

그랜디 할머니는 방 안으로 들어와 침대 곁에서 걸음을 멈추었다. 노파를 내려다보던 그랜디 할머니는 손을 뻗어 노파의 손을 잡고 있는 헤티의 손을 옆으로 내려놓고 자신의 손가락 몇 개를 노파의 손목에 대어보았다.

헤티가 말했다.

"아직 맥박이 뛰고 있어요."

"느껴지는구나."

"아까보다 강해요."

"아니, 그렇진 않다."

그랜디 할머니는 노파의 손을 침대 위에 조심스럽게 내려놓았다. 헤티가 곧바로 그 손을 다시 잡았다. 그랜디 할머니는 잠시 헤티를 가만히 바라보았다. 난로의 불빛이 헤티의 얼굴 위에 어른거렸다.

"차도가 없대도 그러는구나, 헤티. 아까보다 상태가 나아지지 않았어."

"하지만 더 나빠지지도 않았잖아요."

"여전히 죽어가는 중이다."

"할머니 목소리가 너무 커요."

그랜디 할머니는 목소리를 낮추어 계속 말했다.

"헤티, 노파는 이미 우리가 닿을 수 없는 곳으로 가 버렸단다. 서서히 죽어가고 있어. 우리가 할 수 있는 일은 곁에 앉아 관심을 갖고 보살피는 게 전부란다. 그 일은 이 할머니가 할 수 있어. 안나 할머니와 돌리 할머니도 할 수 있고. 이제부터는 우리가 맡으마. 네가 애 많이 썼다."

"의식이 돌아올 때까지 지키고 있을래요."

"어리석은 짓이라니까 그러는구나. 아무리 원해도 바꿀 수 없는 일이 있어."

"단순히 원하기만 하는 게 아니에요."

"단순히 원하기만 하는 거 맞다. 네 마음은 충분히 이해할 수 있어. 우리 모두 노파가 살아나길 바라고 있단다."

"로르나 할머니와 그레고르 할아버지는 아니잖아요."

"그 사람들은 신경 쓰지 말자꾸나. 이 집에 있는 사람들은 모두 노파가 살아나기를 원해. 안나도, 돌리도 그리고 나도. 하지만 헤티, 때로는 누군가 가야 할 때를 받아들일 줄도 알아야 해. 그리고 난 바로 지금이 이 노파가 가야 할 때라는 생각이 드는구나. 그러니까 너는 가서 뭘 좀 먹고 쉬는 게 좋겠다. 몇 시간 동안 이 방에 널 혼자 있게 해주었잖니. 그만하면 충분하지 않니?"

그때 헤티가 느닷없이 말했다.

"폭풍이 잦아들고 있어요."

"뭐라고?"

"폭풍이 잦아들고 있다고요."

"네가 그렇게 생각하는 거겠지."

"잦아들고 있는 게 분명해요."

그랜디 할머니가 헤티 곁으로 다가왔다.

"밖에서 나는 소리를 잘 들어보렴, 헤티. 들리니? 바람 소리와 파도 소리가 들리지?"

"점점 잦아들고 있어요."

"점점 심해지고 있는 거겠지. 자, 이런 바보 같은 소리는 그만하자. 잦아든다고 말한다 해서 진짜로 폭풍을 잦아들게 할 수는 없어. 죽어가는 사람을 살릴 수도 없고. 이제 나와 교대하자."

"싫어요."

"말 좀 들어라, 얘야."

"전 안 나갈 거예요."

"어떻게 해야 네 고집이 꺾이겠니."

그랜디 할머니가 이마를 찌푸리며 고개를 저었다. 그랜디 할머니의 시선이 난로로 향했다.

"불도 잦아들게 내버려두었구나."

"할머니가 들어오실 때 막 석탄을 넣으려던 참이었어요."

"그럼 지금 더 넣어라."

"그럼 할머니가 제 자리에 앉으시려고요?"

"안 그럴 거다."

"할머니가 이 방을 나가신 다음에 석탄을 넣을 거예요."

그랜디 할머니는 한숨을 쉬며 불을 피웠다. 그런 다음 뒤로 물러서서 불이 다시 타오르는 모습을 지켜보았다.

잠시 후 그랜디 할머니가 입을 열었다.

"넌 언제나 용감해, 헤티. 난 너의 그런 점이 정말 좋아. 하지만 네가 이렇게 고집을 부리지는 않았으면 좋겠구나. 뭐 마실 것 좀 줄까?"

"노파가 마시면 저도 마실게요."

그랜디 할머니는 말없이 방을 나섰다. 헤티는 다시 노파에게 다가가 몸을 굽혀 노파의 머리를 조심스럽게 끌어안았다. 저 멀리서 파도가 절벽을 향해 달려들면서 우레 같은 소리를 냈다. 잠시 동안 모라 섬 전체가 이곳에 누워 있는 노파처럼 연약하게 느껴졌다. 헤티는 길게 한숨을 내쉬며 방 안에 다시 고요함이 찾아오길 기다렸다. 잠시 후 마침내 고요함이 망토처럼 그들 위를 드리웠다. 밖에는 여전히 폭풍이 몰아치는데 그와 대조적으로 방 안은 지극히 평화로웠다. 그 평화 속에서 어쨌든 노파는 여전히 숨을 유지하고 있었다.

෴

밤이 되었다. 노파의 맥박은 여전히 약했다. 차가운 손목을 잡으면 간신히 느껴질 정도로 약한 맥박이었다. 짙은 어둠이 깔린 방 안에서 벽난로의 불이 은은한 빛을 발했다. 헤티는 침대에 누워 여러 장의 담요로 감싸인 노파를 가까이 끌어당겼다. 마치 부서진 인형을 안고 있는 기분이었다. 잠시 후 그랜디 할머니가 들어왔다. 헤티는 아무 말도 하지 않았다. 그랜디 할머니 역시 말이 없었다. 그랜디 할머니는 벽난로의 불을 살피기 위해 수시로 다녀갔다. 때로는 돌리 할머니와 함께였고, 때로는 안나 할머니와 함께였다. 또 때로는 세 할머니들이 함께 들어오기도 했다.

할머니들이 헤티에게 그만 노파 곁에서 물러나라고 말리지 않은 지 벌써 한참이 지났다. 그렇게 몇 시간이 흐른 후 헤티는 할머니들의 태도가 달라진 것을 느꼈다. 할머니들은 더 이상 못마땅한 기색을 보이지 않았다. 자주 방에 드나들면서도 불을 살피고 노파를 지켜보는 등 필요한 일들만 했다. 지금은 그랜디 할머니가 방 안에 있었다. 이번에는 나가지 않고 있고 난롯가에 작은 의자를 끌어다 놓고 앉았다. 그랜디 할머니는 벌겋게 타고 있는 석탄을 물끄러미 바라보았다.

잠시 후 다시 문이 열리고 안나 할머니와 돌리 할머니가 조용히 들어왔다. 헤티는 두 할머니들을 올려다보았다. 돌리 할머니가 헤티의 어깨를 다독였다. 곧이어 두 할머니들은 그랜디 할머니 곁으로 다가갔다. 방 안에 두 사람이 앉을 의자는 없었지만 아무도 신경 쓰지 않는 것 같았다. 안나 할머니와 돌리 할머니는 그랜디 할머니의 양쪽 바닥에 각각 앉아서 그랜디 할머니처럼 멍하니 불길만 바라보았다. 헤티는 다시 노파 곁으로 바싹 몸을 붙이고 아까처럼 속삭였다.

"살아야 해요."

밤이 깊어지면서 바람과 파도가 방 안의 고요함에 맞서 더욱 요란한 소리를 냈다. 어른거리는 불빛이 난롯가에 앉은 세 할머니들을 비추어 그림자를 만들었다. 가끔 누군가 꾸벅꾸벅 졸기도 했지만 적어도 한 사람 대개는 두 사람이 늘 깨어 있었다. 새벽 첫 햇살이 창문에 스며들 때쯤, 헤티는 세 할머니들 모두가 두 눈을 초롱초롱 뜬 채 노파와 자신에게 세심하게 주의를 기울이고 있다는 것을 알 수 있었다.

또 다른 것들도 알 수 있었다. 바람의 세기와 파도의 소리가 달라졌고 오두막 밖에서 사람들의 이야기 소리가 들렸다. 맥키 아저씨, 이슬라 아주머니, 탐, 로르나 할머니, 그레고르 할아버지, 그 외에 누군지 파악할 수 없는 사람들이 밖에 모여 있었다. 노파가 살아나기를, 또는 노파가 숨을 거두기를 기다리고 있는 것이 분명했다. 노파는 밤새 조금도 차도를 보이지 않았다. 몸은 여전히 차고, 아무런 움직임도 반응도 없었다.

그랜디 할머니가 긴 한숨을 내쉬며 힘겹게 의자에서 일어났다. 돌리 할머니와 안나 할머니도 자리에서 일어나 세 사람이 함께 침대 곁으로 다가왔다. 환해신 빛 속에서 세 할머니들의 모습이 초췌해 보였다. 그랜디 할머니가 헤티의 어깨에 손을 얹었다.

"이제 좀 쉬어야지."

헤티가 고개를 저었다.

"한 번도 침대를 떠나지 않았잖니. 그렇게 있다간……."

"여기 있을게요. 제가 그랬잖아요. 노파가 깨어날 때까지 자리를 떠나지 않겠다고요."

"우린 네 일을 빼앗지 않을 거다. 약속하마. 식사를 마치고 곧바로 와서 다시 노파 곁에 있으면 되지 않겠니. 잠시 쉬면 좋겠구나."

헤티는 그랜디 할머니를 노려보았다.

"여기 있을 거라니까요, 할머니. 제발 저한테 자꾸 쉬라고 하지 마세요."

"알겠다. 그럼 나도 너하고 같이 여기에 계속 있어야겠다."

"누가 더 고집이 센지 보시려고요?"

그랜디 할머니가 돌리 할머니와 안나 할머니를 돌아보았다. 돌리 할머니가 말했다.

"그럼 우리도 그래야지. 의자를 가져올게, 그랜디."

"이 의자에 앉아."

그랜디 할머니는 이렇게 말하고 침대 끝에 걸터앉았다.

"난 여기에 앉으면 돼."

"난 앉을 수 있을 만한 걸 찾아볼게."

안나 할머니는 이렇게 말하고는 방을 나가 걸상 하나를 가져왔다. 돌리 할머니는 난로 앞에 놓인 의자를 끌고 왔다. 둘은 침대 곁에 자리를 잡았다. 헤티는 세 할머니들이 모두 이곳에 있다는 사실에 내심 안심이 되었다. 잠시 할머니들을 바라본 뒤 헤티는 다시 노파를 향해 몸을 돌려 속삭였다.

"모든 게 다 잘될 거예요."

헤티는 노파의 몸 위에 조심조심 담요를 덮어준 다음, 한쪽 팔을 노파의 어깨 위에 얹고 얼굴 가까이 몸을 구부렸다.

"모든 게 다 잘될 거예요."

노파의 맥을 짚어보니 여전히 희미하긴 해도 아직 맥박이 뛰고 있었다. 헤티는 쥐고 있던 손목을 놓고 노파의 손을 잡았다. 밖에서 사람들 목소리가 들려왔다. 맥키 아저씨의 목소리가 들리더니 지금은 로리 아저씨와 할 아저씨, 이슬라 아주머니의 목소리가 들렸다. 바람에 대해 이야기를 나누고 있었다. 잠시 후 안나 할머니가 말했다.

"폭풍이 잦아들고 있네."

햇빛이 마지못한 듯 방 안에 스며들고 있었다. 난롯불은 연신 타올랐다. 이따금 돌리 할머니나 안나 할머니가 석탄을 부었지만 대개는 그냥 두어도 괜찮았다. 침대에 누운 노파는 계속 숨을 쉬고 있었다. 헤디가 속삭였다.

"돌아오세요. 돌아오세요."

바람과 바다에서 분노가 빠져나가자 더 많은 빛과 더 많은 고요함이 방 안을 채웠다. 노파를 내려다보며 헤티는 바다유리에서 보았던 얼굴을 떠올렸다. 실제로 만난 적은 한 번도 없지만 매일같이 찾았던 얼굴이었다.

그랜디 할머니가 불렀다.

"헤티."

다정한 목소리였다. 그 다정함이 무슨 의미인지 알 수 있었다. 헤티는 노파의 손을 꼭 붙잡고 놓지 않았다.

“노파는 세상을 떠난 것 같구나, 헤티. 호흡을 멈춘 것 같아.”

헤티는 다시 노파의 얼굴을 뚫어져라 쳐다보았다. 여느 때처럼 표정이 없었지만 지금까지 볼 수 없었던 아득함이 느껴졌다.

“맥박을 확인해 보자.”

“전 이 손을 놓지 않을 거예요. 다른 손목을 잡으세요.”

“알겠다.”

그랜디 할머니가 담요를 젖히고 노파의 맥을 짚었다. 헤티는 그런 할머니를 지켜보았다. 안나 할머니, 돌리 할머니가 결과를 기다리고 있다는 것을 알 수 있었다.

잠시 후 그랜디 할머니가 고개를 저었다.

“맥이 잡히지 않는구나. 어쩌니, 헤티.”

안나 할머니가 말했다.

“넌 최선을 다 했어, 헤티.”

“안 돼요! 여기서 그만두는 건 말도 안 돼요!”

헤티는 노파의 손을 꼭 쥐었다.

“말도 안 된다고요!”

그랜디 할머니가 헤티의 팔을 어루만졌다.

“잘해 주었다, 헤티. 누구도 더 잘할 수는 없었을 거야.”

헤티는 눈물을 꾹 참으며 그랜디 할머니를 올려다보았다.

“그게 다 무슨 소용이에요. 이분이 죽었는데.”

그러다 갑자기 헤티가 멈칫했다. 돌리 할머니가 물었다.

"왜 그러니?"

"노파가 제 손을 잡고 있어요."

세 할머니들이 재빨리 움직이기 시작했다. 돌리 할머니는 다른 손목을 잡고 맥을 짚었다. 그랜디 할머니와 안나 할머니는 노파 가까이 몸을 굽혔다. 헤티는 노파를 내려다보았다. 노파의 얼굴은 지금까지와 다름없이 조금도 움직임이 없었다. 하지만 헤티는 그 고요한 얼굴 아래에 방금 손에서 느꼈던 것과 같은 어떤 움직임을 감지했다. 지금 노파에게서 움직임이 느껴지고 있었다.

돌리 할머니가 말했다.

"맥박이 느껴져. 맥박이 돌아왔어."

안나 할머니가 말했다.

"이럴 수가. 세상에."

헤티가 말했다.

"이분, 여전히 제 손을 잡고 있어요."

"물을 좀 가져올게. 수프도 좀 데우고. 어쩌면 뭘 먹일 수 있을지도 몰라."

안나 할머니는 서둘러 방을 나갔다. 그랜디 할머니가 말했다.

"노파의 몸을 최대한 따뜻하게 해야겠다. 헤티, 이번엔 네가 비켜 줘야겠구나. 네가 거기에 누워 있으면 우리가 침대를 정리할 수가 없으니까."

그랜디 할머니와 돌리 할머니가 침대를 정리하는 동안에도 헤티는 옆에 선 채 계속 노파의 손을 잡고 있었다.

"그 손을 놓아주겠니, 헤티. 우리가 그쪽으로 시트를 밀어 넣어야겠구나."

헤티는 마지못해 손을 놓았다. 그와 동시에 노파가 눈을 뜨고 신음 소리를 냈다. 헤티는 다시 노파의 손을 잡았다.

"괜찮아요."

갑자기 노파의 얼굴에 생기가 돌았다. 눈동자가 이쪽저쪽으로 움직이더니 이내 헤티를 향해 고정되었다.

"알아요. 절 찾고 있는 거."

아직 침대 정리가 다 되지 않았지만 헤티는 침대 위에 앉았다. 그랜디 할머니와 돌리 할머니가 헤티의 양옆에 섰다. 잠시 후 안나 할머니가 물 한 컵을 가지고 들어왔다. 하지만 노파는 다른 사람들에게는 전혀 관심이 없는 듯 보였다.

"이분한테 물을 좀 드려야겠어요."

안나 할머니가 컵을 내밀었다.

"여기 있다. 네가 줘보렴. 아무래도 이 노파는 누구보다 너한테 의지하는 것 같으니까. 난 수프를 가져올게."

헤티는 노파의 손을 잡은 채 컵을 받아 들었다. 노파의 시선은 줄곧 헤티에게 고정되어 있었다. 결코 차갑지는 않지만 어두운 노파의 눈동자는 헤티를 찾고 있었다. 헤티가 노파에게 말했다.

"물을 드실 수 있는지 볼게요. 일단 먼저 머리를 천천히 들어 올려 드릴게요."

옆에서 그랜디 할머니가 말했다.

"컵을 나한테 다오."

헤티는 그랜디 할머니에게 컵을 건넨 다음, 노파의 등에 오른손을 대고 몸을 조금 일으켜 세웠다. 돌리 할머니가 빈 공간에 베개를 괴고 작은 쿠션을 받쳤다. 헤티는 노파를 내려다보며 미소를 지었다.

"좀 나아졌죠?"

아무 반응이 없었다. 헤디는 노파의 목 뒤로 손을 옮겼다. 백발이 성성한 머리카락은 비록 헝클어지긴 했어도 여전히 부드러움을 간직하고 있었고 난로 불빛에 윤기까지 흐르는 듯 보였다. 노파가 다시 헤티를 향해 얼굴을 돌렸다.

"물을 마시도록 도와드릴게요."

헤티는 한 손으로 노파의 머리를 조심조심 앞으로 움직였다. 그리고 다른쪽 손을 뻗어 그랜디 할머니가 천천히 내민 물컵을 더듬더듬 잡았다.

"고마워요, 할머니."

헤티는 노파의 입으로 컵을 살살 가져다 댔다.

"자, 그럼 좀 마셔볼까요."

헤티는 컵을 아주 살짝 기울였다. 가느다란 물줄기가 노파의 뺨 아래로 흘러내렸다.

돌리 할머니가 말했다.

"아직 뭘 삼키지는 못하는 것 같아."

"그런가 봐요. 컵을 들어주시겠어요?"

컵을 받아 든 돌리 할머니는 뒤쪽으로 물러섰다.

"아니요. 가져가지는 마세요. 그냥 여기에서 들고 계세요."

돌리 할머니가 컵을 들고 헤티 옆에 섰다. 헤티는 컵에 손가락을 담근 다음, 손가락 끝을 노파의 입가에 가져다 댔다. 입은 움직이지 않았다.

"입술을 축여 드릴게요. 아무것도 하실 필요 없어요. 그냥 제가 입술을 축일 테니까 준비가 됐거나 목이 마르면 입술의 물을 핥으시면 돼요."

헤티는 더 많은 물로 노파의 입가를 축였다. 그러는 동안 내내 노파의 눈을 바라보았다. 안나 할머니가 커다란 머그잔을 들고 돌아왔다.

"냄새 나세요? 야채수프예요. 정말 맛있겠죠?"

놀랍게도 노파의 눈동자가 수프 쪽을 향해 깜박거렸다.

"제 말을 알아들으셨군요. 맞죠?"

노파의 혀가 축축한 입술을 핥았다. 들뜬 마음에 너무 서두르지 않으려고 애쓰며 헤티는 다시 물컵을 받아 들었다.

“그럼 이제 물을 마실 수 있는지 볼게요.”

노파의 입이 물컵 가장자리에 닿을 수 있도록 헤티는 노파의 머리를 조심스럽게 앞으로 움직인 다음, 컵을 살짝 기울였다. 이번에는 아주 약간의 물이 노파의 목구멍 깊숙이 들어갔다.

“잘하셨어요. 좀 더 드릴까요?”

여전히 노파는 아무 말도 하지 않았다. 하지만 나머지 물을 다 마시고 수프도 거의 다 비운 다음 잠이 들었다. 헤티는 30분 동안 더 노파를 지켜본 뒤 방에서 나왔다. 그리고 그랜디 할머니가 헤티를 위해 남겨둔 빵을 한두 입 베어 문 뒤, 헤티는 밖으로 나가 바람이 잦아든 고요한 아침을 맞았다.

ഊഊഊ

헤티는 혼자만의 시간이 절실히 필요했다. 휴식이 간절했다. 자신의 방은 마땅치가 않았다. 공기와 햇볕을 느끼고, 폭풍이 물러간 모라 섬의 평화를 맛보고 싶었다. 세 할머니들이 헤티 대신 병상을 지키고 있고, 노파는 한참 동안 잠을 잘 것이 분명했다.

그런데 아무래도 혼자 있는 시간을 갖기는 힘들 것 같았다. 그레고르 할아버지와 로르나 할머니가 대문 앞에서 헤티를 지켜보고 있었다. 헤티는 천천히 그들에게 다가갔다. 누구의 얼굴에도 웃음기가 보이지 않았다. 해변에서 망치질 소리가 들렸다. 헤티는 두 사람 앞에서 걸음을 멈추었다.

"전 해변에서 아무 데나 대고 소리 지르지 않았어요, 로르나 할머니. 뭉고와 더피한테 소리 질렀는데 할머니가 걔들을 못 보신 거예요. 하긴, 굳이 보려고도 하지 않으셨겠죠. 그래 놓고 회의 때 그렇게 말씀하시다니, 그러면 안 되지 않나요?"

"그러는 넌 그렇게 몰래 엿들으면 안 되지 않니?"

헤티는 어깨를 으쓱해 보였다. 해변에서 망치질 소리가 계속 울려 퍼졌다. 헤티는 그레고르 할아버지를 향했다.

"굉장히 만족스러우시겠어요."

"왜 안 그렇겠냐?"

"사람들이 새 배를 만들기 시작했네요."

"다 내가 사람들을 재촉한 덕분이지."

그레고르 할아버지는 심술궂은 눈초리로 헤티를 노려보았다.

"이제 알겠냐?"

"뭘 알아요?"

"나하고 겨룰 생각 따위 하지 말란 말이다, 꼬마야. 그래, 노파에 대해 새로운 소식은 없나?"

"그분은 살아났어요. 기운을 차려서 수프도 조금 먹었어요. 대단하죠?"

그레고르 할아버지가 구시렁거렸다. 로르나 할머니는 돌아서서 고함을 질렀다.

"노파가 살아났대!"

그러자 누군가의 모습이 보이기 시작했다. 헤럴드 할아버지가 지팡이를 들고 휘청거리며 다가오고 있었다. 헤럴드 할아버지는 로르나 할머니를 뚫어져라 쳐다보며 물었다.

"살아났다고?"

"그렇다는군."

헤럴드 할아버지의 얼굴이 어두워졌다.

"모두 기뻐하실 줄 알았어요."

헤티는 이 말을 남기고 마당을 나가 밖으로 달려 내려갔다. 그레고르 할아버지가 헤티의 뒤에 대고 소리쳤다.

"노파가 살아서 좋을 일이 뭐가 있겠냐! 확 뒈져버리라지!"

헤티는 헤럴드 할아버지 쪽으로 똑바로 달려갔다. 헤럴드 할아버지가 놀라서 멈칫했다. 헤티는 헤럴드 할아버지 바로 앞에서 방향을 획 돌려 길을 따라 계속 질주했다. 모퉁이를 돌자 사라 아주머니와 아일사 아주머니, 그 외에 몇몇 아주머니들이 보였다. 그들은 평소 함께 천을 짜는 친한 사이였다. 그런데 헤티가 가까이 다가가자 그들은 뿔뿔이 흩어지기 시작했다.

"아일사 아주머니!"

아일사 아주머니는 걸음을 멈추고 헤티를 기다렸다.

"아주머니까지 노파가 죽어 버리면 좋겠다고 말씀하시진 말아 주세요."

"난 누구도 죽는 걸 원하지 않아. 하지만 우리 중에는 두려워하는 사람들도 있단다."

"두렵다고요? 뭐가요?"

"다른 사람들한테 닥치게 될 일들 말이야. 퍼 노인도 세상을 떠났잖니. 이제 사람들은 다음엔 누구 차례냐고 묻고 있어."

아일사 아주머니는 흩어져서 걸음을 재촉하는 다른 아주머니들을 쓱 둘러보았다.

"아일사 아주머니, 노파는 정신이 돌아왔고 폭풍은 잠잠해졌어요. 맥키 아저씨는 새 배를 만들기 시작했고요. 모든 일이 잘되고 있는 거예요. 그렇잖아요?"

"모라 섬 사람들은 그렇게 생각하지 않아. 내가 알기론 그래."

아일사 아주머니는 이마를 찌푸린 채 이렇게 말하고서 돌아섰다. 헤티는 늑대 능선까지 달려 바위산 절벽을 가로지르고 상처 절벽과 나란히 놓인 아치형 바위들 앞을 지나 섬의 서쪽으로 향했다. 차가운 바다 위에 싸늘한 구름이 드리워져 있었다. 하늘은 해가 나올 기미조차 없이 온통 잿빛이었다.

갈매기들은 낮은 절벽 주위를 선회했다. 바위 기슭에는 파도가 하얗게 부서졌다. 하지만 가까이 들여다보아도 바다는 좀처럼 움직임이 없었다. 저 멀리에서 어떤 움직임이 느껴지긴 했지만 정확히 파악할 수는 없었다. 갈매기들이 계속 주위를 빙빙 돌았는데 이상하게도 소리를 내지는 않았다. 헤티는 이제야 알 것 같았다. 아일사 아주머니 말이 맞았다. 모라 섬은 다르게 생각하고 있었다. 섬 전체에, 심지어 바다 전체에 불안한 침묵이 깔려 있었다.

헤티는 주머니 속 바다유리를 손가락으로 만지작거리며 계속 걸음을 옮겼다. 그리고 섬의 한가운데쯤에서 다시 멈추었다. 더 짙은 침묵이 사방을 무겁게 내리눌렀다. 헤티는 이슬에 젖은 풀들, 땅 위로 반쯤 노출된 암석들, 작은 언덕과 골짜기들을 응시했다. 어슴푸레한 빛이 창백한 밝음에 자리를 내어주었다. 침묵은 더욱 깊어지고 있었다. 헤티는 마음을 편안하게 해주는 파도 소리를 들으려 귀를 기울였다.

하지만 파도 소리는 들리지 않았다. 헤티는 모라 섬을 횡단하는 길을 따라 걸어갔다. 양과 염소들이 풀을 뜯고 있는 목초지가 펼쳐졌다. 헤티는 왼쪽으로 방향을 틀어 섬의 북서쪽 끝, 완만하게 경사진 언덕으로 향했다. 언덕 꼭대기에서 헤티는 저 아래 바다를 내려다보았다. 이 근처에 헤티가 원하는 장소가 있었다.

은둔자의 동굴.

헤티는 언덕 아래로 내려가 동굴 한가운데 쌓여 있는 작은 바위 무더기 옆에 섰다. 사실 바위 무더기라 부르기엔 바위들이 너무 여기저기 흩어져 있었다. 하지만 헤티가 기억하기로 수년 동안, 그리고 그랜디 할머니의 표현에 따르면 '누가 기억하더라도 수년 동안' 이 바위들은 늘 같은 자리에 있었다. 심지어 그랜디 할머니는 이 바위들은 은둔자가 처음 이 자리에 놓은 이후로 한 번도 옮겨진 적이 없다고 주장했다. 이 말도 안 되는 이야기를 할 때면 그랜디 할머니는 언제나 찡긋 윙크를 해보이곤 했다. 모라 섬에 사는 대부분의 노인들과 달리 그랜디 할머니는 은둔자의 존재를 믿지 않았다.

헤티는 자신도 은둔자의 존재를 믿는지 어떤지 잘 몰랐다. 어쨌거나 존재하든 그렇지 않든 은둔자는 좋은 이야깃거리였다. 헤티는 바위 무더기 옆에 앉아 바다유리를 꺼냈다. 그러고 보니 꽤 오랜만에 바다유리를 들여다보는 것 같았다. 지난번 바다유리 속에서 보았던 두 개의 형상이 생각났다. 그 형상들이 여전히 그대로 있는지 궁금해졌다. 헤티는 한낮의 태양이 끌어들인 빛을 포착하기 위해 바다유리를 높이 들었다. 형상들이 그대로 있었다. 전에는 하나였던 두 형상들이 지금은 확실하게 분리되어 있었다.

헤티가 중얼거렸다.

"이건 누군가의 얼굴이야. 얼굴이 분명해."

헤티는 바다유리를 뚫어져라 한참을 쳐다보다가 바닥에 내려놓았다. 갈매기 한 마리가 끼룩끼룩 울며 머리 위로 지나갔다. 평소 좋아하던 갈매기 울음소리에 헤티는 문득 마음이 불안해져 위를 올려다보았다. 갈매기는 동쪽 해변을 향해 날아가고 있었다. 헤티는 다시 형상들을 들여다보았다.

"당신들은 누구세요?"

헤티는 바다유리를 감싸 쥐고 바위 무더기 옆 거친 풀밭에 드러누웠다. 그리고 은둔자에게 물었다.

"이 얼굴들의 주인은 누구일까요?"

대답이 없었다. 헤티는 물끄러미 위를 바라보았다. 공기는 차갑고 침묵은 그 어느 때보다 무거웠다. 구름은 헤티의 시선이 닿기 전부터 스스로 정지했거나 누군가에 의해 정지당한 것 같았다. 하늘이 마비라도 된 듯했다. 헤티는 구름이 움직여 주길 바랐지만 구름은 그대로 멈춘 채 꼼짝도 하지 않았다. 헤티는 가만히 숨을 쉬며 그 자리에 누워 있었다. 한 시간이 넘게 그러고 있던 헤티는 바다유리를 꼭 쥔 채 갑자기 일어나 앉았다.

분명히 근처에서 무슨 날카로운 소리가 들린 것 같았다. 하지만 사방은 조용했다. 헤티는 주위를 둘러보았다. 말라비틀어진 풀밭은 하늘만큼이나 움직임이 없었다. 풀밭 위의 이슬은 이미 서서히 사라져 버렸다. 헤티는 뒤를 돌아 바위 무더기를 보며 은둔자에게 말했다.

"저기에다 참 엉터리 같은 작품을 만드셨군요. 세상에, 저런 바위 무더기 하나 쌓는 데 몇 십 년이 걸리다니. 도대체 뭘 하면서 시간을 보내신 거예요?"

바위들은 헤티 앞에서 꼼짝도 하지 않았다. 쓸쓸한 침묵이 감돌았다.

"아마 생각을 하며 시간을 보내셨겠죠. 어쩌면 이곳에서 불을 피우고 책상다리를 하고 앉아 영원에 대한 꿈을 꾸었을 테죠."

헤티는 자신의 외로움에 대해 생각하며 자리에서 일어났다.

"당신이 지금 이곳에 계시면 얼마나 좋을까요."

그때 별안간 바짝 긴장이 됐다. 또 소리가 들렸다. 틀림없었다. 짤그락하는 날카로운 소리였다. 다시 한번 소리가 났다. 아까보다는 약하게. 이제 헤티는 소리의 정체가 무엇인지 알아챘다. 돌멩이 하나가 풀밭 위를 구르고 있었다. 조금 전에 들리던 날카로운 소리도 돌멩이가 바위 무더기 한쪽에 부딪히면서 난 소리가 확실했다. 자신에게 돌멩이를 던지는 사람이 누군지 확인하기 위해 헤티는 동굴 끝까지 기어 올라갔다.

물론 누군지 충분히 짐작이 되었다.

사람의 흔적은 없었지만 숨을 만한 장소는 많았다. 뒤편에서 또다시 날카로운 소리가 들렸다. 뒤를 획 돌아보니 돌멩이 하나가 허공을 날아가고 있었다. 돌멩이는 경사면 바로 아래에 놓인 커다란 바위를 맞고 튀어나온 것이었다. 이 돌멩이가 어느 방향에서 날아왔는지 쉽게 짐작할 수 있었다. 오른편 위에 있는 암석들 사이로 어떤 움직임이 보였다.

뭉고가 틀림없었다. 보이지는 않았지만 당연히 더피도 있을 것이다. 그 외에 다른 여러 아이들도 얼핏 보였다. 함순 형제, 네사, 진티, 그리고 뭉고의 남동생. 확인할 수는 없지만 뒤에 더 많은 아이들이 있는지도 몰랐다. 헤티는 생각했다. 아예 군대를 만들어 오셨군, 잔인해. 돌멩이들이 또 날아들었다. 몸을 수그려 돌멩이를 피한 다음, 헤티는 다시 위를 올려다보았다. 아이들이 시야에서 사라졌다. 헤티는 일어서서 암석에다 대고 소리쳤다.

"고작 한다는 짓이 이런 거야?"

아무도 대답하지 않았고, 아무도 나타나지 않았다. 헤티는 동굴 주위를 뛰어다니며 보이는 대로 돌멩이를 주워 모았다. 그리고 뭉고와 다른 아이들이 숨어 있는 바위 언덕 기슭으로 재빨리 이동했다. 여전히 아이들은 모습을 드러내지 않았다. 헤티는 그 아이들이 마지막으로 눈에 띈 바로 그 장소에서 눈을 떼지 않고 첫 번째 돌멩이를 최대한 힘껏 던졌다. 돌멩이는 목표물을 정확히 맞히지는 못했지만 바로 아래쪽 바위를 맞히고 튀어나왔다. 그 소리에 뭉고가 고개를 치켜들었다.

헤티가 소리쳤다.

"왜들 가만히 있는 거야? 돌멩이가 다 떨어졌냐? 아니면 나를 상대하기엔 너희 수가 부족한 것 같아서 겁먹었어?"

"꺼져!"

"내가 왜? 나도 너희처럼 모라 섬 사람인데."

"우린 네가 우리하고 같이 사는 게 싫어."

"그거 잘됐네. 나야말로 너희랑 담 쌓고 싶어. 너희 전부 다!"

위에서 더 많은 얼굴들이 나왔다. 돌멩이가 빗발치듯 쏟아졌다. 몇 개는 헤티 바로 옆에 떨어졌다. 하지만 헤티를 맞히지는 못했다. 헤티는 경멸스럽다는 듯 아이들을 쳐다보다가, 가지고 있던 돌멩이를 남김 없이 전부 던졌다. 아이들도 돌멩이가 다 떨어진 듯했다. 그때 뭉고가 잔뜩 화난 어두운 얼굴로 헤티를 향해 내려왔다. 다른 아이들을 남겨 둔 채, 뒤도 돌아보지 않고 곧장 다가왔다. 헤티는 무서움에 몸을 떨었다. 지금까지 뭉고에게서 한 번도 이런 표정을 본 적이 없었다. 한 걸음도 물러서지 않겠노라고 단단히 결심했지만 뭉고가 무슨 짓을 할지 몰라 겁이 나는 것은 어쩔 수 없었다.

그런데 뭉고는 헤티와 얼마 떨어지지 않은 거리에서 갑자기 걸음을 멈추었다. 헤티는 조마조마한 심정으로 뭉고를 지켜보았다. 뭉고는 헤티의 어깨 너머를 노려보고 있었다. 얼굴에는 여전히 분노가 서려 있었다. 헤티는 천천히 고개를 돌렸다. 탐이 다가오고 있었다. 탐의 손에는 역시 돌멩이가 쥐여 있었다. 탐은 서두르지 않았다. 줄곧 뭉고에게 시선을 고정시킨 채 돌멩이로 장난을 치며 여유만만 걸어왔다. 마침내 헤티 옆에 멈춰 선 뒤에야 탐은 헤티를 바라보았다.

"무슨 일이야?"

헤티는 뭉고를 한번 흘긋 쳐다보았다가 바위 위를 올려다보았다. 아이들은 사라지고 없었다. 헤티는 다시 뭉고에게 시선을 보내며 말했다.

"별일 아니야."

뭉고가 비웃음을 지어 보였다.

"이제 안심이 되나 보다, 헤티? 너 대신 싸워주려고 네 기사님이 번쩍거리는 갑옷을 입고 나타나셨다, 이거냐?"

헤티는 아무 말도 하지 않았다. 뭉고가 천천히 다가왔다. 헤티는 탐이 단단히 각오하고 있다는 것을 알았다. 그런데 뭉고는 탐을 무시하고 헤티 앞에 멈추어 섰다.

"이만 집으로 돌아가시지, 헤티. 네 절친한 친구께서 널 필요로 할지 모르잖아."

탐이 말했다.

"닥쳐."

뭉고가 탐에게 시선을 던졌다.

"넌 해변에 가 있어야 되는 거 아냐? 선박장에서 아빠를 도와드려야지."

"우리 아빠는 내가 돕지 않아도 된다고 하셨어."

"왜, 너 같은 앤 쓸모가 없으니까?"

"아빠를 도우려는 사람들이 생각보다 많아졌거든. 모두가 새 배를 만드는 일을 돕고 싶어 해. 너희 아빠도 아침 일찍 가셔서 자발적으로 일하고 계셔."

뭉고가 두 주먹을 불끈 쥐었다. 탐도 돌멩이를 떨어뜨리고 마찬가지로 주먹을 꽉 쥐었다. 헤티가 두 소년들 사이를 가로막았다.

"그만해."

그런데 뭉고나 탐이 무언가 동작을 취하기도 전에 누군가 외쳤다.

"더피!"

진티의 목소리였다. 헤티는 암석 위를 흘긋 올려다보았다. 아이들이 다시 모습을 나타냈다. 모두가 남쪽을 응시하면서 기어 내려오고 있었다. 헤티는 몸을 돌렸다. 반대쪽 방향에서 더피가 전력을 다해 달려오는 모습이 보였다. 진티와 나머지 아이들이 먼저 도착했고 잠시 후 더피가 도착했다.

탐이 물었다.

"무슨 일이야?"

더피가 숨을 헐떡이며 모두를 돌아보았다.

"큰일 났어."

ꩰ

"난 안 내려간다. 누구도 날 내려가게 할 수 없어."

그레고르 할아버지가 고집을 피우고 있었다. 선박장은 맥키 아저씨와 선원들뿐 아니라 퍼 노인의 오랜 친구들, 그리고 무슨 일이 일어나고 있는지 소문을 듣고 찾아온 사람들로 북적였다. 헤티는 사람들 뒤편에 탐과 나란히 섰다. 탐과 뭉고가 아직도 적의에 찬 시선을 교환하는 것이 느껴졌다. 그랜디 할머니의 모습은 어디에도 보이지 않았다.

그레고르 할아버지는 목재를 보관하는 커다란 받침대 위에 놓인 사다리의 가장 높은 단에 걸터앉아 있었다. 차곡차곡 쌓인 통나무에는 눈길도 주지 않았다. 경멸하는 눈빛으로 맥키 아저씨를 뚫어져라 내려다볼 뿐이었다. 그레고르 할아버지는 사람들 사이에서 헤티를 발견했다.

"허, 저 아이가 여길 다 왔네 그래. 바다유리 계집아이 말이야. 무슨 좋은 소식을 듣겠다고 딱 시간 맞춰 왔구먼."

맥키 아저씨가 말렸다.

"이제 그만하시죠, 그레고르 영감님."

"안 그래도 그만하려던 참이네."

그레고르 할아버지는 헤럴드 할아버지와 로르나 할머니 등 자신의 친구들을 휘 둘러보았다. 헤티는 그들이 서로 고개를 끄덕이며 인사를 주고받는 모습을 지켜보았다. 그레고르 할아버지가 다시 헤티를 보더니 소리쳤다.

"어이, 바다유리 계집아이야. 사람들이 뭐라고 얘기하고 다니는지 너도 들었나?"

"무슨 말씀을 하시는 건지 모르겠는데요."

"네가 그 노파하고 그렇게 닮았다면서? 어떻게 네가 노파하고 닮을 수가 있지? 어려 보이지만 닮은 얼굴이라. 다들 단번에 알아본다지."

탐이 외쳤다.

"그렇게 보는 사람 아무도 없어요."

그레고르 할아버지가 탐을 비웃었다.

"너야 딴 데다 신경을 쓰고 있으니 알 리가 있나."

뭉고가 옆에서 피식댔다. 탐이 뭉고를 노려보았다.

맥키 아저씨가 말했다.

"이제 그만하고 내려오세요, 그레고르 영감님. 거기 그렇게 앉아 계셔 봤자 득 될 거 하나 없어요."

하지만 그레고르 할아버지의 시선은 헤티에게 고정되었다.

"어이, 바다유리 계집아이야, 사람들이 다른 얘기도 하는데 그건 들었냐?"

"무슨 다른 얘기요?"

헤티는 더피가 얼굴을 돌려 자신을 바라보는 것을 알아챘다. 더피가 입 모양으로 말했다.

"목재."

"그래, 얘야. 목재 말이다. 아차, 맥키는 우리한테 목재 상태를 비밀로 하고 싶었으려나. 그럼 내가 대신 알려야 할 것 같구먼. 상황을 정확하게 알려주던 퍼 노인이 더는 이곳에 없으니까."

맥키 아저씨가 말했다.

"목재에 대해 비밀로 하고 있는 거 없어요, 그레고르 영감님. 방금 우리가 직접 문제를 알아냈고, 안 그래도 저녁 무렵에 알리려고 했습니다. 영감님을 포함해서 모두에게요. 그러니까 선박장 주변을 어슬렁어슬렁 돌아다니시면서 요놈들이 제대로 하고 있나 살펴보시지 않아도 돼요."

"이런, 하지만 어쩌누. 이미 어슬렁어슬렁 돌아다녔는데?

안 그러면 자네하고 자네 졸개들이 우리한테 무슨 드럼통 같은 거나 하나 덜렁 만들어 줄지 누가 알겠냐?"

그레고르 할아버지는 콧방귀를 뀌고 말을 이었다.

"우린 통 같은 건 필요 없다네."

사람들이 웅성거리는 소리가 선박장을 가득 채웠다.

"사람들에게 있는 그대로 알려, 맥키. 아니면 내가 알리랴?"

맥키 아저씨가 사다리 아래쪽에서 사람들을 향해 돌아섰다. 그레고르 할아버지가 맥키 아저씨를 내려다보며 말했다.

"사실대로 말해야 한다고, 맥키."

맥키 아저씨는 어깨를 으쓱해 보였다.

"그레고르 영감님이 얘기한 비밀이란 건 애초에 있지도 않았어요. 말씀드렸다시피, 방금 우리가 식섭 문제를 발견했어요. 심각한 일인 건 틀림없는데, 간단히 말씀드리면…… 우리가 소중히 여기는 목재들이 썩어 있었습니다."

사람들이 일제히 숨을 멈추며 헉하는 소리를 냈다.

"전부 그런 건 아니에요. 여기서 관리하던 목재들은 대부분 양호합니다. 하지만 북쪽 곶에서 가져온 목재들 상태가 엉망이에요. 어쩌다 이렇게 됐는지 잘 모르겠습니다. 분명한 건 그쪽에 사는 누군가는 이 사태를 미리 알고 있었어야 했다는 거죠."

맥키 아저씨는 뭉고의 아빠를 잠시 흘긋 쳐다보았다.

"물론 저 역시 목재에 신경을 써야 했습니다. 어쩌면 우리 모두 그랬어야 했어요. 사실 우리 중 누구도 모라의 자랑을 그렇게 잃을 거라고는 꿈에도 생각하지 못했을 거예요. 우리는 새 배를 만들 때가 오더라도 모라의 자랑이라는 노친네는 여전히 살아 있을 거다, 그래서 만일 우리한테 목재가 부족하게 되더라도 이 노친네를 이용해서 천년만년 목재를 거래하면 될 거다, 그렇게 단순하게 생각하고 있었던 겁니다."

그레고르 할아버지가 끼어들었다.

"그래서 결론은 지금 우리한테 목재가 얼마 없다, 이 말이구먼. 멍청한 놈, 어리석은 놈."

"그래서 그게 제 잘못이란 말인가요, 네?"

"아니, 맥키. 놀랍게도 이번엔 전혀 자네 잘못이 아니야."

그레고르 할아버지의 눈동자가 다시 헤티를 찾았다.

"그게 누구 잘못인지 다들 잘 알지. 안 그러냐, 바다유리 계집아이야?"

헤티가 받아쳤다.

"누구 잘못도 아니에요."

"여전히 그 마녀 친구 편을 들겠다는 거냐? 너하고 쏙 빼닮은 노파를?"

"그만 좀 하시죠!"

그레고르 할아버지가 사다리 아래에 서 있는 사람들을 노려보았다.

"다들 아직도 모르겠나? 저 노파가 살아 있는 한 모라 섬에서는 어떤 일도 절대로 잘될 수가 없다니까. 퍼 노인이 여러분한테 알려주었잖소. 내가 지금 말하려는 게 바로 그거고."

맥키 아저씨가 말했다.

"여러분, 제 말을 들어주세요. 우리는 작업에 차질이 생겼어요. 부인하지 않겠습니다. 하지만 아주 희망이 없는 건 아니에요. 로리와 칼, 그리고 제가 목재를 하나하나 살펴봐서 비교적 양호한 목재들을 추려놨습니다. 모라의 자랑 크기 반쯤 되는 작은 배 한 척은 충분히 만들 수 있어요."

"반쯤 되는 크기? 빌어먹을. 그런 배가 무슨 쓸모가 있나? 그걸로 장사ㅣㅏ 할 수 있겠어? 고기나 낚을 수 있겠냐고? 차라리 뗏목을 만들지 그래!"

"그 정도 배로도 브린다 섬에 갈 수 있어요. 제가 배를 만들려는 목적은 오직 그것뿐이에요. 브린다 섬에 가서 그곳 사람들에게 목재와 식량이 필요하다고 말할 겁니다."

그레고르 할아버지가 조롱하듯 큰 소리로 웃었다.

"그래서, 이제 곧 겨울이 닥쳐오고 있는데 그 사람들이 우리한테 목재며 식량을 순순히 내놓을 것 같아? 자네가 알고 있는지 모르겠는데, 브린다 섬도 그렇고 다른 섬들도 그렇고 이제 아무리 날씨가 좋아도 여간해서는 모라 섬에 배를 보내지 않

아. 그런 마당에 이제 겨울 폭풍이 시작될 텐데 더 말해 뭐하겠나. 그러니 자네의 코딱지만 한 장난감으로 앞으로 몇 달 동안 저 파도를 헤치며 항해하자는 부탁일랑 나한테 하지도 마, 맥키. 그건 아주아주 멍청한 짓이야. 자네 부친도 그런 일은 절대로 제안하지 않았을걸. 암, 그렇고말고."

"우리가 생각할 수 있는 유일한 희망은 이것뿐이에요. 로리하고 칼, 그리고 다른 선원들에게도 그렇게 말했어요. 모두 그렇게 하기로 결정했습니다. 아까도 얘기했듯이, 우리에게는 바람을 거슬러 브린다 섬까지 너끈히 왕복할 수 있는 배를 만들 좋은 목재가 충분해요. 틈나는 대로 부지런히 작업하면 최악의 폭풍이 시작되기 전에 배를 띄우게 될 겁니다."

헤럴드 할아버지가 나섰다.

"그건 그렇다 치고, 그럼 브린다 섬 사람들이 순순히 우리를 도와주겠대? 우리가 브린다 섬에 도착한다 치자고. 그래 봤자 그레고르 말마따나, 그 사람들이 이것저것 물자를 실은 배를 보내 줄까? 천만의 말씀. 그 사람들이 굳이 왜? 그러니 브린다 섬까지 항해해 봤자 헛짓이야. 잘못하면 목숨까지 위험할 수 있어."

"그래도 해야 해요. 그 사람들에게 우리의 어려운 사정을 말하지 않으면 우리를 도울 기회조차 주지 않는 거라고요."

뭉고의 아빠가 화난 목소리로 말했다.

"맥키, 나한테는 작은 배를 만든다고 얘기한 적 없잖아."

"지금 얘기하고 있잖아."

사람들이 또다시 웅성거렸다. 헤티는 사람들의 얼굴을 응시했다. 모두 겁을 먹은 것 같았다. 심지어 맥키 아저씨조차. 헤티는 주머니 속 바다유리를 꼭 쥐었다. 그렇게 바다유리를 쥐고 있으니 마음속 깊숙한 곳에서 노파의 얼굴이 떠올랐다. 노파의 얼굴도 겁을 먹은 것처럼 보였다.

헤티는 바다유리에 대고 속삭였다.

"곧 갈게요."

그레고르 할아버지가 고함을 질렀다.

"다들 제정신이 아니로군!"

사람들이 일제히 입을 다물었다. 헤티는 위를 올려다보았다. 그레고르 할아버지의 몸이 부들부들 떨리고 있었다. 그레고르 할아버지는 목이 메는 듯 꺽꺽대는 목소리로 말했다.

"내 이런 날을 볼 줄은 꿈에도 몰랐네. 우리 모라 섬 사람들을 부끄럽게 여기게 될 줄은 생각지도 못했어."

그레고르 할아버지는 사다리 양쪽을 잡고 가장 가까운 사다리 칸에 두 발을 딛더니 힘을 한 번 탁 주고 자리에서 일어섰다. 마디가 굵은 두 손으로 사다리를 꽉 붙잡고 선 그레고르 할아버지의 몸이 휘청거렸다.

"아직도 모르겠나? 그 노파가 모라의 좋은 것들을 모두 없애려고 왔다는 사실을. 그런데 다들 완전히 미쳐 가지고는 그런 걸 제대로 보질 않으니."

그레고르 할아버지의 시선이 다시 헤티를 찾았다.

"그중에서 가장 정신 나간 인간이 바로 너, 바다유리 계집애다. 가장 위험한 인간이기도 하고."

그레고르 할아버지가 두 뺨에 눈물이 흐르는 채로 웅얼거렸다.

"내가 어떻게 해야 모두를 정신 차리게 할 수 있을까?"

그레고르 할아버지는 잠시 눈을 감았다가 다시 번쩍 떠서 아래에 모여 있는 사람들을 휘 내려다보았다. 그러다 한 순간 그레고르 할아버지의 몸이 사다리에서 툭 떨어졌다. 선박장 주변에서 비명이 터졌다. 사람들이 서둘러 앞으로 달려갔다. 하지만 누구도 추락을 막을 만큼 가까이 다가가지는 못했다. 그레고르 할아버지는 사다리 아래에 쿵 떨어져 신음 소리와 함께 바닥을 굴렀다. 헤티는 소스라치게 놀라 그 모습을 빤히 쳐다보았다. 맥키 아저씨와 다른 어른들이 재빨리 그레고르 할아버지 주변으로 몰려들어 헤티의 시야가 가려졌다. 알 수 없는 두려움이 밀려들었다. 헤티는 돌아서서 선박장 밖으로 달려가려 했다. 때마침 그랜디 할머니가 헤티를 향해 급히 길을 따라 내려왔다.

"할머니, 무슨 일이 생겼나요?"

"여긴 무슨 일이니? 네가 먼저 말해봐라."

"그레고르 할아버지가 사다리에서 떨어졌어요."

"목재 선반 위에 놓인 사다리에서?"

"네."

"살아 있니?"

"모르겠어요. 다들 할아버지 주변에 모여 있어서 볼 수가 없었어요. 할머니는 무슨 일이세요? 뭔가 안 좋은 일이군요. 할머니 얼굴에 쓰여 있어요."

그랜디 할머니가 헤티의 손을 잡았다.

"노파가 없어졌다. 얼른 집에 가자."

෴

헤티와 그랜디 할머니는 절벽 꼭대기까지 이어진 길을 성큼성큼 걸어갔다. 그랜디 할머니가 숨을 헐떡이며 말했다.

"내 실수다. 하필이면 그때 나 혼자 노파를 돌보고 있었단다. 노파가 혼자 움직일 만큼 기력이 있을 거라고는 생각하지 못했지. 게다가 노파는 곤히 자고 있었거든. 그래서 나도 침대 옆에서 좀 쉬고 있었지. 그런데 잠깐 졸다가 눈을 떠보니 글쎄 노파가 없어졌지 뭐냐. 어디로 갔는지 아무리 생각해도 모르겠다."

"노파를 찾아야 해요."

헤티는 잡고 있던 그랜디 할머니의 손을 놓고 서둘러 달려갔다.

"기다려라!"

"집에 먼저 가 있을게요."

"헤티, 기다려라……. 잠깐만……."

헤티가 그 자리에 멈추어 섰다.

"가기 전에 먼저 이 할머니 말을 들으렴. 노파에 대해 네가 알아야 할 게 있어. 안나와 돌리 그리고 난 노파의 정신이 이상하다는 확신이 들었단다. 우리 모두 노파하고 대화해 보려 했지만 노파의 말을 도무지 알아들을 수가 없더구나. 노파가 우리 말을 제대로 이해하는지도 모르겠고. 노파의 모습은 마치 길다의 말년을 보는 것 같았어. 길다 기억하지? 네가 제법 컸을 때니 기억할 거다."

"기억해요."

"그래, 나는 이 노파가 길다하고 비슷하다고 생각한다. 그러니 노파를 찾게 되면 노파가 너한테 아무런 반응을 보이지 않더라도 당황하지 마라. 이제 어서 집으로 가서 노파를 찾아보렴. 나도 최대한 서둘러 가마."

헤티는 집까지 있는 힘을 다해 달렸다. 하지만 집 안에도, 집 근처에도 노파의 흔적은 보이지 않았다. 다리를 절뚝거리며 힘들게 도착한 그랜디 할머니가 물었다.

"어떻게 됐니?"

헤티는 고개를 저었다.

"바위산 절벽에 올라가 볼게요. 거기에 있을지도 몰라요."

하지만 헤티의 기대와 달리 그곳에서도 노파의 행방에 대한 단서를 찾을 수가 없었다. 헤티는 익숙한 풍경들을 유심히 살펴보며 주변을 샅샅이 찾아다녔다. 양 떼와 염소 떼가 돌아다니고 있었고 몇몇 사람들이 눈에 띄었다. 하지만 노파의 흔적은 어디에도 보이지 않았다. 헤티는 남쪽의 또 다른 절벽을 향해 달렸다. 영 내키지 않는 곳이지만 여기 말고 달리 갈 데가 없었다. 헤티의 집에서 가장 가까운 절벽인 이곳은 노파에게는 위험한 장소임에 틀림없었다.

늑대 능선에 도착한 헤티는 원뿔 모양의 커다란 바위들을 지나 절벽 끝에 다다랐다. 이곳에 있는 것이 영 내키지 않았다. 그래도 저 아래 바위까지 한눈에 내려다보기에는 이만한 장소가 없을 것 같았다. 헤티는 무릎을 꿇고 아주 조금 더 기어간 다음, 목을 쭉 빼고 아래 풍경을 자세히 살펴보았다. 저 앞으로 만을 향해 살짝 곡선을 이루며 절벽이 펼쳐졌다. 아래쪽 바위들 위에서 사람의 모습은 보이지 않았다. 헤티는 한숨을 길게 내쉬었다.

그때 무언가 헤티의 어깨를 건드렸다.

헤티는 깜짝 놀라 비명을 지르며 절벽 끝에서 뒷걸음질쳤다. 무언가 또다시 헤티의 몸에 닿았다. 헤티는 다시 비명을 지르며 고개를 돌렸다. 세상에, 노파가 헤티처럼 무릎을 꿇고 있었다. 노파는 팔을 뻗어 다시 헤티를 건드렸다.

"여기에서 뭐 하시는 거예요?"

노파는 여전히 잠옷 차림이었지만 눈빛은 사납고 낯설었다. 헤티는 기어서 노파에게 다가갔다.

"할머니를 찾으려고 저희가 얼마나 돌아다닌 줄 아세요? 우린……."

문득 헤티는 말을 멈추었다. 노파의 눈동자에 담긴 의미가 헤티에게 전해졌다.

"절 찾으러 나가셨군요. 그렇죠?"

노파는 대답하지 않았다.

"절 찾으러 다니신 거네요. 제가 할머니를 찾으러 다닌 것처럼 말이에요."

노파는 계속 헤티를 빤히 쳐다보았다.

"이리 오세요. 제가 집까지 업어 드릴게요. 너무 무겁지 않으시면요."

헤티는 힘들지 않게 노파를 업었다.

"어린애처럼 너무 가벼우시네요."

노파의 얼굴에서 어린아이인 듯한 모습이 엿보였다. 어린아이 같기도 하고 먼 고대의 사람 같기도 한 얼굴이었다.

"집에 모셔다 드릴게요."

헤티는 늑대 능선을 향해 걸음을 옮기다 잠시 멈추었다.

"물론 거기가 할머니의 진짜 집은 아니지만요."

헤티는 노파의 얼굴을 주의 깊게 들여다보았다.

"할머니 집은 하가에 있죠. 여기에서 아주 멀리 떨어진 곳에요."

헤티는 계속 걸음을 옮겼다. 모라 섬 전체에 또다시 침묵이 엄습하는 것이 느껴졌다. 세 할머니들이 서둘러 문 밖에 나와 헤티를 맞았다.

헤티가 먼저 물었다.

"그레고르 할아버지는 어때요?"

안나 할머니가 대답했했다.

"생명에는 지장이 없지만 크게 다쳤단다. 로르나가 자기 집에서 간호하고 있어. 돌리하고 나는 이따가 상황 봐서 들를 생각이란다. 지금은 다른 사람들이 로르나를 도와주고 있어서 이곳으로 왔어. 그래, 이 불쌍한 노파는 좀 어떠니? 어디에서 찾았어?"

"남쪽 절벽 부근이요."

돌리 할머니가 고개를 절레절레 저었다.

"어디 다친 데는 없고?"

"그런 것 같지는 않아요. 지금은 제 품에서 잠들었어요."

세 할머니들은 서로 시선을 주고받았다.

"왜 그런 눈빛들을 하시는 거예요?"

돌리 할머니가 말했다.

"음, 노파가 너한테는 태도가 좀 다른 것 같아서 말이야."

안나 할머니가 설명했다.

"우리 세 사람을 무척 어려워하더구나. 우리가 얼마나 친절하게 대하려고 애썼는데 여전히 우리가 무서운가 봐. 그런데 너한테는 그런 기색이 없는 것 같다."

다시 돌리 할머니가 말했다.

"네가 없으면 노파는 온 집 안 구석구석을 자꾸만 살펴본단다. 마치……."

헤티가 노파의 얼굴을 내려다보며 말했다.

"마치 절 찾는 것처럼 말이죠. 저도 알아요."

"노파가 그렇게 말하든?"

"말을 한 건 아니에요."

헤티는 그랜디 할머니를 올려다보며 말을 이었다.

"하지만 그랜디 할머니가 하신 말씀은 틀려요."

"무슨 뜻이니?"

"저분이 정신이 이상하다고 하셨잖아요."

이번에도 세 할머니들은 서로 시선을 주고받았다.

"어, 또 그런 눈빛이시네요."

"그럼 네 생각엔 노파가 어떤 상태인 것 같니?"

"정신이 이상한 부분도 있긴 하지만, 그래도 정신이 완전히 이상한 건 아니에요."

"네가 어떻게 아니?"

"노파가 절 기억하니까요."

"어젯밤 침대 옆에서 본 네 얼굴을 기억하나 보구나. 그래, 뭐, 머릿속에 네 얼굴을 넣어두었겠지……."

"제 말씀은 그런 게 아니에요."

"그럼?"

"저도 잘 모르겠어요. 그냥 노파가 절 기억한다고밖에 말씀드릴 수가 없어요."

노파가 다시 눈을 떴다. 헤티가 노파에게 말했다.

"자, 이제 제가 씻겨 드릴게요."

헤티는 집 안으로 걸음을 옮겼다. 세 할머니들도 서둘러 헤티와 노파를 따라 들어왔다.

그랜디 할머니가 말했다.

"노파를 씻기려는 게 좋은 생각인지 모르겠구나. 아까도 우리 셋이 씻겨 보려고 했는데 어찌나 사납게 굴던지 포기할 수밖에 없었단다."

"저하고 있으면 괜찮을 거예요."

헤티는 노파를 욕실에 데려갔다.

"그랜디 할머니, 부탁드려요."

"그래, 뜨거운 물 준비하마."

헤티가 노파에게 말했다.

"제가 씻겨드릴게요. 조금 더러워지셨거든요. 제가 다시 깨끗하게 해드릴게요. 무서워하지 마세요."

노파는 조금도 무서워하는 것 같지 않았다. 노파는 헤티가 자신을 앉히고 자신의 손을 어루만지고 옷을 벗겨도 그냥 내버려두었다. 그랜디 할머니와 다른 할머니들이 욕실 밖에 있어서 다행이었다. 헤티는 노파가 여러 사람들 앞에서 벗은 몸을 보이고 싶지 않을 거라는 확신이 들었다.

그런데 헤티가 잘못 생각한 모양이었다. 문이 열리고 그랜디 할머니가 뜨거운 물 주전자를 가지고 들어왔을 때, 노파는 그쪽으로 눈길조차 주지 않았다. 오로지 헤티의 얼굴에만 시선을 고정시켰나. 헤티는 노파의 주름진 살갗에 스펀지를 문지르며 조심스럽게 물었다.

"이름이 어떻게 되세요?"

대답이 없었다.

"제 이름은 헤티예요. 제가 할머니 이름도 불러드리면 어떨까요? 할머니 이름을 정말 알고 싶어요."

역시나 대답이 없었다.

헤티는 자신을 올려다보는 작은 얼굴을 향해 미소를 지은 뒤 주위를 둘러보았다. 그랜디 할머니, 안나 할머니, 돌리 할머니가 모두 옆에 서 있었다.

"뜨거운 물을 좀 더 가져다주시겠어요? 머리를 감겨드려야겠어요."

세 할머니들은 조용히 욕실을 나가 뜨거운 물을 더 가져왔다. 헤티는 노파의 머리를 감기고 몸을 씻기고 몸을 닦고 새 잠옷으로 갈아입혔다. 목욕이 끝난 다음에는 노파를 침실로 데려가 침대에 눕혔다.

"먹을 거나 마실 걸 갖다드릴까요?"

하지만 노파는 벌써 눈을 감고 있었다. 잠은 오후 내내 이어졌다. 해 질 무렵 노파는 잠에서 깨어 다시 헤티의 얼굴을 들여다보았다. 그런 다음 또다시 잠이 들었다. 어둠이 내려앉았다. 돌리 할머니와 안나 할머니는 그레고르 할아버지의 병문안을 갔다. 헤티는 양껏 저녁을 먹고서 그랜디 할머니와 함께 난롯가에 앉았다. 늦은 저녁, 남자들 몇 명이 선박장에서 집으로 걸어가는 소리가 들렸다. 한 시간쯤 뒤에는 그보다 멀리서 다른 목소리들이 들렸다. 헤티는 자리에서 일어나 길에서 가장 가까운 창문으로 다가갔다. 밖을 내다보니 비탈 위에 몇몇 사람들이 서 있었다. 어둠 속에서 무언가를 기다리는 듯했다. 그들 가운데 헤럴드 할아버지도 있었다.

헤티가 중얼거렸다.

"사람들은 노파가 죽길 원해요, 그랜디 할머니."

헤티는 한참 동안 그들을 지켜보다가 눈살을 찌푸렸다.

그리고 생각했다. 어쩌면 그들은 헤티 자신도 죽길 바라는지도 모른다고.

∾∾∾

그랜디 할머니가 창가로 다가와 헤티 옆에 서서, 이 한밤중에 헤티네 집 주변을 서성거리고 있는 사람들을 내다보았다.

"사람들은 왜 그렇게 미신을 잘 믿는 걸까요?"

"저기 있는 사람들은 네가 미신을 믿는다고 하는걸. 바다유리와 대화를 한다면서 말이야."

"제 질문에 대답 안 해주셨어요."

"사람들은 원래 그래. 다른 섬에서도 마찬가지란다. 내가 경험하기론 그랬다. 어딜 가나 퍼 노인이나 그레고르 노인 같은 사람들이 꼭 있기 마련이지."

"사람들이 무서워요."

"네 행동을 보면 전혀 사람들을 무서워하는 것 같지 않던데.

넌 언제나 당찬 모습이야. 네 엄마처럼. 퍼 노인 옆에서도 절대로 주눅 들지 않았고, 그레고르 노인한테도 마찬가지였잖니."

"하지만 전 언제나 그분들이 무서웠는걸요. 그레고르 할아버지가 사다리에 서 있던 모습이 자꾸만 눈앞에 어른거려요. 마치……."

"그래, 안다. 안나가 거기 있던 사람들에게 들었다더구나. 상황을 확실하게 아는 사람이 아무도 없다던데. 그레고르가 균형을 잃었거나 발을 헛디딘 건지 아니면……."

"아니면 일부러 뛰어내린 건지요."

그랜디 할머니는 헤티를 가만히 바라보았다.

"넌 어떻게 생각하니?"

헤티는 사다리 맨 위에 서 있던 그레고르 할아버지의 얼굴을 떠올렸다.

"전…… 모라 섬이 무서워진 것 같아요."

이렇게 말하고 헤티는 더 이상 아무 말도 할 수 없었다.

그랜디 할머니는 난롯가로 돌아와 부지깽이로 불길을 헤집은 다음, 다시 자리에 앉았다. 헤티는 그런 그랜디 할머니를 한참 동안 지켜본 뒤 다시 창문으로 몸을 돌렸다. 이제 대부분의 사람들이 자리를 떴지만 아직도 몇몇은 늑대 능선 옆 고지대를 어슬렁거리고 있었다.

"와서 앉아라."

"노파가 괜찮은지 확인하고 올게요."

"노파는 괜찮다."

"그래도 살펴보고 올게요."

노파는 자고 있었다. 얼굴이 수척해 보였다. 헤티는 거실로 돌아와 그랜디 할머니 옆에 앉았다.

"할머니?"

"응?"

"노파가 꼭 살았으면 좋겠어요."

"안다, 아가. 나도 그러길 바라지. 하지만 아무래도 노파가 회복되긴 어려울 것 같구나. 내가 이렇게 말하는 게 듣기 싫겠지만, 그렇다고 너한테 거짓말을 할 수는 없잖니. 네가 노파를 정신이 들게 했고 그건 정말 잘한 일이지만, 얼마 가진 못할 거다. 우리는 할 수 있는 일을 다 했어. 밥도 먹이고 몸도 씻겼지. 그리고 노파는 믿을 수 없을 정도로 회복된 모습을 보여줬어. 그렇게 나이 많고 쇠약한 사람치고 상당히 많이 좋아졌지. 하지만 이젠 정말로 세상을 떠날 시간이 얼마 남지 않았단다."

"로르나 할머니와 다른 사람들이 노파를 너무 미워하지 않으면 좋겠어요."

"그 사람들도 겁이 나서 그래. 너처럼 말이야."

"왜요?"

"모라 섬 사람들은 겁이 많잖니."

"그렇지만……."

"그래, 그래. 넌 모라 섬 사람들은 용감하다고 말하고 싶겠지. 네 말이 맞아. 모라 섬 사람들은 언제나 용감하지. 용감하지 않으면 어쩌겠니. 주위에 다른 섬은 하나도 없고 사방이 거친 바다로 둘러싸인 작고 작은 섬이 바로 모라 섬이잖니. 이 섬에 들르는 배가 거의 없는 것도 당연해. 그래서 모라 섬 사람들은 용감할 수밖에 없단다. 그렇게 고립된 상태가 용감하게 만든 거지."

"그럼 아까 모라 섬 사람들이 겁이 많다고 하신 말씀은 무슨 뜻이에요?"

"그건 다른 종류의 두려움이란다."

"그 두려움은 왜 생기는 건가요?"

"같은 이유지. 고립된 상태 말이다."

"잘 모르겠어요, 할머니."

"할머니도 잘 모르겠구나, 아가."

그랜디 할머니는 다시 불길을 헤집었다. 헤티는 자리에서 일어나 창가로 다가갔다. 이제 사람들은 모두 가고 아무도 없었다.

"잠깐 노파를 살펴보러 가야겠다."

"저도 같이 가요."

"안 돼, 헤티. 넌 그만 자라."

"저도 같이 갈래요."

그랜디 할머니가 고개를 저었다.

"네 고집을 누가 꺾겠니."

"왜 자꾸 저한테 고집이 세다고 하시는 거예요?"

"네가 자꾸 고집을 부리니까 그렇지."

"다 할머니를 닮아서 그런 거잖아요."

"네 엄마를 닮아서 그런 거지."

"그리고 엄마는 할머니를 닮았고요."

"이런, 그렇구나."

두 사람은 손님용 침실로 들어갔다. 노파는 여전히 자고 있었다. 깰 기미는 보이지 않았다. 헤티는 다시 노파의 얼굴을 자세히 들여다보았다. 몹시 수척하지만 헤티가 전에 보았던 어린아이 같은 모습이 여전히 남아 있었다. 호흡은 느리고 고요했으며 이따금 약해지는 것 같았다. 헤티는 생각했다. 몸집이 작구나. 마치 아직 다 자라지 않은 사람 같아.

"가서 좀 쉬어야지, 헤티. 여긴 내가 있으면 된다."

"제가 두 시간 뒤에 교대할게요."

"아니, 안 된다. 어제도 밤새 노파를 보살폈잖니. 지금은 할머니 차례야."

"밤새도록은 아니에요."

"밤새도록 꼬박 있었던 거 맞잖니. 가서 눈 좀 붙여라. 아침에 깨워줄게."

"그래도……."

"무슨 일 있으면 부르겠다고 약속하마."

헤티는 침대 위로 몸을 수그리고 노파의 고요한 얼굴을 응시했다.

"그만 가서 자래도."

"알겠어요."

헤티는 방 안의 어슴푸레한 빛 속에서 그랜디 할머니를 가만히 바라보았다. 그랜디 할머니의 얼굴에서는 어린아이 같은 모습이 보이지 않았다.

"안녕히 주무세요, 할머니."

"잘 자라, 헤티."

헤티는 방을 나서서 문을 닫고 그 자리에 섰다. 노파의 모습이 선명하게 떠올랐다. 다시 방으로 들어가고 싶은 충동이 강하게 일었다. 하지만 방으로 들어가 보았자 그랜디 할머니가 다시 내보낼 것이 뻔했다. 사실 몹시 피곤하기도 했다. 헤티는 길을 향해 나 있는 창문으로 다가가 다시 한번 밖을 내다보았다. 늑대 능선에는 더 이상 사람들이 보이지 않았다.

헤티는 침실로 들어가 문을 닫았다. 이 작고 익숙한 공간은 사방이 고요했다. 이 고요 속에서 그리고 자기 자신 안에서 어떤 긴장감이 느껴졌다. 헤티는 몇 분 동안 그 자리에 가만히 선 채 노파의 모습을 다시 떠올렸다. 그리고 머뭇거리는 듯한 노파의 호흡도. 헤티는 창가로 걸음을 옮겨 바다를 응시했다. 달빛 아래에서 바다는 반짝반짝 빛났다. 이제 파도는 거의 보이지 않았다.

창문을 열자 방 안에 찬 공기가 들어왔다. 동시에 바다에서 소곤거리는 속삭임도 들려왔다. 휙 하고 바람이 불어 헤티의 뺨을 스쳤다. 헤티는 주머니에서 바다유리를 꺼내 달을 향해 들어 올렸다. 달빛이 바다유리를 통과하자 전에 보았던 형상들이 선명하게 드러났다. 사람의 얼굴과 매우 닮았지만 분명하게 알아보기는 어려운 두 개의 형상들.

서서히 졸음이 몰려왔다. 탁자 위에 바다유리를 내려놓고 잠옷으로 갈아입었다. 갑작스러운 한기에 헤티의 몸이 떨렸다. 잠옷 위에 가운을 걸치고 바다유리를 가운 주머니 안에 넣은 다음, 헤티는 침대에 누웠다. 저 아래 바다에서 계속해서 속삭임이 들려왔다. 헤티는 누운 채 눈을 감았다. 밤이 깊어 가면서 마음 한 부분도 함께 흘러가는 꿈을 꾸었다. 손님용 침실에 누워 있는 노파와, 바다유리에서 보았던 얼굴들과, 줄곧 찾아 헤맸지만 결코 찾지 못한 얼굴들에 대한 꿈이었다.

문득 헤티는 잠이 깨 벌떡 일어나 앉았다. 무엇 때문에 깼는지 알 수가 없었다. 방은 아까보다 더 어두워진 것 같았다. 창문으로 다가가 밖을 보았다. 구름 뒤에 가려진 달, 거무칙칙한 바다, 으스스하게 흐르는 물결. 헤티는 조용히 방에서 나와 손님용 침실로 살금살금 다가갔다. 문이 열려 있었고 그랜디 할머니는 의자에 앉은 채 자고 있었다.

침대는 텅 비어 있었다.

헤티는 정신없이 주변을 둘러보았다. 노파의 흔적은 어디에도 보이지 않았다. 헤티는 그랜디 할머니를 깨우려고 입을 열었다가 마음을 바꾸어 조심조심 거실로 달려갔다. 현관문이 열려 있었다. 헤티는 깜깜한 한밤중 속으로 전력을 다해 뛰어가다가 황급히 멈추어 섰다. 만을 향해 비탈을 이루는 고지대의 바위들 옆에 노파가 있었다. 헤티는 얼른 가까이 다가가 두 팔을 마구 흔들며 소리쳤다.

"저 여기 있어요!"

노파가 몸을 돌려 헤티를 보더니 비틀거리며 다가왔다. 분명 뛰어오려 했던 것이리라. 하지만 노파는 그만 균형을 잃고 바닥에 굴렀다. 헤티는 노파를 향해 쏜살같이 달려가 몸을 굽혔다.

"괜찮아요, 괜찮아요."

노파는 신음하며 헤티를 향해 팔을 뻗었다. 헤티가 노파를 가까이 끌어당겼다.

"찾아서 다행이에요."

노파가 흐느껴 울기 시작했다. 하지만 불안했던 마음은 한결 편해진 듯했다. 넘어지면서 뼈가 부러진 것 같지는 않았다.

"이번에도 절 찾으셨군요. 그렇죠? 눈을 떠보니까 제가 없어서 절 찾으러 나가신 거예요. 이렇게 밖에 나오지 말고 제 방에 들어와 보지 그러셨어요."

헤티는 고지대 끄트머리를 흘긋 쳐다보았다. 저기에서 추락하면 목숨이 어떻게 될지 알 수 없었다.

"자, 이제 저한테 업히세요. 집으로 갈게요."

헤티가 허리를 숙여 노파를 업으려는데 노파의 손이 헤티의 손목을 잡아당겼다. 헤티는 노파를 업으려다 말고 아래를 내려다보았다. 노파는 만이 내려다보이는 고지대 끄트머리 바위 쪽을 응시하고 있었다.

"저쪽으로 가고 싶으세요?"

대답이 없었다.

"아니면 바다로 갈까요? 바다에 가고 싶으신 거예요?"

그때 저 아래 바다에서 또다시 속삭임이 들리는 것 같았다. 헤티는 노파를 업고 걸어갔다. 고지대 끄트머리의 바위 저편은 만으로 향하는 지름길까지, 그다음에는 조약돌 해변으로 이어지는 경사진 길까지 서서히 비탈을 이루고 있었다. 헤티는 고지대 끄트머리에서 멀찍이 떨어진 바위 옆에 섰다. 노파는 바다를 향해 시선을 고정시켰다.

"뭘 찾으세요?"

노파가 고개를 돌려 헤티를 응시했다.

"제 말 알아들으시죠? 그렇죠? 제가 묻는 말 이해하실 거예요. 대답은 못 하시더라도요."

노파는 다시 바다를 향해 고개를 돌렸다.

"좀 더 가까이 가볼게요. 아주 조금만요."

헤티와 노파는 고지대 끄트머리에 있는 길고 평평한 바위까지 갔다.

"여기에 잠깐 앉았다 가요."

헤티는 노파의 작은 몸을 바위 위에 조심스럽게 내려놓았다. 그리고 가운을 벗어 노파의 어깨에 걸쳐주었다. 바위에 앉은 노파의 모습이 작은 유령처럼 보였다.

"한결 좋은데요."

헤티도 노파 옆에 앉아 한 팔을 노파의 어깨에 둘렀다.

"그랜디 할머니하고 저는 자주 이 자리에 와서 앉아 있어요. 바다를 바라보기 좋은 장소거든요."

문득 노파가 입을 열었다.

"속삭임의 바다."

"뭐라고 하셨어요?"

노파는 다시 입을 열지 않았고 계속 바다를 빤히 바라보았다. 헤티는 바다에서 들려오는 소리에 귀를 기울였다. 수면 저 아래에서부터 들려오는 듯한 부드러운 속삭임이었다. 헤티는 주머니에서 바다유리를 꺼내 하늘 위로 들어 올렸다.

"보이세요?"

노파에게 물어보긴 했지만 사실 헤티는 자신이 무엇을 물어보고 있는지 알 수가 없었다. 이제 유리 속 형상들은 숨어 버렸고, 달은 여전히 구름에 가려 사방이 캄캄했다. 바다유리를 비추어 줄 빛을 찾아 바다를 두리번거렸지만, 이상하리만치 잔잔한 짙은 회색 바닷물 외에 아무것도 보이지 않았다. 헤티는 자신과 노파의 얼굴 가까이에 바다유리를 바싹 갖다 대고 노파를 보았다. 노파는 바다유리 너머 바다만 유심히 바라보았다. 아무래도 바다유리에는 전혀 관심이 없는 것 같았다. 헤티는 팔을 내려 활짝 편 손바닥 위에 바다유리를 올려놓았다. 그러자 노파가 아래로 눈길을 돌리더니, 마치 데일까 봐 무서운 듯 머뭇머뭇 바다유리를 만졌다.

"여기요."

헤티는 이렇게 말하며 바다유리를 내밀었다. 노파는 받지 않았다.

"바다유리예요. 저기 바다에서 주웠어요."

헤티는 바다 쪽으로 시선을 던졌다가 곧 다시 노파를 바라보았다. 노파는 여전히 바다유리를 내려다보고 있었다.

"바다유리 속이 선명하게 보이지는 않아요."

헤티는 빛이 좀 더 비추길 바라며 바다유리를 높이 들어 올렸다. 구름이 잔뜩 끼어 주위가 온통 캄캄한데도 불현듯 바다유리 속 두 개의 신비한 형상들이 다시 나타났다. 헤티는 노파가 다른 사람들처럼 반응할지, 혹시 바다유리를 외면하지는 않을지 궁금해하며 형상들을 자세히 들여다보았다. 그런데 노파가 헤티에게서 바다유리를 빼앗아 들더니 손으로 감싸고는 중얼거렸다.

"속삭임의 바다."

헤티는 어떻게 생각해야 할지 몰라 그저 노파만 빤히 쳐다보았다. 잠시 후 누군가의 발자국 소리가 들렸다. 헤티는 집을 향해 고개를 돌렸다. 탐이 헤티와 노파를 보지 못한 채 헤티네 오두막 입구 쪽으로 전력을 다해 뛰어가고 있었다. 탐은 세차게 문을 두드렸다. 헤티가 탐을 불렀다.

"탐, 무슨 일로 온 거야?"

탐이 돌아서서 두 사람을 보았다. 탐이 미처 대답하기도 전에 현관문이 열리고 그랜디 할머니가 나왔다.

"탐, 무슨 일이니?"

탐은 헤티와 그랜디 할머니를 번갈아 쳐다보다가 헤티에게 말했다.

"아빠가 보내셔서 왔어. 혹시 골치 아픈 일이 일어날지 모른다고 너한테 알려주라 하셨어."

탐은 잠시 망설인 뒤 다시 말을 이었다.

"그레고르 할아버지가 돌아가셨거든."

사람들이 길에 나타나기 시작했다. 로르나 할머니, 뭉고의 아빠, 그리고 헤럴드 할아버지였다. 헤럴드 할아버지는 무리해서 사람들을 쫓아가느라 필요 이상으로 지팡이를 휘둘러댔다. 헤티는 노파를 보았다. 노파는 두려운 눈빛으로 사람들을 지켜보고 있었다. 건너편에서 그랜디 할머니가 헤티를 불렀다.

"헤티, 노파를 안으로 데리고 들어와라!"

헤티는 노파를 업고 서둘러 집으로 향했다. 로르나 할머니를 선두로 세 사람은 벌써 길에서 벗어나 헤티네 집 대문 쪽으로 다가오고 있었다. 그랜디 할머니가 황급히 앞으로 나서서 그들을 가로막았다.

"이제 그만해. 설마 후회할 짓을 하고 싶은 건 아니겠지."

헤럴드 할아버지가 말했다.

"우린 후회할 짓 따위 하지 않아."

그래도 어쨌든 사람들은 걸음을 멈추었다. 탐이 달려와 그랜디 할머니 옆에 서서 말했다.

"노파를 다치게 해서는 안 돼요."

헤럴드 할아버지가 퉁명스럽게 말했다.

"네가 상관할 일이 아니다, 꼬마야."

"저 꼬마 아니거든요."

하지만 헤럴드 할아버지는 탐의 말은 들은 체도 하지 않고 그랜디 할머니에게 말했다.

"우린 벌써 두 사람을 잃었어, 그랜디. 거의 이틀 만에 선량한 사람을 둘이나 잃었다고. 나와 함께 자란 내 오랜 친구들인데. 게다가 우린 모라의 자랑도 잃었어."

헤럴드 할아버지는 헤티의 품에 안겨 있는 노파를 지팡이로 가리켰다.

"저 마녀가 모라 섬에 나타나기 전까지 우린 아무 문제도 없었는데 말이야."

헤티가 물었다.

"그래서 뭘 어쩌시게요? 노파를 죽이기라도 하실 건가요?"

"우리 손으로 죽일 필요는 없지. 네 손도 필요하지 않아. 다만 네가 노파에게 먹을 것만 주지 않으면 돼. 그럼 노파는 저절로 죽게 될 테니까."

로르나 할머니와 뭉고의 아빠가 웅얼거리는 목소리로 헤럴드 할아버지의 말에 맞장구를 쳤다.

"맞아, 맞아."

"옳습니다."

그랜디 할머니가 말했다.

"생각하기도 무서운 말을 입 밖에 내뱉다니. 믿기지 않는군."

"그러게 말이에요."

헤티는 증오심을 담아 세 사람의 성난 얼굴을 노려보았다.

"그래서 노파를 죽게 내버려두는 게 우리한테 무슨 이득이죠? 그런다고 펴 노인이 살아 돌아오나요? 그레고르 할아버지가 다시 살아나기라도 해요?"

로르나 할머니가 말했다.

"죽은 사람이 다시 살아 돌아오진 못하지. 하지만 그래야 공정하고 올바른 일이 아닌가."

헤럴드 할아버지가 말했다.

"암, 그렇고말고."

"하지만 노파는 잘못이 없잖아요."

"노파는 불운을 가져왔다니까. 펴가 옳았고, 그레고르가 옳았어. 노파가 이 섬에 가져온 건 바로 사악한 기운이야. 그러니 노파를 살려두면 더 큰 악이 오겠지."

헤럴드 할아버지가 헤티를 향해 걸음을 옮겼다. 헤티는 노파를 꽉 끌어안았다.

"가까이 오지 마세요."

"해치지는 않을 거다. 내 손으로 위신 떨어뜨리는 짓을 할 리가 있겠냐."

헤럴드 할아버지는 천천히 앞으로 다가와 헤티의 품에 안긴 노파를 빤히 내려다보았다. 헤티는 헤럴드 할아버지의 지팡이에서 눈을 떼지 않았다. 그런데 헤럴드 할아버지는 지팡이를 사용하는 대신 침을 탁 뱉는 것이었다.

"너무하시잖아요."

헤티는 헤럴드 할아버지에게서 등을 돌리고 앉아 노파의 뺨에 묻은 침을 소매로 닦아주었다. 등 뒤에서 그랜디 할머니가 헤럴드 할아버지를 꾸짖는 소리가 들렸다. 곧이어 다행히도 맥키 아저씨가 서둘러 달려왔다. 맥키 아저씨가 말했다.

"이렇게들 모이기엔 조금 늦은 시간인 것 같은데요."

로르나 할머니가 말했다.

"할 일이 있어서."

"에이, 이 시간에 무슨 할 일이 있으시다고. 이제 다들 집에 가셔야죠."

맥키 아저씨는 뭉고의 아빠에게 시선을 던졌다.

"특히 자네는 집에서 쉬어야 하잖아? 내일 아침 일찍 일을 시작해야지. 저녁에 그레고르 영감님 장례식에 가기 전까지 남은 일을 마치려면 선박장에서 하루 종일 쉬지 않고 일해야 해."

"아니, 난 선박장에 안 갈 거야. 우리 집 가축이나 돌보려고."

헤티가 말했다.

"전 그레고르 할아버지 장례식에 가지 않을 거예요."

헤럴드 할아버지가 말했다.

"넌 초대받지도 않았다. 넌 그레고르의 친구도, 퍼 노인의 친구도 아니고, 모라 섬 사람들 누구의 친구도 아니니까."

"그만하세요."

맥키 아저씨는 이렇게 말한 뒤 다시 뭉고의 아빠를 쳐다보았다.

"그래서 자넨 내일 선박장에 안 오겠다는 거야?"

"아까 말했잖아. 우리 집 가축을 돌보겠다고."

"마음대로 해. 자네 일을 대신할 사람은 얼마든지 많으니까."

"과연 그럴까?"

"과연 그렇지."

맥키 아저씨는 탐의 어깨에 팔을 둘렀다.

"자네 일쯤은 우리 아들도 대신할 수 있어. 자네보다 더 잘하지는 못하더라도 자네만큼은 할 거라고 믿어."

그랜디 할머니가 헤티를 불렀다.

"헤티, 넌 그만 가서 노파를 침대에 눕혀라."

맥키 아저씨가 말했다.

"지당하신 충고십니다."

탐이 나섰다.

"헤티, 내가 도와줄까?"

"됐어. 나 혼자 할 수 있거든."

그랜디 할머니의 시선이 헤티와 마주쳤다. 헤티는 다시 탐을 보았다.

"손님용 침실에 불 좀 봐줄래?"

탐은 집 안으로 들어갔다. 헤티는 사람들을 향해 돌아섰다.

"노파는 작은 배를 타고 무서운 폭풍을 뚫고서 우리 섬에 도착했어요. 하가 출신이더라고요. 아마 지금은 혼란스럽고 무서워서 기억을 못할 테지만요. 어쨌든 아직 생명을 가진 사람이라고요. 그런데도 여기서 일어난 나쁜 일들이 전부 노파 때문이라면서 노파를 죽게 놔두라고 하다니. 다들 너무 잔인하시네요!"

헤럴드 할아버지가 혀를 찼다.

"그래서 네가 어리다는 거다. 우리만큼 오래 살면 너도 이해하게 될 거다. 악이 어디에서 오는지."

로르나 할머니가 거들었다.

"그럼, 그럼."

그랜디 할머니가 반박했다.

"나도 당신들만큼은 나이를 먹었어. 그러니 악이 어디에서 오는지 안다고 할 수 있지. 악은 말이지, 무지와 냉소와 어리석은 가슴에서 오는 거야."

"저 노파는 슬픈 일들만 불러왔어. 그러니 죽게 그냥 내버려둬야지, 암."

"우리는 그렇게 놔두지 않을 거야."

"그럴 거라면 더 이상 모라 섬 사람들에게서 도움을 기대하지 않는 게 좋을 거야. 두고 봐, 그랜디. 미리 말해두는데, 다른 사람들 모두가 우리하고 같은 생각이니까."

로르나 할머니가 헤럴드 할아버지와 뭉고의 아빠를 향해 돌아서서 말했다.

"그만 갑시다."

세 사람은 길을 따라 내려가기 시작했다. 그들이 시야에서 사라지자 맥키 아저씨가 말했다.

"큰소리치기는. 우리가 모라 섬에 친구가 얼마나 많은데."

그때 탐이 집 안에서 나왔다.

"손님용 침실에 불을 피워놨어요. 거실 불도 점검했고요."

그랜디 할머니가 말했다.

"고맙다, 탐.

헤티는 자신을 향한 탐의 시선을 느꼈다.

"고마워, 탐."

맥키 아저씨는 다시 아들의 어깨에 팔을 둘렀다.

"저희는 이만 가볼게요, 그랜디 아주머니. 무슨 일이 생기면 저한테 헤티를 보내세요. 꼭이요."

탐이 덧붙였다.

"저희한테요."

"그래, 맞다. 그랜디 아주머니, 무슨 일이 생기면 저희한테 헤티를 보내세요."

"알겠네. 고마워."

이제 맥키 아저씨와 탐도 발걸음을 돌렸다. 그랜디 할머니가 말했다.

"자, 헤티. 우리도 들어가자꾸나."

두 사람은 집 안으로 들어가 문을 닫았다. 헤티는 노파를 난롯가로 데려갔다. 여윈 얼굴에 드리워진 두려움이 불빛에 드러났다. 그랜디 할머니가 노파에게 바싹 다가가자 노파가 낮게 신음 소리를 내기 시작했다.

"할머니를 무서워하나 봐요."

그랜디 할머니는 몸을 뒤로 기대며 말했다.

"그러게 말이다. 그래도 널 무서워하진 않아서 다행이다."

"노파를 침대에 눕히고 올게요."

"그러는 게 좋겠다. 노파가 잠을 잘 것 같진 않지만."

"제가 곁에 같이 누우려고요."

"그럴래? 네가 괜찮다면 나는 침대 옆에 앉아 있으마. 그건 노파도 크게 상관하지 않겠지. 그냥 가까이에 있는 거니까."

"저도 할머니가 그렇게 해주시면 좋겠어요."

헤티와 그랜디 할머니는 손님용 침실로 향했다. 그랜디 할머니가 담요와 시트를 젖혔다. 헤티는 노파를 조심스럽게 눕힌 다음, 침대에 올라가 노파 곁에 누웠다. 노파는 침대 주변에서 이부자리를 정리하는 그랜디 할머니에게 경계하는 시선을 던졌다.

"나는 잠시 나가 있어야겠다. 하지만 너하고 노파의 상태를 확인하러 수시로 들어오마. 좀 쉬고 싶거나 네 방에서 자는 게 낫겠다 싶으면 언제든지 얘기하렴. 그럼 내가 노파 곁에 앉아서 노파를 살펴볼 테니까."

"그럴게요."

그랜디 할머니는 방에서 나갔다. 헤티는 팔로 노파를 감싸 안았다. 저항하는 기색은 보이지 않았지만, 가냘픈 몸을 가까이 끌어당길 때 팔에서 쓸리는 느낌이 들었다. 헤티는 아래쪽을 내려다보았다. 세상에, 노파가 왼손에 바다유리를 꽉 쥐고 있었다. 헤티는 바다유리를 빤히 쳐다보았다. 노파가 바다유리를 쥐고 있었다는 것을 지금껏 알아차리지 못했다니. 노파가 그것을 떨어뜨리지 않고 내내 쥐고 있었다니. 믿기지가 않았다. 헤티는 노파의 손에서 조심스럽게 바다유리를 가져와 높이 들었다.

"이게 마음에 드시는군요. 그렇죠?"

노파는 바다유리와 헤티를 번갈아 뚫어져라 쳐다보았다.

"이건 바다에서 주웠어요. 바닷물에 깎여서 매끈한 모양이 만들어진 거죠."

헤티가 바다유리를 앞으로 내밀자 방 한구석에 놓인 난로의 불빛이 바다유리에 비쳐 어른거렸다. 지난번에 보았던 두 개의 형상이 드러났다. 별안간 형상들이 어느 때보다 선명해졌다. 누가 뭐래도 사람의 얼굴이 틀림없었다. 오른쪽은 여자아이의 얼굴이었다. 헤티는 얼굴을 찡그렸다. 자신의 얼굴과 조금 닮은 것 같아 보였다. 하지만 아마 자신의 상상력이 풍부하기 때문일 것이라 헤티는 생각했다. 왼쪽은 나이 많은 남자의 얼굴 같았다. 노파는 손을 뻗어 엄지손가락으로 바다유리를 어루만졌다.

"이 얼굴들이 보이세요?"

헤티는 잠시 망설이다가 말을 이었다.

"저거…… 누구 얼굴인지 아시겠어요?"

노파는 부들부들 떨면서 헤티를 향해 고개를 돌렸다.

"이제 괜찮아요."

헤티는 침대 옆 탁자에 바다유리를 내려놓고 노파를 끌어안았다. 노파는 잠시 몸을 떨다가 멈추고 스르르 잠이 들었다. 밖은 쥐 죽은 듯 조용했다. 그랜디 할머니는 잠자리에 든 것이 분명했다. 헤티는 누워서 천장을 빤히 쳐다보았다. 지금까지 일어난 일들과 앞으로 벌어질지 모를 일들을 생각하니 초조한 마음이 들었다. 헤티는 어떤 일이 벌어질지는 모르겠지만 틀림없이 아주 어두운 일이라는 것을 직감했다. 바다에서 다시 속삭임이 들리기 시작했다.

헤티는 그 속삭임에 귀를 기울였다. 아련하고 부드러웠다. 속삭임은 수시로 멈추었다. 마치 바다가 숨소리를 낮추기라도 한 듯 가녀린 침묵이었다. 그럴 때면 헤티는 속삼임이 다시 시작되기를 기다리듯 자신도 숨소리를 낮추었다. 그러고 있노라면 정말로 다시 소리가 들리기 시작했다. 바다로부터 속삭임을 들으니 위안이 되었다. 헤티는 고개를 돌려 옆을 보았다. 노파는 여전히 자고 있었다. 헤티는 반대쪽으로 고개를 돌려 침대 옆 탁자에 놓인 바다유리를 보았다.

너무나 심오해 풀기 어려운 또 하나의 수수께끼. 헤티는 길게 한숨을 내쉬며 자신의 외로움에 대해 곰곰 생각해 보았다. 헤티는 언제나 이곳 모라 섬의 고독을 받아들여 왔다. 그렇게 세상으로부터 고립됨으로써 얻은 힘이 지금 위협을 받는 느낌이었다. 헤티는 마음속에 아빠와 엄마를 그려보았다. 아니, 정확히 말하면 그랜디 할머니의 설명을 바탕으로 만들어본 상상 속의 아빠, 상상 속의 엄마를 그려보았다. 아빠와 엄마의 이미지가 머릿속에 생생하게 떠올랐다. 하지만 그 이미지는 지난 몇 년 동안 바다유리에서 보아온 얼굴들과 조금도 닮은 데가 없었다.

과연 바다유리 속 얼굴들은 누구일까. 헤티는 천 번도 넘게 생각해 왔다. 옆에 누운 이 노파는 꽁꽁 얼어 있던 그 형상들을 깨고 현실에 나타난 유일한 사람이었다. 다른 얼굴들은 수증기처럼 사라져 버렸다. 헤티는 언제나 그 얼굴들이 죽은 사람들일 거라고 짐작했다. 수 세기 동안 셀 수 없을 정도의 많은 사람들이 유령이라도 나올 것처럼 으스스한 모라 섬의 바다에 빠져 죽었으니까. 그런데 최근 이 생각에 의문이 들기 시작했다. 지난 몇 년 동안 바다는 달라졌고 바다에서 들려오는 속삭임도 달라졌다. 그리고 이제 바다유리는 헤티에게 두 가지 이미지를 더 보여주었다. 자신과 닮은 여자아이 한 명과 나이 많은 남자 어른 한 명.

아직 더 많은 수수께끼들이 남아 있었다. 그러나 지금 당장은 어떤 답도 찾을 수 없을 것 같았다. 속삭임은 그쳤고 밤은 흘렀으며 노파는 여전히 자고 있었다. 헤티는 자리에 누웠다. 금방이라도 눈물이 날 것 같았다. 그 순간 문득 어떤 생각 하나가 머리를 스쳤다. 너무나 무모하고 너무도 위험한 생각이었다. 처음에는 그 생각을 곧장 떨쳐 버렸다. 하지만 그 생각은 다시 고개를 내밀어 마음속으로 달려들었다. 결국 헤티는 굴복했다. 그 생각에 온 신경을 쏟아부었다. 헤티는 눈을 감고 그 생각이 무엇을 의미하는지 이해해 보려 애썼다. 두렵고 무서운 일이 담긴 생각이었다. 단 한 가지, 어쩌면 성공할지 모른다는 가능성을 제외하면. 헤티는 그 가능성의 무게에 눌린 채 어느새 잠이 들었다.

᯾᯾᯾

날이 밝아왔다. 헤티를 짓누르던 무게는 여전히 그대로였다. 하지만 잠에서 깼을 때 헤티의 마음은 이미 결정을 내렸다. 헤티는 자리에 누워 골똘히 생각에 잠겼다. 어떤 일이 닥치더라도 움츠러들지 말자고 다짐했다. 고개를 옆으로 돌렸다. 노파는 헤티의 팔베개 안에서 동그랗게 몸을 웅크린 채 자고 있었다. 호흡은 거의 들리지 않을 만큼 가냘팠지만 지난밤처럼 당황스러울 정도는 아니었다. 그래도 여전히 약하긴 했지만.

방 안으로 빛이 쏟아졌다. 서쪽 절벽 위로 갈매기들이 울어댔다. 헤티는 잠시 그 소리에 귀를 기울이며 파도의 대화를 들어보려 했다. 하지만 파도 소리는 너무나 미세했고 헤티의 마음은 몹시 뒤숭숭했다. 마음속에 떠오르는 모든 생각들을 다시 찬찬히 되짚어 보았다. 해야 할 일이 너무 많았고 정리할 일도 많았다. 그중 하나는 탐을 만나는 것이었다. 무엇보다 먼저 탐을 만나야 했다.

그때 그랜디 할머니가 문 앞에 나타났다.

"잠은 좀 잤니, 헤티?"

"별로요."

"나도 잘 못 잤단다."

그랜디 할머니는 노파를 흘긋 쳐다보았다.

"최소한 누군가는 제대로 쉬고 있구나."

"아무래도 노파는 우리보다 많이 쉬어야 하니까요."

"너야말로 더 쉬어야 하지 않겠니?"

그랜디 할머니는 의자에 털썩 앉으며 한숨을 쉬었다.

"좀 더 자라. 내가 노파를 챙길 테니까."

헤티는 조용히 방에서 나와 세수를 하고 옷을 갈아입은 다음, 재빨리 집을 나섰다. 주위는 점점 빠르게 밝아왔다. 바다는 조용히 빛나고 있었다. 수평선 위로 창백한 태양이 솟아올랐다. 공기에서 매서운 한기가 느껴졌다. 헤티는 대문 밖에 서서 해변 위로 작은 파도들이 부서지는 풍경을 내려다보았다. 다시 탐이 생각났다. 곧 그랜디 할머니가 창밖으로 헤티를 불렀다.

"노파가 일어났다."

헤티와 그랜디 할머니는 노파를 씻기고 음식을 먹인 다음,

난롯가에 앉혔다. 하지만 노파가 몹시 피곤해하자 다시 침대로 부축했다. 침대에 누운 노파는 금세 잠이 들었다. 지금 노파가 원하는 것은 오직 잠자는 것뿐인 듯싶었다. 선박장에서 톱질하는 소리, 망치질하는 소리가 들렸다. 헤티는 다시 탐을 생각했다. 밖으로 나가 탐을 찾을 핑계를 찾으려는데 때마침 탐이 현관문을 두드렸다. 그랜디 할머니가 말했다.

"들어와라."

거실로 온 탐은 그랜디 할머니와 헤티 앞에 서서 창문 쪽을 흘끔 쳐다보았다.

"선박장에서 네 아빠를 돕고 있을 줄 알았는데."

탐이 여전히 창가 쪽을 쳐다보며 말했다.

"네, 그랬어요. 그러니까…… 지금도 돕는 중이에요. 그런데 아빠가 그랜디 할머니 댁에 갔다 오라고 하셔서요."

"친절도 하지. 그래, 우리가 뭘 해주면 좋을까?"

"아니에요. 그냥 모두 괜찮은지만 보고 오라고 하셨어요."

"고맙구나. 헤티는 별일 없단다."

"저기, 그런데……."

탐이 재빨리 주위를 둘러본 다음 말을 이었다.

"그랜디 할머니도 괜찮으신지 확인해야 하는데요."

그랜디 할머니는 소리 내어 웃더니 갑자기 이마를 찌푸리며 몸을 앞으로 구부렸다.

"그런데 너 얼굴이 왜 그러니?"

"아무것도 아니에요."

"멍 자국을 감춘 것 같은데?"

탐은 헤티를 슬쩍 쳐다보았다.

"가만있어 봐라."

그랜디 할머니는 이렇게 말하며 탐의 관자놀이 주변을 만져 보았다.

"이런, 멍 자국을 감추고 있구나. 보기는 좀 흉하지만 죽진 않겠다."

그랜디 할머니는 탐을 훑어보고서 말을 이었다.

"나는 가서 우리 집 손님이 어떤지 보고 있을 테니까 헤티에게 사연이나 말해주렴."

헤티가 말했다.

"노파는 자고 있어요."

"아무튼 한번 살펴봐야지."

그랜디 할머니는 방 안으로 사라졌다. 헤티와 탐은 서로를 바라보았다.

"탐, 무슨 일 있었어?"

"잠깐 밖으로 나갈래?"

"그래."

오두막 밖으로 걸음을 옮긴 헤티와 탐은 고지대 끄트머리의 길고 평평한 바위로 천천히 향했다. 해변에서 가까운 바다는 여전히 잔잔했지만 저편의 조금 먼 바다는 북동쪽에서 불어오는 산들바람에 잔물결이 일기 시작했다.

"헤티, 여기 앉을까?"

"그냥 서 있자."

"그래."

"무슨 일 있었어?"

"맞았어."

"누구한테?"

"뭉고한테. 하지만 걱정 마. 그 녀석은 더 세게 맞았으니까."

헤티는 멍 자국을 자세히 들여다보았다. 그랜디 할머니 말처럼 보기는 흉하지만 심하지는 않았다.

"왜 싸웠는데?"

"너 때문에."

"나 때문에?"

"응. 오늘 아침 일찍. 뭉고 그 자식이 너에 대해 별의별 악담을 해대더라고. 내가 그만하라고 했는데도 말을 안 들었어. 그래서 한 방 날렸지. 그런데 더피가 끼어드는 거야. 예상 밖이었어."

"더피는 죽을 때까지 뭉고 편일걸."

"그런데 이번엔 뭉고 편이 아니었어. 내 편을 들더라고. 별

일이 다 있네."

"그래? 더피가?"

"그렇다니까. 아마 뭉고한테 질린 것 같아."

"그래서 어떻게 됐어?"

"아빠가 와서 우리를 떼어놓고 각자 다른 방향으로 쫓아냈어. 헤티, 잘 들어."

탐이 잠시 말을 멈추었다.

"어젯밤 로르나 할머니와 다른 사람들이 한 말은 틀렸어. 그 사람들 말은 믿으면 안 돼. 모라 섬 사람들이 전부 너한테 적대적인 건 아냐. 아주 일부만 그런 거야. 우리 아빠 엄마는 너한테 적대적이지 않아. 안나 할머니, 돌리 할머니, 아일사 아주머니, 사라 아주머니도 그래. 할 아저씨, 칼 아저씨, 로리 아저씨처럼 선박장에 있는 사람들도 그렇고. 전부 우리 편이야."

헤티는 고개를 돌려 바다 너머를 응시했다.

"우리 편? 모라 섬에 네 편, 내 편 같은 건 없었는데."

"그래 뭐. 하지만 지금은 생겼잖아."

헤티는 어젯밤 결심을 떠올리며 다시 탐을 생각했다. 그런데 탐이 먼저 입을 열었다.

"헤티?"

헤티는 고개를 돌려 탐을 보았다. 탐의 얼굴에서 두려운 기색이 엿보였다. 헤티에 대한 두려움이었다.

"너 좀 이상한 것 같아, 헤티."

"내가?"

"뭐랄까…… 넌 여기에 있지만 여기에 없는 것 같다고 해야 되나?"

"나 여기에 있어, 탐. 여기에 있겠다고 약속할게."

하지만 탐에게 또 거짓말을 하고 있다는 사실을 헤티 자신은 알고 있었다. 헤티는 탐에게 말하기로 결심한 것이 있었다. 그것을 잊지 않으려 헤티는 바닥만 빤히 내려다보았다.

"네가 내 편이어서 다행이야, 탐. 난 정말로……."

헤티는 다시 탐을 올려다보았다.

"정말로 네 우정을 소중하게 생각해. 네가 그걸 꼭 알았으면 좋겠어."

헤티는 앞으로 몸을 기울여 탐의 입술에 가볍게 입을 맞추었다. 뒤로 물러나려는 헤티를 탐이 재빨리 끌어당겨 키스를 했다. 헤티는 탐의 키스를 받아들였다. 하지만 이내 몸을 빼고 물러났다. 탐에게 주게 될 상처가 두려웠다. 탐의 표정에는 이미 상처를 받은 기색이 역력했다. 헤티는 탐에게 상처를 준 자신이 싫었다.

마침내 탐이 입을 열었다.

"헤티……."

"말하지 마."

"뭘 말하지 마?"

"그냥 아무 말도 하지 마."

탐은 가쁘게 숨을 쉬며 헤티를 바라보았다. 헤티가 말했다.

"이만 집에 가야겠어. 너도 선박장으로 가야 되잖아."

헤티와 탐은 그 자리에 서서 서로를 응시했다. 이윽고 탐이 몸을 돌렸다.

"알았어."

하지만 둘 중 누구도 그 자리에서 움직이지 않았다. 헤티가 탐의 팔을 툭 쳤다.

"몸 조심해, 탐."

"이따가 보자, 헤티."

"몸 조심해. 알았지?"

눈물이 헤티의 뺨을 타고 내려왔다. 헤티는 눈물을 들키고 싶지 않아 몸을 돌려 서둘러 집으로 향했다. 탐은 헤티를 부르지 않았다. 헤티는 대문 앞에 다다라 뒤를 돌아보았다. 탐은 길을 따라 달려가고 있었다. 한 번도 뒤돌아보지 않았다. 헤티는 그런 탐을 계속 바라보았다. 마침내 탐이 시야에서 사라지고 나서야 눈물을 닦았다. 마음을 가라앉히고 헤티는 대문을 향해 돌아섰다. 바로 그때 문이 활짝 열렸다. 그랜디 할머니가 밖을 내다보고 있었다. 그랜디 할머니가 활기차게 말했다.

"밥 먹자. 오트밀을 만들었단다. 안나에게 방금 낳은 달걀도 좀 얻었지. 오늘은 무슨 일이 있어도 널 먹여야겠다. 노파도 좀 먹으면 다행이고."

그랜디 할머니는 그럭저럭 헤티와 노파 모두에게 밥을 먹였다. 시간이 더디게 흘렀다. 그랜디 할머니는 물레를 돌리느라 바빴고 노파는 다시 잠이 들었다. 헤티는 다행이라고 생각했다. 혼자 준비하고 생각할 시간이 필요했다. 헤티는 몰래 집을 나왔다. 바위산 절벽 꼭대기에 올라가 잠시 섬 주위를 내려다보았다. 해가 지기 시작했다. 헤티는 집으로 달려 내려가 노파와 할머니 모두 무사한지 확인한 다음, 자기 방으로 가서 침대에 앉아 익숙하고 오래된 물건들을 찬찬히 둘러보았다. 그리고 창가로 다가가 바다를 응시했다.

금세 땅거미가 내려앉았다. 바다가 잔뜩 찌푸리고 있는 것이 느껴졌다. 밖에서는 선박장에서 일하던 남자들 중 몇몇이 돌아오는 소리가 들렸다. 그레고르 할아버지의 장례식을 위해 예배당에 갈 준비를 하려고 일찌감치 작업을 마친 것이었다. 옆방에서 그랜디 할머니가 가장 좋은 옷을 솔질하는 소리도 들렸다. 헤티는 수평선을 향해 천천히 시선을 옮겼다. 수평선 저 멀리 남쪽에는 다른 섬들이 있었다. 한 번도 그 섬들을 보고 싶다고 생각해 본 적이 없었다. 그 섬들에 대해서는 다른 사람들에게 전해 들은 이야기를 통해 알고 있었다. 하지만 어쩐지 그 섬들은 꿈처럼 비현실적인 공간처럼 느껴졌다.

새로 만들고 있는 작은 배가 완성되면 맥키 아저씨가 가려고 하는 곳, 브린다 섬을 상상해 보았다. 헤티는 궁금했다. 어쩌면 그 섬에서도 자기 같은 열다섯 살 여자아이가 지금 자기처럼 땅거미가 짙게 내려앉은 바다를 응시하고 있지는 않을까. 혹시 이쪽을 바라보고 있지는 않을까. 헤티는 바다 저편을 유심히 바라보며 아득히 먼 곳을 살펴보려 했다. 바다 전체에 소리 없이 저녁이 찾아들면서 땅거미가 점차 짙어지고 있었다. 헤티는 잠시도 눈을 떼지 않고 두 눈에 수평선을 담아보려 애썼지만 소용없었다. 사방이 회색빛으로 변해 갔고 어둠이 바싹 뒤따랐다. 방 밖에서 그랜디 할머니의 목소리가 들렸다.

"나 지금 나간다, 헤티."

헤티는 재빨리 방에서 나왔다.

"아주 근사해 보여요, 그랜디 할머니."

"아주 바보 같아 보이진 않고? 가장 좋은 옷을 입으면 늘 멍청해 보인단 말이야. 하지만 안 그런 것처럼 말해줘서 고맙구나. 노파하고 둘이서만 있어도 괜찮겠니?"

"그럼요."

"조금 늦을 거다. 요즘 분위기가 어떤지 너도 알잖니."

"긴장되세요? 로르나 할머니하고 그쪽 사람들이 할머니한테 너무 쌀쌀맞게 굴까 봐요?"

"그 사람들은 하나도 신경 안 쓰인다. 너도 신경 쓰지 마라.

고개 똑바로 들고, 무슨 일이든 네 양심만 잘 따르면 돼. 그렇게만 하면 그런 속 좁은 사람들은 전혀 걱정할 필요 없단다."

헤티는 눈을 내리깔았다.

"괜찮니, 아가?"

"그럼요. 괜찮아요."

"정말? 난 장례식 안 가도 돼. 어차피 그레고르는 내가 자기 장례식에 오는 거 좋아하지 않을 테니까. 자기가 내 장례식에 오는 거라면 모를까."

"아니에요, 가세요. 할머니는 가셔야 해요."

헤티는 얼른 그랜디 할머니의 뺨과 입술에 입을 맞추었다. 그랜디 할머니가 얼굴을 찡그렸다.

"어째 평소 너답지가 않구나."

"제가 뭐요?"

"나한테 뽀뽀를 다 하고 말이야."

"제가 할머니한테 뽀뽀를 얼마나 많이 했는데요."

"별로 많이 하지 않았거든."

"저 괜찮아요, 할머니. 정말이에요."

그랜디 할머니는 헤티를 빤히 보다가 천천히 몸을 돌렸다.

"이따 보자꾸나."

마침내 그랜디 할머니가 대문을 향해 걸음을 옮겼다. 헤티는 무언가 더 말을 하고 싶은 충동을 억누르며 그랜디 할머니의 모습을 지켜보았다. 그렇게 헤티가 간신히 침묵을 지키는 동안, 그랜디 할머니는 문을 열고 밖으로 나갔다. 집 전체에 무거운 침묵이 엄습했다. 다시 눈물을 삼키며 그 자리에 서 있던 헤티는 겨우 마음을 진정시키고 손님용 침실로 향했다. 노파는 여전히 자고 있었다.

헤티는 방문을 닫으며 속삭였다.

"깨어나지 마세요."

필요한 것들을 모두 챙기는 데는 생각보다 꽤 많은 시간이 걸렸다. 혹시 들키지 않을까 순간순간 겁이 났다. 하지만 지금은 모라 섬 사람들이 모두 예배당에 가 있는 시간이니 해변을 오가는 동안 누군가를 만날 일은 없을 것 같았다. 마침내 모든 준비를 끝냈다. 이제 한 가지 일만 마치면 되었다. 그랜디 할머니에게 쪽지를 남겨야 했다. 헤티는 최대한 정성을 들여 진지하게 쪽지를 써서 난로 옆 탁자에 놓았다. 그리고 챙겨온 두꺼운 옷가지를 들고 손님용 침실로 갔다. 노파는 마치 기다리고 있었다는 듯 잠에서 깨어 있었다. 헤티가 말했다.

"알고 계셨군요?"

노파는 나른한 눈빛으로 헤티를 쳐다보았다. 헤티는 노파가 왼손으로 주먹을 꼭 쥐고 있는 것을 보았다.

"바다유리를 쥐고 계시네요."

노파의 주먹 사이로 바다유리의 모서리가 튀어나와 있었다.

"옷을 입혀 드릴게요."

노파는 헤티가 옷장에서 꺼낸 두꺼운 옷을 자신에게 입히려 한다는 것을 알아차리고도 저항하지 않았다. 두 사람의 몸집이 비슷하지만 노파는 너무 여위어 있어서 헤티의 옷에 푹 파묻힐 것 같았다. 스웨터와 재킷, 양털 모자로 무장한 덕분에 어쨌든 몸은 최대한 따뜻할 터였다. 헤티도 옷을 잔뜩 껴입었다. 이제 둘 다 너무 둔해져서 움직이기도 힘든 상태였지만 헤티는 노파를 업고 집 밖으로 나섰다.

저 아래 바다는 잔잔했고 북동쪽에서 불어오는 바람은 가볍고 고요했다. 하지만 달과 별을 뒤덮은 구름 때문에 하늘은 어두웠다. 헤티는 고지대 끄트머리로 노파를 데려가 그곳에 서서 아래를 내려다보았다. 바다는 마치 그림자처럼 움직였다. 헤티의 마음은 다시 의심으로 가득 찼다. 이제 몇 시간, 어쩌면 몇 분 후면 둘 다 죽은 몸이 되어 있을지 모른다는 생각이 들었다.

어깨 너머로 집을 돌아보았다. 집 안은 캄캄했지만 길과 가장 가까운 창문에서 무언가 깜박거리는 것이 보였다. 헤티는 창문을 뚫어져라 응시했다. 그랜디 할머니의 얼굴을 볼 수 있기를 간절히 바라며 집 안을 살펴보았다. 하지만 안에는 아무도 없었다. 난로에 남은 불빛이 꺼지지 않으려 몸부림치고 있을 뿐이었다. 한참 동안 집을 바라보던 헤티는 노파를 끌어안고 해변을 향해 걸음을 옮기기 시작했다. 저 아래 바다는 조용하고 어두웠다. 파도가 해변을 조금씩 잠식하며 푸른 빛을 발하는 가느다란 선 하나를 그어놓을 뿐이었다. 헤티는 턱으로 조약돌 해변을 가리키며 노파에게 말했다.

"저쪽에 제 배가 있어요. 작은 돛단배예요. 제가 배를 바다 가까이 옮겨놓고 돛대를 세워 놨어요. 필요한 물건들도 안에 넣어 뒀고요. 배가 보이세요? 배 이름은 아기 돌고래예요. 제가 열 살 때 받은 거랍니다. 맥키 아저씨가 절 위해 만들어 주셨어요."

노파는 아무 말도 하지 않았고 배를 보지도 않았다. 고개를 뒤로 젖히고 하늘만 빤히 쳐다볼 뿐이었다.

"오늘 밤은 구름이 잔뜩 껴서 저 위에 아무것도 안 보여요."

노파가 입을 열었다.

"별."

헤티는 동작을 멈추고 하늘을 자세히 들여다보았다. 별은 전혀 보이지 않았다. 헤티는 아기 돌고래에 눈길을 돌렸다. 잠시 몸이 떨렸다. 맥키 아저씨가 이 배를 튼튼하게 만들었다는 것은 의심할 여지가 없었다. 노를 젓기도 쉽고, 사다리꼴의 돛 하나로도 거뜬히 바다 위를 다닐 수 있는 배였다. 하지만 지금까지 모라 섬에서 수백 미터 이상 벗어나 본 적이 없고, 굳이 사나운 날씨에 맞서 본 적도 없었다. 짐을 신기는커녕 두 사람이 타는 것도 버거운 배였다.

헤티는 중얼거렸다.

"노파만 탈 수 있으면 돼."

바다도 하늘도 차츰 어두워졌고 공기는 갈수록 차가웠다. 헤티는 준비한 물건들을 마지막으로 서둘러 살펴보았다. 여러 장의 담요, 비가 올 경우 노파를 덮어주기 위한 예비용 낡은 돛, 두 사람이 입을 두꺼운 옷, 모자, 물, 빵과 치즈를 배에 실었다. 항해하는 동안 먹을 음식을 넉넉히 챙기고 싶은 마음이 굴뚝같았지만 아기 돌고래 안에는 저장 공간이 거의 없었다. 헤티는 노파를 안고 해변 위쪽에 뻗은 길을 올라간 다음, 자갈이 깔린 해변으로 내려갔다. 또다시 바다에서 속삭임이 들려왔다. 노파는 마치 그 소리를 들은 적이 있는 듯 몸이 뻣뻣하게 경직되었다. 헤티가 말했다.

"거의 다 왔어요."

아기 돌고래에 도착한 헤티는 노파를 내려다보았다.

"자갈 위에 내려놓아 드릴게요. 제가 아기 돌고래를 물속으로 끌어당기는 동안 잠시 기다리세요."

헤티는 노파를 조심스럽게 내려놓고 뱃머리를 힘껏 잡아당겼다. 아기 돌고래는 평소보다 훨씬 무거웠다. 노를 저을 때 앉는 가로대 밑과 뱃머리 안쪽에 음식, 물, 예비용 돛 등 온갖 준비물이 쑤셔져 있는 데다 닻, 노, 방향키, 그리고 방향키 손잡이까지 실은 탓이었다. 헤티는 있는 힘껏 물속으로 배를 끌어당겼다. 바닷물은 차가웠지만 이상하게 상쾌했다. 헤티는 절벽을 올려다보며 모라 섬의 은둔자에게 말했다.

"우리에게 축복을 내려주세요. 당신의 축복이 필요해요."

마침내 아기 돌고래가 물 위에 뜨기 시작했다. 작은 파도가 선체에 부딪혀 철썩거렸다. 헤티는 뱃머리가 자갈들 속으로 파고들도록 배를 약간 끌어올린 다음, 노파를 향해 달려갔다. 몸을 굽혀 노파를 업으려던 헤티는 문득 동작을 멈추고 말했다.

"이름을 알고 싶어요."

노파가 위를 올려다보았다.

"로사."

"로사? 할머니 이름이 로사예요?"

"별."

헤티는 노파를 가만히 바라보았다. 노파가 헤티를 지나쳐 다른 곳을 응시하고 있다는 것을 알 수 있었다. 헤티도 고개를 돌려 위를 올려다보았다. 그곳에 정말 있었다. 밤의 공간에서만 간신히 알아볼 수 있는 희미한 별들이.

"이제 가요."

헤티는 노파를 물가로 데려갔다. 아기 돌고래는 해변을 벗어나기 시작했지만 그래도 아직은 해변에 더 가까웠다. 헤티는 얕은 바다를 첨벙첨벙 걷다가 배 옆에서 멈추었다. 뱃머리

가까이에 노파가 앉을 자리를 미리 마련해 두기 위해서였다. 앞쪽 가로대에 등을 기댄 채 발이 배의 뒷부분을 향하도록 바닥 널을 따라 앉을 수 있는 공간이 준비되었다. 헤티는 노파를 배에 태워 자리에 앉히고는 물러섰다. 가슴이 두근거리는 것이 느껴졌다.

헤티는 뱃전을 붙잡고 검은 바다 주위를 둘러보았다. 더 이상 바다에서는 속삭임이 들리지 않았다. 가만히 하늘을 바라보았다. 더 많은 별이 빛나고 있었다. 별은 흐리고 차가워 보였다. 다시 은둔자를 떠올리며 절벽을 향해 고개를 돌렸다. 절벽 꼭대기에 누군가 서 있었다. 누구일까 궁금하게 여기며 헤티는 그곳을 유심히 바라보았다. 어둠 속에서도 윤곽이 뚜렷했다. 노인이었는데 모라 섬에서는 한 번도 본 적 없는 사람이었다. 헤티가 말했다.

"우리에게 당신의 축복을 내려주세요."

하지만 노인은 이미 사라지고 없었다.

헤티는 바다를 향하도록 아기 돌고래의 방향을 돌린 뒤 배에 올랐다. 바다는 시시각각 어두워졌지만 하늘에서는 점점 많은 별들이 빛나고 있었다. 헤티는 노파를 최대한 편안하게 앉힌 다음, 방향키를 움직이고 돛을 올렸다. 북동쪽에서 불어오는 부드러운 바람이 배를 조금씩 밀어냈다. 모라 섬은 서서히 작아져 갔다.

෴

헤티는 한 번도 주위를 돌아보지 않았다. 뒤를 보는 순간 곧바로 집에 가버리고 싶어질 것이라는 사실을 잘 알고 있었다. 그래서 대신 노파를 보며 말했다.

"제 대신 모라 섬을 봐주세요. 제 대신 모라 섬에 작별 인사를 해주세요."

노파는 아무 말도 하지 않았고 모라 섬을 향해 눈길을 돌리지도 않았다. 아기 돌고래가 밤바다를 가르며 나아가는 동안 노파의 눈동자는 줄곧 헤티에게 머물며 조용히 헤티를 지켜보았다. 바다는 여전히 고요했다. 계속 미풍이 불었다. 헤티는 작은 나침반을 확인했다. 정남쪽으로 가야 하니 바람이 이 정도 세기로 꾸준하게 불어준다면 내일 오후쯤에는 브린다 섬에 도착할 수 있었다.

본토의 작은 항구, 하가까지 혼자 힘으로 가는 것은 도저히 불가능한 일이었다. 맥키 아저씨가 수년 전부터 귀에 못이 박히도록 들려준 이야기 덕분에 헤티는 하가에 대해 익히 잘 알고 있었다. 직선거리로는 84킬로미터인데, 섬들뿐 아니라 여러 바위와 암초에 둘러싸여 있어 그것들을 피해 가야 하는 데다, 바람과 조수가 늘 골칫거리라서 실제 거리는 훨씬 멀다고 맥키 아저씨는 누누이 말하곤 했다.

따라서 도착지는 브린다 섬이 되어야 했다. 브린다 섬은 모라 섬에서 가장 가까운 섬이었다. 아기 돌고래같이 작은 배로 그보다 훨씬 먼 거리를 항해한다는 것은 위험천만한 일이었다. 만일 브린나 섬을 놓친다 하더라도 대안이 없는 것은 아니었다. 한나절 더 가면 동쪽에는 스티르 섬, 서쪽에는 파에르데 섬이 있었다. 이 두 개의 섬을 지나치더라도 다른 섬들이 더 있었다. 그러나 헤티는 이 섬들까지 지나치게 될 리는 없다고 확신했다.

헤티가 도착하고 싶은 섬은 브린다 섬이었다. 그동안 그랜디 할머니와 다른 사람들이 들려준 이야기를 통해 브린다 섬에 대해 대략 상상할 수 있었다. 게다가 브린다 섬에는 맥키 아저씨가 거래하면서 알게 된 이반이라는 친구가 있었다. 이반 아저씨는 커다란 원양선을 소유하고 있다고 했다. 브린다 섬에 도착해 이반 아저씨에게 부탁하면 원양선으로 노파를 하가에 데려다줄 수 있을 것 같았다. 맥키 아저씨가 목재를 절실하게 필요로 한다는 말도 전할 수 있을 터였다.

헤티는 문득 노파의 이름을 말했다.

"로사."

노파는 말없이 헤티를 보았다.

"저한테 로사라는 이름을 알려주셨죠. 할머니를 로사라고 불러도 될까요?"

어둠 속에서 노파의 눈동자가 환하게 빛났지만 역시나 대답은 없었다. 헤티는 돛을 조절했다. 바람이 강해지기 시작했다. 배의 방향이 틀어지고 있었다. 헤티는 바람이 더 이상 강해지지 않기를 바랐다. 최대한 북쪽으로 불어주어야 하는 바람이 벌써 변덕을 부리고 있었다. 노파의 몸이 오들오들 떨렸다.

"추우세요?"

헤티는 담요 두 장으로 노파를 감쌌다. 노파의 얼굴만 담요 밖으로 나왔다. 하지만 노파는 이내 다시 몸을 떨었다. 헤티는 방향키를 놓고 아기 돌고래가 바람이 부는 대로 이동하게 내버려 둔 다음, 뱃머리를 향해 기어갔다.

"괜찮으세요?"

"로사."

"이번에도 그 이름을 말씀하시는군요. 할머니 이름인가요?"

역시 대답이 없었다.

"몸을 더 따뜻하게 해드릴게요."

헤티는 뱃머리 안쪽에 손을 집어넣었다. 안에는 자신이 덮을 담요 한 장과 예비용 돛이 있었다. 헤티는 노파의 몸에 담요를 걸치고 담요 끝을 등 쪽으로 밀어 넣었다. 크게 파도가 쳤다. 아기 돌고래가 흔들리면서 돛이 퍼덕거렸다.

"빵과 치즈를 좀 먹어야겠어요."

헤티는 상자를 끌어당겨 뚜껑을 열었다. 노파는 음식을 보더니 고개를 돌렸다.

"생각 없으세요?"

헤티는 빵을 작게 뜯어 입에 넣고 조금 베어 문 다음, 나머지를 노파에게 내밀었다. 노파는 빵을 무시하고 돛을 올려다보았다. 돛은 여전히 펄럭대고 있었다.

"뭘 좀 드셔야 해요."

헤티는 빵을 한 입 더 베어 물고 나머지를 다시 내밀었다. 노파는 헤티를 돌아보았지만 여전히 빵을 먹지는 않았다. 헤티는 빵을 아주 잘게 뜯어 노파의 얼굴 앞으로 가져다 댔다. 놀랍게도 노파가 입을 열었다. 헤티는 노파의 입안에 조심스럽게 빵을 넣어주었다.

"잘하셨어요."

노파는 빵을 씹어 삼켰다.

"조금 더 드세요."

하지만 노파의 관심은 다시 돛으로 향했다.

"알겠어요. 그럼 우리 이따가 또 먹어요."

노파의 몸을 담요로 더욱 꽁꽁 싸매고서 헤티는 아기 돌고래가 다시 남쪽으로 향하도록 항로를 조종했다. 시간이 지날수록 점점 불안감이 커졌다. 바람이 점차 강해질 뿐 아니라 계속 방향이 바뀌었다. 만일 배의 방향이 예정했던 범위를 한참 벗어난다면, 브린다 섬 쪽으로 방향을 유지하기 위해 발버둥쳐야 했다. 서쪽으로 밀려가지 않도록 배의 진로를 바꾸어야 하는 것이다.

헤티는 방향키의 손잡이를 잡고 골똘히 생각에 잠겼다. 모라 섬에서 남쪽으로 똑바로 항해하기 위해서는 바람이 간절했다. 이 작은 배가 거센 바람에 부서지는 것은 생각조차 하고 싶지 않았다. 갑작스러운 돌풍에 아기 돌고래가 한쪽으로 기우뚱했다. 헤티가 조심조심 돛을 움직였지만 뱃머리 위로 물보라가 덮쳤다. 바람은 점차 위력을 자랑하며 더 크게 방향을 바꾸었다. 헤티는 또 나침반을 확인했다. 아직은 예정된 항로에 있었다. 하지만 다시 남쪽으로 방향을 돌리기 전에 한동안은 동쪽으로 뱃머리를 돌려야 할 것 같았다.

헤티는 노파를 보았다. 여전히 담요를 둘둘 말고 있는 모습이 잠을 자는 것 같았는데 노파는 이내 다시 눈을 떴다. 헤티는 아무 말도 하지 않았다. 돛의 앞쪽 가장자리가 다시 오그라들었다. 거센 힘이 방향키의 손잡이를 잡아당기는 걸 느낄 수 있었다. 두려움이 밀려들었다. 바람이 다시 한번 방향을 바꾸었다. 헤티는 돛을 조절했다. 배는 남서쪽으로 향하고 있었다. 헤티는 방향키를 놓고 배 위를 분주히 오갔다.

노파는 배의 방향이 바뀌든, 돛이 펄럭이든, 배가 방향을 바꿀 때 선체 반대편이 기우뚱하든 개의치 않는 것 같았다. 담요를 둘둘 만 채 가로대에 기대어 내내 같은 자세를 하고 있었다. 배는 점점 더 많은 물보라를 뒤집어쓰고 있었다. 헤티는 돛을 내버려두고 뱃머리를 향해 기어갔다.

"이거 덮어드릴게요."

헤티는 예비용 돛을 끌어당겨 노파에게 덮고 바르게 펼쳐주었다. 이제 배가 격렬하게 흔들리고 있었다. 헤티는 방향키가 있는 곳으로 힘겹게 돌아가 돛을 최대한 활짝 펼쳤다. 예정했던 항로로 아기 돌고래의 방향을 되돌리려 애썼지만 너무도 어려웠다. 바람은 시시각각 강해지고 있었다. 그럴수록 배는 더욱더 급격하게 기울어졌다.

돌풍이 연달아 몰아쳤다. 헤티는 배가 흔들리지 않도록 돛의 방향을 조정했다. 하지만 별 소용이 없었다. 아기 돌고래는 균형을 유지하려고 몸부림쳤다. 헤티는 돛의 방향을 조금 더 조정했다. 선체가 안정되는가 싶었지만 잠시뿐이었다. 뱃머리 너머에서 더 많은 물보라가 밀려 들어왔다. 노파가 신음 소리를 냈다.

헤티가 큰 소리로 말했다.

"무서워하지 마세요."

이번에는 바람을 거슬러 방향을 돌렸다. 이런 식으로는 폭풍을 이길 수 없다는 것이 너무나 분명한 사실이었다. 하지만 다른 항로로 간다고 더 나을 것 같지는 않았다. 배는 앞으로 나아가고는 있지만 옆으로 심하게 기울어 있었다. 물보라가 배 안으로 사정없이 들이닥쳤다. 그저 바람에 맞서 앞으로 가는 수밖에 달리 방법이 없었다. 배가 더 멀리 나가자 마침내 물보라가 잦아들었다.

하지만 이제 배는 위태롭게 출렁거리고 있었다. 게다가 북동쪽의 텅 빈 대양을 향하고 있었다. 헤티는 새로운 두려움을 느끼며 방향키 위로 몸을 구부렸다. 이 작은 돛단배는 무섭도록 빠른 속도로 움직였다. 뱃머리가 파도 위로 튀어 올랐다가 쑥 내려가고, 다시 튀어 올랐다가 쑥 내려가며 요동쳤다. 헤티는 맥키 아저씨에게 들었던 어떤 돛단배 이야기가 떠올랐다. 그 배는 뒤편에서 뱃머리 쪽으로 집채만 한 파도가 덮치는 바람에 침몰하고 말았다고 했다.

뒤를 흘긋 보았다. 벌써 파도가 점차 커지고 있었다. 서리에 덮인 파도 꼭대기가 한밤의 어둠 속에서 빛났다. 파도는 하나

씩 차례대로 배의 뒷부분을 들어 올린 다음, 선체를 따라 빠르게 지나가 뱃머리를 휩쓸었고, 마지막으로 바닷물에 철썩이며 거품을 일으켰다. 그때마다 배가 사정없이 흔들렸다. 헤티는 어떻게든 아기 돌고래가 항로를 이탈하지 않게 하려 애썼다.

한 시간 뒤, 노파가 잠에서 깼다. 여전히 여러 장의 담요와 예비용 돛을 둘둘 감싸고 있었다. 얼굴은 바닷물에 흠뻑 젖어 있었고 머리카락은 눈 덮인 강물처럼 흘러내렸다. 노파는 아까부터 계속 훌쩍이며 울고 있었다. 하지만 헤티는 노파를 달래기 위해 방향키를 놓을 엄두가 나지 않았다. 폭풍은 마지막까지 더욱 거세지기만 했다.

키의 손잡이와 돛을 붙잡고 있느라 양쪽 팔이 몹시도 아팠다. 배가 너무 빠르게 움직여 조종하기가 힘들었다. 헤티는 배 뒤편으로 점점 커지는 파도의 주위를 유심히 살펴보았다. 파도가 어마어마하게 거대해져서 까딱 방향키를 잘못 조종하다간 아기 돌고래가 파도에 집어삼켜지기기 십상이었다. 이 와중에 노파는 오싹하게도 헤티를 향해 기어오고 있었다. 헤티가 소리쳤다.

"돌아가세요! 그 자리에 계세요!"

노파는 헤티의 말에 아랑곳하지 않고 계속 기어왔다. 그러느라 담요와 예비용 돛이 바닥에 떨어졌다.

"거기에서 멈추세요!"

그러자 노파는 자리에 멈추어 잠시 헤티를 바라보다가 바닥에 주저앉았다.

"큰 파도가 지나가고 나면 곧바로 담요를 덮어드릴게요."

하지만 그럴 필요가 없어졌다. 파도가 밀려와 배의 뒷부분을 들어 올렸고, 이내 귀청이 떨어져 나갈 것 같은 커다란 소리가 났다. 배가 갈라지는 소리였다. 잠시 후 돛대가 우지끈 부러지며 바닥으로 향하더니 뱃머리 위를 덮쳤다. 헤티는 비명을 질렀다.

"안 돼!"

파도가 정신없이 밀어닥쳤다. 아기 돌고래는 한쪽으로 기울어진 상태로 움직이고 있었다. 헤티는 항로를 되찾아 보려고 힘을 주어 키를 붙잡았다. 하지만 아무런 소용이 없었다. 그때 손 하나가 헤티의 다리를 잡았다.

"지금은 안 돼요!"

헤티는 엉망이 된 뱃머리를 빤히 쳐다보았다. 돛대가 완전히 부러져서 돛과 활대와 함께 옆에 쓰러져 있었다. 그래도 돛대에 연결된 여러 밧줄들은 전부 그대로 선체에 매여 있었다. 헤티는 재빨리 주변을 둘러보았다. 아기 돌고래의 뱃전이 파도를 향하고 있었다. 헤티는 다음 파도가 밀어닥치기 전 잠깐의 틈을 이용해 서둘러 앞쪽으로 기어갔다. 거대한 파도 속에서 뱃머리가 요동을 치며 흔들렸고 배 안으로 물보라가 덤벼

들었다.

헤티는 헝클어진 밧줄들 사이를 지나 돛의 끄트머리를 찾아 잡아당겼다. 꿈쩍도 하지 않았다. 돛의 꼭대기까지 이어진 나무 돛대를 꽉 붙잡아 다시 세게 잡아당겼다. 역시 움직일 기미를 보이지 않았다. 또 한 번 세게 잡아당겨 보았다. 이번에는 조금 앞으로 당겨졌다. 그때 뒤에서 비명이 들렸다. 어깨 너머로 뒤를 흘긋 돌아보니 노파가 헤티를 향해 다가오고 있었다.

"거기 가만히 계세요! 움직이면 안 돼요!"

헤티는 계속 돛대를 잡아당겼다. 그랬더니 이제 활대가 배 밖으로 튀어 나갔다. 활대와 함께 돛의 일부와 돛대가 여전히 헤티의 손이 닿지 않는 곳에 있었다. 그나마 밧줄에 묶여 있긴 했다. 헤티는 엉망이 된 배를 멀뚱히 쳐다보았다. 밧줄을 끊고 전부 내던져 버리고 싶은 심정이었다. 하지만 헤티는 잘 알고 있었다. 그나마 챙길 수 있는 것은 최대한 챙겨야 했다. 언제고 사용할 기회가 있을지도 몰랐다.

혹시라도 이 모험에서 살아남게 된다면.

하지만 시간이 얼마 없었다. 배는 어느새 또다시 밀려든 파도의 파편에 괴로워하며 몸부림쳤다. 다행히 무지막지하게 큰 파도는 아니었다. 하지만 곧 괴물 같은 파도가 닥치리라. 노파가 또다시 비명을 질렀다. 헤티는 모른 체하고 계속해서 활대를 잡아당겼다. 마침내 활대와 돛의 대부분이 배 안으로 들어왔다. 온통 밧줄에 뒤얽혀 있긴 했지만. 돛대는 반 이상이 한 쪽으로 넘어가 자꾸만 선체에 부딪혔다.

노파가 세 번째 비명을 질렀다. 주변을 둘러보니 파도가 우레 같은 소리를 내며 다가오고 있었다. 배 아래에서 엄청나게 큰 파도가 일었다. 그 충격으로 선체가 들리면서 배가 덜덜 떠는 것이 느껴졌다. 선체가 다시 물 위로 내려오자 돛대 끝이 뱃머리를 확 덮치면서 배의 앞부분과 충돌했다. 아기 돌고래는 고통스러운 비명을 내질렀다. 밧줄, 돛, 활대, 돛대가 절반은 배 안에, 절반은 바깥에 걸쳐져 마구 나뒹굴었다. 난장판이 따로 없었다.

헤티는 힘들게 다시 똑바로 섰다. 그리고 칼집에서 칼을 꺼내 밧줄을 전부 끊고 돛대를 바다 밖으로 내던졌다. 노파는 이제 쉴 새 없이 비명을 질러댔다. 헤티는 상관하지 않고 활대와 돛, 남은 밧줄을 전부 배 아래쪽에 집어넣은 다음, 배의 뒷부분을 향해 기어갔다.

노파는 그곳에서 몸을 웅크리고 앉아 있었다. 더 이상 비명을 지르지는 않았지만 몸을 덜덜 떨고 있었다. 저편에서 더 많은 파도가 다가왔다. 뱃전은 여전히 파도를 향했다. 헤티는 노 하나를 붙잡고 주변을 저어 파도와 같은 방향으로 배를 움직였다. 그리고 다음 파도가 닥치는 순간, 배 안에 다시 노를 찔러 넣었다. 배의 뒷부분이 점점 높이 들렸다. 배가 거의 뒤집어지기 직전, 마침내 파도는 선체를 따라 크림 같은 거품을 내며 뱃머리 위로 지나갔다.

헤티는 숨을 헐떡이며 방향키 위로 푹 쓰러졌다. 그 자세로 다음 파도가 어디에서 달려들지 두리번거렸다. 줄줄이 열을 지은 파도들이 앞선 파도들과 마찬가지로 꼭대기를 반짝이며 배를 따라잡으려고 달려들고 있었다. 그 모습이 캄캄한 어둠 속에서도 똑똑히 보였다. 그때 발에 닿는 손의 감촉이 느껴져 헤티는 아래를 내려다보았다. 노파가 여전히 바로 옆 바닥에 웅크리고 앉은 채 배의 뒷부분을 향해 돌아서서 헤티의 발을 끌어안고 있었다.

"알아요. 많이 무서우시죠. 소리 질러서 죄송해요."

그런데 놀랍게도 노파가 미소를 짓는 것이었다. 이렇다 할 이유도 없이 갑작스러운 미소였다. 미소는 이내 사라졌지만 노파는 계속 헤티를 올려다보았다. 헤티가 말했다.

"제가 돌봐드릴게요."

하지만 더 이상 말을 할 시간이 없었다. 다음 파도가 벌써 배의 뒷부분을 들어 올리고 있었다. 헤티는 있는 힘껏 파도와 맞섰다. 하지만 돛이 없어 속도를 낼 수 없으니 배를 조종하기가 너무 어려웠다. 더 이상 빠른 속도로 배를 움직이는 것은 불가능했다. 방향키를 조종하는 데 필요한 최저 속도로 겨우겨우 느리게 나아가는 아기 돌고래는 그 어느 때보다 연약하게 느껴졌다. 헤티의 두려움에는 아랑곳없이 파도가 밀려왔다. 곧 이어 다음 파도, 이어서 그다음 파도. 밤새도록 쉴 새 없이 파도가 밀어닥쳤다.

그리고 아기 돌고래는 용케 부서지지 않았다.

◎◎◎

새벽이 밝아왔다. 잿빛 하늘과 흰 파도로 얼룩져 갈가리 찢긴 바다가 드러났다. 어디에도 육지는 보이지 않았다. 두 사람은 바람을 타고 앞으로 앞으로 나갔다. 헤티는 방향키 위로 엎드린 채, 노파는 줄곧 헤티의 다리에 매달린 채. 헤티는 어깨 너머로 뒤를 확인했다. 여전히 파도가 연달아 다가오고 있었지만 크기며 강도가 확실히 약해졌다. 강한 바람도 서서히 약해지고 있었다. 헤티가 노파를 향해 몸을 구부려 말했다.

"이제 물을 좀 퍼내야겠어요. 그러고 나서 다시 따뜻하게 해드릴게요."

노파가 헤티의 허벅지에 얼굴을 바싹 갖다 댔다. 헤티는 노파의 얼굴을 부드럽게 떼냈다.

"여기에 계세요."

헤티는 파래박으로 최대한 물을 퍼내고 담요들과 낡은 예비용 돛을 한데 모았다. 담요는 생각보다 많이 젖지 않았다. 예비용 돛이 물보라를 막아준 것 같았다. 헤티는 배 뒷부분의 보관함 안에 챙겨 넣은 작은 타월을 찾아 노파의 얼굴과 목을 닦아주었다.

"좀 나아지셨죠?"

"응."

헤티는 깜짝 놀랐다. 노파의 대답을 들으리라고는 전혀 예상하지 못했다. 헤티는 보관함에 타월을 넣고 가장 덜 젖은 담요를 집어 노파의 몸에 둘렀다.

"어떠세요?"

이번에는 대답이 없었다.

"몸을 더 따뜻하게 해야겠어요."

헤티는 나머지 담요들과 예비용 돛으로 노파를 감쌌다.

"한결 따뜻할 거예요."

"한결 따뜻해."

헤티는 미소를 지었다.

"말씀을 하시니까 정말 좋네요. 이제 뭘 좀 드세요. 물도 드시고요."

헤티는 무슨 기발한 방법을 써야 노파가 음식을 먹고 물도 마시도록 유도할 수 있을까 궁리하며 빵과 치즈, 물을 가져왔다. 놀랍게도 기발한 방법 같은 것은 전혀 필요하지 않았다. 노파는 말없이 빵과 치즈를 다 먹고 물도 마셨다.

"잘하셨어요."

헤티는 자기 몫의 음식을 먹고 물을 마신 다음 주위를 둘러보았다. 배의 움직임이 달라지고 있었다. 미친 듯이 요동치던 지난밤과 달리 지금은 굼뜨게 느릿느릿 움직였다. 바람과 조류가 맞서고 있는 것을 알 수 있었다. 헤티는 키 앞에 다시 자리를 잡았다. 아기 돌고래는 북동쪽을 향해 느릿느릿 움직였다.

두 시간이 지나자 바람이 무척 부드러워졌다. 방향도 다시 바뀌기 시작해 배는 시간이 지날수록 계속해서 예정했던 항로 쪽으로 이동했다. 정오쯤에는 정확히 서쪽으로 바람이 불었다. 세 시간 뒤에는 처음으로 북풍의 기운이 느껴졌다. 하지만 이윽고 바람이 거의 멎었고 바다도 잔잔해졌다. 헤티는 주변을 응시했다.

살아 있는 생물의 흔적이라고는 찾아볼 수 없었다. 새 한 마리 보이지 않았다. 바다는 저 멀리 냉담한 수평선까지 죽 뻗어 있었다. 아기 돌고래는 움직임이 없었다. 그나마 앞으로 움직인다 해도 동쪽을 향했다. 헤티는 다시 노파를 보았다. 노파는 남쪽 방향의 수평선을 응시하고 있었다. 하가가 남쪽에 위치한다는 것을 알기라도 하듯.

헤티는 노파의 얼굴을 자세히 들여다보았다. 그 얼굴에는 정신적인 혼란에도 감출 수 없는 어떤 총명함이 배어 있었다. 단편적이나마 제정신이 돌아오는 순간이면 그런 인상이 더욱 강했다. 노파가 갑자기 헤티를 돌아보았다.

"죄송해요. 제가 너무 쳐다보고 있었죠?"

노파의 얼굴에서 불편한 표정이 드러났다.

"괜찮으세요? 어디 불편하세요?"

헤티는 노파의 상태를 알아차리고 말했다.

"제가 도와드릴게요. 자, 담요랑 돛을 내려놓고 배 뒷부분 쪽으로 오세요."

조금 힘들었지만 헤티는 노파가 변을 볼 수 있게 도와준 다음, 자신도 조심스럽게 변을 보았다.

"자, 이제 다시 몸을 따뜻하게 해드릴게요."

헤티는 담요를 노파의 몸에 두르다가 문득 동작을 멈추었다.

"손에 쥐고 계신 게 뭐예요?"

이미 짐작이 되었다. 헤티는 꼭 쥔 노파의 주먹을 빤히 쳐다보았다. 마치 모라 섬에 돌아간 듯한 기분이 들었다. 그동안 엄청난 일을 겪다 보니 바다유리를 까맣게 잊고 있었다. 노파가 그것을 간직하고 있었다니, 그런데도 전혀 눈치채지 못했다니.

"봐도 돼요?"

노파가 손을 폈다. 손바닥 안에 바다유리가 있었다.

"잠시 제가 가지고 있어도 될까요?"

헤티는 다시 바다유리를 만져보고 싶은 마음이 간절하게 들었다. 금방이라도 울음이 터질 것 같았다. 헤티는 목소리가 떨리지 않게 하려고 애썼다. 노파가 바다유리를 얼른 내밀었다.

"얼굴들이 보여요."

헤티는 노파를 물끄러미 바라보았다. 노파가 되풀이해 말했다.

"얼굴들이 보여."

헤티는 바다유리를 쥐고 들어올렸다. 안에는 두 개의 형상이 그대로 남아 있었다. 헤티를 닮은 여자아이 한 명과 헤티가 모르는 남자 어른 한 명. 헤티는 작은 소리로 대답했다.

"네, 그래요."

노파의 손이 자신의 손을 잡는 것이 느껴졌다.

"바다유리를 돌려드릴까요?"

노파는 가느다란 손가락으로 벌써 바다유리를 어루만지고 있었다.

"여기요. 그냥 다시 만져보고 싶었어요."

노파는 바다유리를 감싸 쥐었다. 헤티는 담요와 예비용 돛을 노파의 몸에 덮어준 다음, 바다 너머를 유심히 살펴보았다. 바다는 이제 거의 움직임이 없었다. 헤티는 방향키의 손잡이를 놓고 바닥에 앉았다. 그리고 노파의 어깨에 팔을 둘러 노파를 가까이 끌어당겼다.

바다 위에 정적이 감돌았다. 땅거미가 내려앉자 추위는 더욱 심해졌다. 헤티는 밤이 다가오는 것을 두려움 속에서 지켜보았다. 이대로 한기가 심해진다면 노파가 아침까지 버티기 힘들지도 몰랐다. 헤티 자신도 다를 것 같지 않았다. 지금 헤티의 몸은 심하게 떨리고 있었다. 그때 손가락이 옆구리를 찌르는 것이 느껴져 헤티는 옆을 돌아보았다. 노파가 말했다.

"안 돼."

"왜 그러세요?"

노파는 담요와 돛을 벗으려고 했다.

"몸을 따뜻하게 하려면 덮고 계셔야 해요."

하지만 노파는 담요와 돛을 벗으려고 연신 몸을 비틀어 댔다.

"알겠어요. 제가 도와드릴게요."

헤티는 돛을 벗기고 담요를 한 장씩 걷어냈다.

"별로 좋은 생각 같지 않은데요."

헤티는 노파가 이제 어쩌려고 이러나 의아해하며 품에 안은 담요와 돛을 멍하니 내려다보았다. 그런데 노파가 담요를 향해 손을 뻗었다. 헤티는 고개를 들어 화가 난 표정을 지었다.

"이번엔 또 뭐죠?"

헤티는 이내 노파의 마음을 알아챘다.

"아, 우리 둘이 같이 덮으려고 하신 거로군요."

노파는 계속 담요를 잡아당겼다.

“우리 둘이 같이 덮을 만큼 크지는 않을걸요. 이 담요들 전부 다요. 그래서 할머니만 덮어드리려고 했던 거예요.”

“안 돼!”

노파는 불같은 의지가 담긴 눈동자로 갑자기 헤티를 뚫어져라 쳐다보았다.

“알겠어요. 함께 덮어요. 하지만 제가 할게요. 할머니보단 제가 더 잘 덮을 수 있으니까요.”

헤티는 담요의 대부분을 노파에게 덮어주면서 두 사람의 몸 위로 담요를 바싹 끌어당겼다. 왼쪽이 전부 덮이지는 않았지만 생각보다 따뜻했다. 이 뜻밖의 따뜻함이 벌써부터 다행스러웠다. 예비용 돛은 두 사람이 덮기에 충분했다. 담요와 마찬가지로 제법 도움이 되었다. 일부러 구슬리지 않았는데도 노파는 헤티에게 몸을 기댔다. 그렇게 두 사람은 배의 바닥에 서로 꼭 붙어 앉았다.

밤이 되자 추위가 더욱 심해졌다. 헤티는 노파를 더 가까이 끌어당겼다. 그때 딱딱한 무언가 헤티의 옆구리를 찔렀다. 그게 무엇인지 짐작이 갔다. 헤티는 더듬더듬 노파의 주먹을 찾아 자신의 손으로 감싸고 조용히 말했다.

“뭘 쥐고 계시는지 알아요.”

노파와 헤티의 시선이 서로 마주쳤다.

"잘 간직하세요."

헤티는 배의 뒷부분을 응시했다. 파도가 배의 방향키를 가지고 장난을 치자 방향키의 손잡이가 좌우로 까딱까딱 움직였다. 밤이 펼쳐지면서 추위는 더욱 심해졌다. 놀랍게도 노파는 이런 와중에 잠이 들었다. 아무 걱정도 없다는 듯 어린아이처럼 편안하게. 자정 무렵 비가 내리기 시작했다. 노파가 다시 눈을 떴다.

"괜찮아요. 그냥 비가 오는 것뿐이에요."

헤티는 예비용 돛을 펼쳐 두 사람 위로 끌어올린 다음, 양쪽 옆을 아래로 잡아당겨 덮었다.

"작은 텐트 같지 않아요?"

돛 위로 후드득 비가 떨어졌다. 헤티는 주변을 찬찬히 둘러보았다. 사방이 캄캄한 닫힌 공간이었지만 노파의 머리 모양을 알아볼 수 있었다. 잠시 후에는 노파의 눈동자가 반짝이는 것도 보였다. 비는 더욱 거세져 진눈깨비처럼 돛 위를 두드리고 바닥으로 떨어져 내렸다. 노파가 헤티 곁으로 더 바싹 다가왔다. 헤티는 노파에게 팔을 둘렀다. 작은 주먹이 옆구리에 닿았다.

"뭘 좀 드셔야죠."

헤티는 뒤쪽을 더듬어 빵과 치즈가 들어 있는 상자를 찾아 끌어당겼다. 노파는 무관심한 표정으로 상자를 보았다. 그래도 헤티가 주는 음식을 다 먹고 병에 든 물도 조금 마셨다. 헤티도 조금 요기를 했다. 음식이 든 상자는 가로대 밑에 다시 밀어 넣었다.

이제 음식이 얼마 남지 않았다. 헤티는 등을 기대고 앉아 비가 돛 위를 두드리는 소리, 귓가로 전해지는 노파의 숨소리를 들으며 겨우 잠이 들었다. 잠에서 깼을 때는 사방이 어둡고 고요했다. 헤티는 모라 섬에 있는 자신의 침실에서 눈을 뜬 줄 알았다. 그러다 선체가 요동치는 바람에 헤티는 정신이 번쩍 들었다. 그제야 이곳이 어디인지 깨달았다. 옆을 흘긋 보았다. 노파가 고개를 수그린 채 자고 있었다. 헤티는 돛의 한쪽을 들어올려 밖을 살펴보았다.

밤은 여전히 깊고 한기도 강했지만, 비는 그쳤고 바람이 다시 불기 시작했다. 헤티는 돛 아래에서 기어 나와 배의 뒷부분에 앉아서 바람의 세기를 가늠했다. 바람은 거세지 않고 꾸준히 불고 있었다. 아기 돌고래는 벌써 바람에 따라 움직이고 있었다. 헤티는 나침반을 찾아 바람의 방향을 다시 확인했다. 북쪽에서 불어오고 있었다. 괜한 희망을 경계하기 위해 몸을 돌려 반대 방향을 응시하며 헤티는 혼잣말을 했다.

"그래, 가보는 거야. 맥키 아저씨라면 그러라고 했을 거야."

헤티는 돛 아래쪽을 들여다보았다. 노파는 바닥에 웅크린 채 여전히 자고 있었다. 노파에게 돛을 다시 덮어준 다음, 헤티는 아직 활대가 붙어 있는 돛을 붙잡고 뱃머리로 기어갔다. 앞에는 부러진 돛대가 여전히 구멍 안에 꽂혀 있었다. 헤티는 얼굴을 찡그렸다. 이런 상태로 돛이 제 기능을 할 수 있을지 확신이 서지 않았다.

다시 한번 맥키 아저씨를 떠올렸다. 헤티는 부러진 돛대를 뽑아 옆으로 내던지고 빈 구멍 안에 나무 활대 끝을 꽂았다. 아쉬운 대로 새로운 돛대가 만들어진 것이다. 하지만 구멍 안에 꽉 끼지 않아 헐거운 데다, 원래 돛대보다 짧아서 돛의 아래쪽 거의 대부분이 축 늘어졌다. 헤티는 충동적으로 늘어진 부분을 한데 모아 돛대 구멍에 꽂힌 활대 주변으로 최대한 힘껏 밀어 넣었다.

좀 지저분하긴 해도 덕분에 새로운 활대가 안정적으로 자세를 잡았다. 안정감을 높이기 위해 헤티는 돛대에서 쓸모없이 남아도는 밧줄을 뱃머리로 끌어 내렸다. 돛대를 받치는 밧줄로 삼기 위해서였다. 헤티는 밧줄을 단단히 동여맨 다음, 돛을 살펴보았다. 원래 돛의 절반보다 약간 큰 이 삼각형 모양의 작은 천 조각은 돛이라 하기에는 아무리 봐도 좀 괴상망측했다. 하지만 이대로 항해하는 수밖에 없었다. 헤티는 돛의 폭을 조절하는 시트를 배의 뒷부분로 끌고 가 자리에 앉았다.

"제발 움직여라."

헤티는 방향키를 잡고 돛을 조절했다. 아기 돌고래는 처음에는 아무런 변화가 없는 듯싶더니, 잠시 뭉그적거린 뒤 이내 남쪽으로 방향을 돌렸다.

ꩰꩰꩰ

항해는 밤새 계속되었다. 아기 돌고래는 임시로 만든 돛이 어설프게 끌어당기는 힘으로 간신히 나아갔다. 이런 배로 항해하기란 힘겨운 일이었다. 노파는 배가 요동을 치든 소리를 내든 아랑곳하지 않고 내내 잠을 잤다. 헤티는 바다에 집중할 수 있어 차라리 다행이라고 생각했다. 파도가 다시 활개를 쳤다. 헤티는 한밤중 어둠을 틈타 은밀하게 들이닥치는 악당 같은 파도들과 벌써 수차례 대적해야 했다. 어느새 동이 텄다. 노파는 낡은 예비용 돛을 걷어 내고 주위를 살펴보았다. 헤티가 말했다.

"아직 바다예요."

노파는 옆으로 몸을 틀어 뱃머리 너머를 응시했다.

"남쪽으로 향하고 있어요. 그렇게밖에 말씀드릴 수가 없네요. 지금 우리가 어디에 있는지 모르겠어요. 어쩌면 동쪽에 있는 섬들 중에서 뭔가를 발견할지도 몰라요. 스타이어 섬이나 브로마 섬이요. 여긴 브린다 섬 근처는 아닌 것 같아요. 바람에 떠밀려 너무 동쪽으로 와 버렸거든요. 모라 섬은 우리 뒤쪽 방향이에요. 아마 북쪽이나 북서쪽일 거예요. 하지만 그쪽으로는 갈 수가 없어요. 임시로 만든 이런 돛으로는 바람을 거슬러 항해할 수가 없거든요. 계속 남쪽으로 가는 수밖에요."

헤티는 자신이 왜 이렇게 수다를 떨고 있는지 이해할 수가 없었다. 노파는 여전히 뱃머리 너머를 응시하고 있었다. 헤티의 말을 이해는 하는지, 듣고는 있는지 아무런 내색도 없었다.

문득 노파가 입을 열었다.

"남쪽으로."

"네."

놀랍게도 노파는 뒤를 돌아 헤티를 향해 기어오고 있었다.

"왜 그러세요?"

노파는 가로대 밑으로 손을 뻗어 파래박을 잡더니 밤새 배 안에 들어찬 물을 퍼내기 시작했다. 헤티는 이 상황을 어떻게 이해해야 할지 몰랐다. 그저 노파의 행동을 물끄러미 쳐다볼 뿐이었다. 노파는 헤티에게 신경 쓰지 않고 계속해서 물을 퍼냈다. 조용하고 규칙적인 동작이었다. 마침내 물을 다 퍼내자 노파는 파래박을 내려놓고 가로대 아래로 파고들었다.

"뭘 찾으세요?"

노파는 음식이 든 상자를 들고 헤티를 돌아보았다.

"배고프세요?"

헤티는 아직은 저 상자를 열 생각이 없었다. 얼마 남지 않은 음식으로 끝까지 버텨야 했다. 그런데 노파는 상자를 소중히 품에 안고서 헤티를 향해 기어왔다. 여전히 왼손은 주먹을 꼭 쥐고 있었다. 노파는 헤티 앞에 멈추어 서더니 상자 뚜껑을 열었다. 헤티는 상자 안을 흘끗 들여다보았다. 빵 몇 조각과 치즈 한 덩어리가 전부였다.

"먼저 드세요. 나중을 위해 조금 남겨 놓으시고요."

노파는 빵 한 조각을 뜯어 앞으로 내밀었다. 헤티는 고개를 저었다.

"먹어."

"싫어요!"

노파는 똑바로 앉았다. 눈빛에 성난 기색이 역력했다. 헤티는 무슨 좋은 수가 없을까 궁리했다.

"할머니가 드세요. 저는 지금 먹을 수가 없어요. 배를 조종해야 하거든요."

하지만 노파는 막무가내로 헤티를 향해 빵을 내밀었다.

"배를 조종해야 한다니까요. 나중에 먹을게요."

하지만 노파는 이미 헤티의 입에 빵을 밀어 넣었다. 헤티는 마지못해 빵을 받아 씹기 시작했다. 노파는 헤티가 먹는 것을 열심히 지켜보다가 헤티가 빵을 다 넘기자 다시 뜯어서 앞으로 내밀었다.

"이젠 할머니 차례예요."

"먹어."

"전 배 안 고파요."

"먹어."

큰 파도가 뱃머리를 지나 오른쪽 뱃전으로 넘어왔다. 아기 돌고래가 휘청거렸다. 헤티는 항로를 수정했다. 빵을 받아먹지 않을 핑계가 생겨 다행이었다. 그런데 노파는 계속 막무가내로 헤티에게 빵을 내미는 것이었다. 헤티는 혹시나 파도가 또 다가오지 않을까 뱃머리 쪽을 흘긋 쳐다보았다. 하지만 노파의 관심을 다른 데로 돌릴 구실은 더 이상 나타나지 않았다. 헤티는 할 수 없이 입을 벌리고 빵을 받아먹었다.

"자, 먹고 있어요. 보이시죠?"

문득 헤티는 자신의 말투에 깜짝 놀랐다. 뭘 먹는 척하거나, 먹겠다고 약속하거나, 먹기 싫다고 고집을 부릴 때 그랜디 할머니에게 하던 것과 똑같은 말투였다. 헤티는 노파의 얼굴을 유심히 들여다보았다. 지금까지와 미묘하게 달라져 있었다. 쇠약한 모습은 그대로지만 다른 특징이 더 있었다. 그랜디 할머니를 생각나게 하는 어떤 완고한 모습.

"이제 할머니 차례라니까요."

하지만 노파는 헤티 앞으로 자꾸만 빵을 들이밀었다.

"할머니도 드셔야죠. 자꾸 절 주시면……."

하지만 더 이상 말을 할 수가 없었다. 입안 가득 빵이 들어 있어 말이 막혔다. 더구나 노파는 반드시 헤티를 먹이고야 말겠다는 듯 헤티가 먹는 모습을 뚫어져라 지켜보고 있었다. 헤티는 빵을 천천히 씹어 삼킨 뒤 얼굴을 찡그렸다.

"제가 할머니를 지켜드려야 하는 거예요. 그 반대가 아니라요."

하지만 노파는 헤티의 말을 제대로 듣는 것 같지 않았다. 노파는 상자를 다시 뒤져 마지막 치즈 조각을 꺼냈다.

"전 이제 됐어요."

"먹어!"

노파의 눈빛은 어둡고도 완강했다.

"그런 눈빛으로 절 바라보시니까 겁나잖아요."

"먹어."

말투도 눈빛도 조금은 부드러워졌다. 하지만 헤티를 먹이려는 의지만큼은 여전히 확고했다.

"그럼 우리 같이 먹어요. 저만 먹지 말고."

노파는 헤티의 입으로 치즈를 가져갔다.

"반만 먹을게요."

헤티는 반을 베어 물고 씹기 시작했다. 노파는 헤티가 치즈를 넘기길 기다린 다음 나머지 반을 내밀었다. 헤티가 고개를 저었다.

"안 돼요. 저만 먹으면 어떡해요."

이제 치즈가 헤티의 입 바로 앞에서 대기하고 있었다.

"남은 걸 제가 다 먹을 순 없다고요."

노파가 한 손으로 헤티의 손목을 붙잡고 입안에 치즈를 밀어 넣었다. 이제 어쩔 도리가 없었다. 헤티가 조용히 말했다.

"알겠어요."

헤티는 입을 벌리고 치즈를 먹었다. 노파는 아까처럼 헤티를 지켜본 다음, 상자 안을 더듬거리며 마지막 남은 빵 조각을 찾았다. 그리고 또 헤티에게 내밀었다. 헤티는 말없이 빵을 받아먹었다. 노파는 물병을 찾아 마개를 뽑고서 헤티에게 내밀었다. 헤티는 물을 마시고 얼굴을 돌렸다.

"이제 할머니도 드세요."

하지만 노파는 물병 마개를 닫고 물병과 상자를 가로대 아래로 다시 밀어 넣은 다음, 돌아서서 정면을 응시할 뿐이었다. 헤티는 알 수 없는 불안감과, 자기가 음식을 다 먹어버렸다는 죄책감에 휩싸였다. 그러면서도 동시에, 지금까지 이 노파를 살려왔고 지금도 살리려 하는 노파 내면의 강인한 의지를 깨달았다. 아마도 처음 알게 된 것이었다. 헤티는 노파를 지그시 바라보았다.

뱃머리는 때로는 바다를, 때로는 하늘을 배경으로 거칠게 움직이며 계속 나아갔다. 저 멀리 아득히 먼 곳까지 끝없이 수평선이 펼쳐졌다. 헤티는 배를 살펴보았다. 파도와 거센 바람이 일으키는 굉음으로 아기 돌고래는 무척이나 소란스러웠다. 돛이 몸을 활짝 펴고 펄럭거리자 돛의 폭을 조절하는 시트와, 그럭저럭 돛대 구멍 안에 꽂혀 있는 나무 활대가 확 당겨졌다. 선체는 파도와 파도 사이의 깊은 골을 따라 돌진했다.

이제 흰 파도가 더 많이 밀려와 뱃머리 너머로 물보라가 덮쳤다. 헤티는 방향키의 손잡이와 시트를 움켜쥐었다. 아기 돌고래가 갈수록 약해지는 느낌이 들었다. 하지만 아기 돌고래는 바람과 파도의 야만스러운 행태를 즐기기라도 하듯 어느 때보다 빠르게 질주했다. 파도가 뱃머리에 부딪히자 아기 돌고래는 거품이 이는 파도의 측면을 따라 푹 떨어져 내렸다. 다시 새로운 파도가 와서 부딪히며, 부글부글 물거품이 이는 파도 꼭대기까지 배를 들어 올렸다. 아기 돌고래는 높이 솟아올랐다.

파도의 크기가 만만치 않았지만 헤티는 파도를 잘 다루었다. 임시로 만든 돛대와 돛이 단단히 버텨주었다. 하지만 바다가 점점 거세진다면 이런 돛단배로는 오래 버티지 못하리라는 것을 헤티도 잘 알았다. 파도보다 강한 바람이 배의 장비들을 이미 한계로 몰아가고 있었다. 물보라도 걱정이었다. 파도는 더욱 날카로워지고 선체는 정신없이 질주했다. 이제 배는 점점 더 많은 물보라를 뒤집어쓰고 있었다. 노파가 헤티를 향해 돌아서서 몸을 덜덜 떨었다.

"담요를 다시 덮으셔야겠어요. 예비용 돛도 덮으시고요."

노파는 가로대 쪽으로 기어가 담요 한 장을 가지고 돌아왔다. 바로 그때 뱃머리가 바다 속으로 고꾸라지고 선체 옆으로 엄청난 물보라가 날아 들어왔다. 헤티는 배와 돛, 그리고 곧이어 다가와 부서질 파도에 온 신경을 집중했다. 그런데 노파가 담요를 들고 이쪽으로 다가왔다.

"지금은 안 돼요. 배를 살펴야 해요."

돛은 잔뜩 압력을 받아 부풀고 맨 위의 활대는 구부러진 채, 아기 돌고래는 파도의 경사면을 타고 내려갔다. 헤티는 불안한 마음으로 바다를 지켜보았다. 지금 다가오는 파도는 지난밤의 파도보다 크기는 작지만 더 사나웠다. 치솟는 파도들이 자기들끼리 충돌하면서 격전을 벌이고 있었다. 헤티는 이 사태와 맞서기 위해 온 신경을 집중해야 했다. 그런데 이 와중에 노파가 헤티의 다리 위에 담요를 덮었다.

"저한테 담요 덮지 마세요. 할머니나 덮으시라고요."

노파는 헤티의 말을 들은 척도 하지 않았다. 헤티는 다시 배에 주의를 기울였다. 헤티가 사납게 부서지는 파도 사이로 아기 돌고래의 방향을 이끌었다. 노파는 그러는 동안에도 헤티의 다리 위에 담요를 한 장 한 장 덮더니 그 밑으로 기어 들어갔다. 헤티는 파도가 잦아들길 기다리며 아래를 내려다보았다. 노파의 얼굴만 간신히 담요 밖으로 나와서, 들이닥치는 물보라를 마주하고 있었다. 헤티의 다리에 기댄 작은 몸이 떨고 있었다. 헤티는 몸을 숙여 노파의 이마에 입을 맞추었다.

"고마워요."

아기 돌고래는 오전이 지나고 오후가 되도록 계속해서 파도와 부딪쳤다. 다시 땅거미가 내려앉아 새로운 밤이 올 때까지도 파도와의 충돌은 그치지 않았다. 선체가 쉴 새 없이 세차게 흔들렸다. 헤티는 이제 그만 파도가 멈추어 주길, 최소한 약해지기라도 하길 간절히 바랐다. 하지만 도무지 그럴 기미가 보이지 않았다. 헤티는 배가 계속 남쪽으로 향하게 두었다. 낮에도 온종일 남쪽으로 이동한 데다, 육지를 발견하게 된다면 남쪽에서 발견할 가능성이 가장 높을 것이라 판단했기 때문이다. 어둠은 시야를 차단시켰고 바람과 파도는 여전히 적대적이었다.

그러나 한 시간이 지나자 무언가 달라졌다. 시트가 당겨지는 힘이 느슨해졌고, 뱃머리 안으로 들이치는 물보라도 약해졌다. 아기 돌고래는 여전히 빠른 속도로 돌진하고 있었지만,

소란은 가라앉고 있었다. 헤티는 하늘을 자세히 살펴보았다. 별도 달도 없이 구름만 잔뜩 끼어 있었다. 부글부글 들끓던 흰 파도가 자취를 감추자 바다 역시 점점 어두워졌다. 이따금 선체 옆을 흘러내리는 반짝이는 물거품만이 끝없는 어둠을 걷어냈다.

바다를 다시 살펴보았다. 지독하게 어둠이 짙은 밤이라 여전히 주의해야 하지만, 지금까지보다 확실히 사나움은 덜했다. 갑자기 돛이 펄럭이며 다시 부풀었다. 헤티는 돛으로 눈길을 돌렸다. 바람은 지속적으로 약해지고 있었지만 그래도 계속 배를 밀어냈다. 불어오는 방향은 여전히 북쪽이었다.

이제 바람이 힘을 잃자 아기 돌고래는 더욱 부드럽게 항해했다. 잠시 후 노파는 잠이 들었다. 헤티도 노파처럼 눈을 붙이고 싶은 생각이 간절했다. 하지만 그럴 수 없다는 것을 잘 알았다. 바람이 남아 있는 동안 항해를 해야 했다. 빨리 육지를 발견해야 했다. 그런데 이른 아침 무렵 바람이 완전히 멎었다.

그리고 속삭임이 시작되었다.

ஞுஞ

헤티는 처음 바다에서 속삭임을 들었을 때 오래전부터 그 소리가 들려온 것 같은 느낌을 받았다. 의식하지는 못했지만 자신의 어느 한 부분에서는 이미 그 소리에 귀를 기울이고 있었던 것 같은 묘한 느낌이었다. 헤티는 방향키와 시트를 놓았다. 이 뜻밖의 평온 속에서 더 이상 그것들이 필요하지 않았다. 헤티는 자리에 앉았다. 돛처럼, 배처럼, 바다처럼, 그리고 자신에게 기대어 웅크린 채 자고 있는 노파처럼 고요하게.

주위는 캄캄한 공간으로 둘러싸였다. 마치 아득히 높은 곳에 덮인 반구형 지붕과, 물이 흐르는 바닥과, 어느 방향에서 보아도 만질 수 없는 벽으로 이루어진 커다란 방 같았다. 허공 위에 둥실 뜰 수도 있을 것 같았다. 정말로 그래 볼까 하는 생각도 잠시 들었다. 말 없는 속삭임이 계속되었다.

"누구세요?"

수면이 잠시 반짝거렸다. 노파는 무어라 중얼거렸지만 아직 잠에서 깨지는 않았다. 헤티는 자신과 노파 위로 담요와 돛을 가지런히 덮었다. 노파의 작은 주먹이 헤티의 옆구리를 찔렀다. 노파의 얼굴을 내려다보니 여전히 눈이 감겨 있었다. 또 다시 주먹이 옆구리를 찔렀다. 헤티는 노파의 주먹을 찾아 담요 아래를 더듬거렸다.

찾았다. 이상하리만치 집요하게 옆구리를 찔러대던 작은 주먹. 그 작은 주먹이 펴지더니 손바닥으로 헤티의 손바닥을 눌렀다. 그리고 어느새 노파의 다른 손이 다가와 헤티의 손을 이끌었다. 아, 이제 알겠다. 헤티가 노파의 손에 든 바다유리를 집어 자신의 손에 감싸 쥐자, 마침내 노파는 헤티의 손을 놓고 다시 잠이 들었다.

바다에서 속삭임이 계속되었다. 노파의 숨소리와 속삭임이 한데 어우러졌다. 헤티는 주먹을 펼쳐 손에 놓인 바다유리를 자세히 들여다보았다. 이토록 캄캄한 어둠 속에서 바다유리 속 형상들을 알아보기란 불가능했다. 눈이 어둠에 익숙해지길 바라며 헤티는 계속해서 바다유리를 응시했다. 그 얼굴들을 다시 한번 보고 싶은 마음이 간절했다. 하지만 밤의 어둠은 유리의 비밀을 보여주려 하지 않았다.

헤티는 노파가 왜 하필 지금 바다유리를 돌려주려고 했는지, 왜 그토록 필사적으로 바다유리를 지키려고 했는지 궁금했다. 속삭임은 점점 희미해졌다. 노파가 자세를 바꾸려는지 몸을 약간 꿈틀하더니 계속 잠을 잤다. 헤티는 잠시 노파를 지켜보다가 다시 바다 너머를 응시했다.

모라 섬에서부터 지나 왔던 바다와는 다른 바다처럼 느껴졌다. 수면이 무척이나 잔잔하고 부드러워 과연 움직인 적이 있긴 있는지 의심스러울 정도였다. 여기에 다다르기 위해 아기 돌고래가 헤쳐 와야 했던 무시무시한 파도들이 떠올랐다. 죽을 고비를 얼마나 많이 넘겼는지 놀라웠다. 헤티는 바다를 향해 말했다.

"계속 우릴 데려다줄 거죠?"

속삭임이 다시 점점 커졌다. 헤티는 주의 깊게 귀를 기울였다. 알아듣기만 하면 그 의미를 알 수 있을 거라고 확신하며. 하지만 지금껏 언제나 그랬듯이 헤티로서는 전혀 알아들을 수가 없는 말이었다. 헤티는 바다유리를 어루만진 다음 위로 들어 올렸다. 놀랍게도 이런 칠흑 같은 어둠 속에서 다시 형상들이 보였다. 그런데 형상들이 완전히 달라져 있었다. 전에는 헤티 자신을 닮은 여자아이 한 명과 남자 어른 한 명을 보았고, 또 그 전에는 노파를 보았는데, 지금은 수많은 얼굴들이 바다유리 속 구석구석을 가득 메우고 있었다. 헤티는 그들에게 물었다.

"다들 바다에 빠지신 건가요?"

선명한 얼굴은 하나도 없었다. 헤티는 얼굴들을 재빨리 훑어보며 각각의 특징들을 잡아내려 했지만 윤곽만 겨우 알아볼 수 있었다. 배가 잠시 흔들리더니 이내 잠잠해졌다. 속삭임은 멀어졌고 침묵이 내려앉았다. 노파의 숨소리만이 침묵을 흔들었다. 헤티는 노파의 머리에 자신의 머리를 기대고 중얼거렸다.

"할머니가 자고 있어서 다행이에요."

헤티는 아래를 내려다보며 노파가 눈을 뜨지 않았는지 확인하고는 목소리를 낮추어 아주 작게 말했다.

"저도 자고 싶어요."

헤티는 한숨을 내쉬었다.

"하지만 이대로 자면 다시는 깨지 못할까 봐 겁나요."

헤티는 담요와 예비용 돛을 더 바싹 끌어당겨 덮었다.

"집에서 이렇게 멀리 떠나온 건 처음이에요. 모라 섬이 보이지 않는 곳까지 가본 적 없거든요. 그러겠다는 생각은 꿈에도 안 해 봤어요. 바다가 엄마 아빠를 데려간 이후로 한 번도요."

헤티는 다시 바다유리가 생각났지만 들여다보지는 않았다.

"엄마 아빠는 제가 아주 어렸을 때 바다에 빠지셨어요. 전 전혀 기억이 없어요. 아주 어렸거든요. 모라 섬 밖에서 곤경에 처한 사람들이 있다는 소식을 듣고 배를 타셨대요. 그날 우리는 모라 섬 사람 네 명을 잃었어요. 그랜디 할머니가 말씀해 주셨어요. 우리 엄마 아빠, 그리고 다른 두 사람이요. 그중 한 사람은 돌리 할머니 남편 분이에요. 나머지 한 사람은 퍼 노인 아들이고요. 다른 배에 탄 사람들도 바다에 빠졌는데 시신이 하나도 섬에 떠내려 오지 않았대요. 바다가 모두 데려간 거죠."

헤티는 바다유리를 손에 꼭 쥐었다.

"모라 섬의 역사는 늘 그런 상실의 역사죠. 그랜디 할머니나 다른 어른들은 우리가 강해져야 한다고 말씀하곤 하세요. 그게 섬에서 살아가는 방법이래요. 죽은 자는 빨리 묻고 산 자는 계속 살아야 한다는 거예요. 하지만 전 그런 방식이 마음에 안 들어요. 저는 말이죠……."

헤티가 호흡을 가다듬으며 말을 이었다.

"저는 바라서는 안 되는 걸 소망하고 있어요."

노파가 갑자기 입을 열었다.

"목소리들."

헤티는 고개를 들었다. 노파가 눈을 떠 주위를 둘러보더니 반복해서 말했다.

"목소리들."

헤티는 귀를 기울여 보았다. 들리는 것은 사방에 스며든 깊은 침묵뿐이었다.

"아무 목소리도 안 들리는데요."

노파는 고개를 돌려 뱃머리 쪽을 응시했다.

"목소리가 들린 곳이 저쪽인가요?"

대답이 없었다. 헤티는 다시 귀를 기울였다. 조금 전과 다름없이 사방이 고요했다. 하지만 무슨 일인가 일어나고 있었다. 목 뒤에서 차가운 감각이 느껴졌다. 잠시 후 돛이 펄럭였다. 미풍이라기보다 차라리 입김에 가까운 바람이 여전히 북쪽에서 불어오고 있었다. 헤티는 바다유리를 주머니에 집어넣고 방향키가 있는 뒤편으로 올라가 돛을 조절했다.

아기 돌고래가 움직이기 시작했다. 처음에는 머뭇머뭇 나가더니 차츰 꾸준히 속도를 내며 아까처럼 남쪽으로 향했다. 10분쯤 지나자 배가 잠시 멈추었다가 곧 다시 남쪽으로 향했다. 그렇게 한 시간 남짓 가다 서다, 가다 서다를 반복한 끝에 아기 돌고래는 완전히 항해를 멈추고 다시 바다 위를 표류했다.

이제는 헤티도 쏟아지는 잠을 굳이 참으려고 하지 않았다. 노파는 눈을 감은 채 가로대 근처 바닥에 웅크리고 앉아 있다가 스르르 그 자리에 누웠다. 헤티는 노파의 머리 밑에 담요를 괴어 주고 나머지 담요와 예비용 돛을 몸에 덮어주었다. 그것을 알아챘는지 알 수는 없지만 노파는 그대로 곧장 잠이 들었다.

헤티도 방향키 근처 바닥에 웅크리고 앉았다. 머리 위로 방향키의 손잡이가 시선을 가로질러 뻗어 있었다. 손잡이는 정지된 채였다. 다시 바람이 불면 배가 흔들려 저절로 깨게 될 것이라 헤티는 짐작했다. 하지만 바람이야말로 두 사람의 생존 가능성만큼이나 종잡을 수 없었다. 헤티는 눈을 감고 어둠 속으로 고꾸라졌다가 화들짝 놀라 다시 똑바로 앉았다.

주위를 응시했다. 여전히 사방은 고요했다. 하지만 평화로운 침묵이 아님을 직감했다. 헤티는 어디선가 들려오는 소리들에 귀를 맡겼다. 그 소리들은 헤티의 이름을 부르고 있었다. 헤티는 호흡이 거칠어지는 것을 느끼며 주변을 둘러보았다. 수면 위에는 아무런 움직임도 없었고 아무것도 보이지 않았다. 헤티는 노파를 흘긋 쳐다보았다. 조금 전에 노파는 '목소리들'이라고 말했다. 노파도 그 소리들을 들었던 것이다.

맥키 아저씨가 들려준 이야기가 떠올랐다. 맥키 아저씨의 아버지도 목소리들을 들었다고 했다. 어느 날 모라의 자랑을 타고 육지가 보이지 않는 망망대해에서 갑판 위에 혼자 서 있는데, 어디선가 자신의 이름을 부르는 목소리들이 들렸다고. 사람들과 함께 고기를 잡으러 먼바다에 나갔다가 한 마리도 잡지 못한 채 돌아오는 길이었다. 목소리들은 바다로부터 들려왔다. 지금 그 목소리들이 되살아나 어둠을 뚫고 헤티에게 다가오고 있었다.

목소리들이 말했다.

"헤티."

헤티는 귀를 기울였다. 크지도 부드럽지도 않았다. 남자의 소리도 여자의 소리도 아니었다. 그저 바다에서 헤티를 부르는 목소리일 뿐이었다. 헤티는 자신의 이름을 부르는 목소리들에게 소리쳤다.

"누구세요?"

돛이 팽팽해지며 돛에 연결된 밧줄을 잡아당겼다. 노파는 여전히 눈을 감은 채 바닥에서 몸을 비틀었다. 헤티는 주위를 두리번거리며 바다를 살펴보았다. 여전히 북쪽에서 미풍이 불어왔다. 돛이 가느다랗게 몸을 떨었고 아기 돌고래가 흔들리기 시작했다. 헤티는 선체 안쪽으로 살짝 몸을 돌려 돛을 조절했다. 배는 마치 유령처럼 움직였다.

목소리들이 다시 들려왔다.

"헤티."

헤티는 쉬고 싶은 마음이 간절했다. 하지만 알 수 없는 두려움에 사로잡혀 방향키 위로 등을 구부린 채 앉았다. 배의 움직임이 너무나 몽환적이라 마치 아기 돌고래가 더 이상 헤티를 필요로 하지 않는 것만 같았다. 밤하늘은 바다만큼 어두웠다. 도무지 새벽이 다가올 기미가 보이지 않았다. 한 시간쯤 항해했을까. 두 사람이 암흑 속을 표류하도록 내버려둔 채 미풍이 다시 멈추었다. 헤티는 바닥에 쓰러져 노파 옆에서 곯아떨어졌다. 자신의 이름을 소곤소곤 부르던 수천 개의 목소리들은 잊어버렸다. 다시 눈을 떴을 때는 어느새 새벽이 찾아왔다. 두 사람은 거대한 절벽 기슭에 표류해 있었다.

그리고 노파의 몸은 뻣뻣하게 굳어 있었다.

“안 돼요, 돌아가시면 안 돼요.”

노파의 맥박은 뛰고 있긴 했지만 굉장히 약했다. 노파의 몸은 무서울 정도로 움직임이 없었다. 헤티는 노파의 팔을 부드럽게 주무르고 문질렀다.

“눈 좀 떠보세요, 눈 좀 떠보시라고요.”

노파는 눈을 감은 채 여전히 미동조차 없었다. 헤티는 노파의 팔을 다시 문질렀다.

“할머니는 절 살려주셨어요. 제게 음식을 주고 저를 따뜻하게 해주셨어요. 이젠 제가 할머니를 살려드릴게요.”

노파의 눈이 희미하게 떠졌다.

“와, 다시 정신이 드시는군요.”

노파는 아무런 표정이 없었다. 하지만 헤티는 노파의 눈빛에 미소가 어렸다고 확신했다.

"할머니는 죽지 않아요. 제가 그렇게 만들지 않을 거예요."

헤티는 절벽을 올려다보았다. 절벽이 가까워졌다. 절벽 기슭에 커다란 바위들이 솟아 있었지만 아직은 배가 항해할 공간이 있었다. 헤티는 재빨리 주변을 살펴보았다. 바람은 불지 않았다. 배는 물결을 따라 아래위로 까딱까딱 움직이고 있었다. 헤티는 가로대 위로 기어 올라가 다리를 벌려 노파의 몸을 끼고 앉은 다음, 노를 잡았다.

"할머니는 살아날 거예요."

헤티는 노를 젓기 시작했다. 하지만 노를 당기기가 힘들었다. 물살이 절벽을 향해 배를 끌어당기는 것을 느낄 수 있었다. 있는 힘을 다해 노를 젓자 아기 돌고래와 절벽 사이의 간격이 차츰 넓어졌다. 차가운 새벽녘, 헤티는 노를 내려놓고 숨을 헐떡이며 육지를 자세히 살펴보았다.

육지는 양쪽 방향으로 죽 뻗어 있었다. 아직 날이 밝지 않아 얼마나 멀리 펼쳐져 있는지는 알 수 없었다. 본토일 수도 있고 모라 섬처럼 여러 섬들 가운데 하나일 수도 있었다. 브린다 섬과 스타이어 섬에 높다란 절벽이 있다는 말을 맥키 아저씨에게 들은 적이 있었다. 헤티는 양쪽 방향을 응시하며 배를 대기에 안전한 장소를 찾아보았다.

그러나 아무리 보아도 사방이 온통 바위와 절벽으로 둘러싸인 것 같았다. 돛이 펄럭이더니 다시 축 처졌다. 헤티는 아래를 내려다보았다. 노파의 몸은 미동도 없었다. 노파는 뻣뻣하게 굳은 채 바닥에 누워 헤티의 얼굴을 쳐다보고 있었다. 헤티는 노파를 내려다보며 미소를 지었다.

"육지를 발견했어요. 어딘지는 모르겠지만 곧 안전한 곳에 모시고 갈 수 있을 거예요."

이번에도 헤티는 노파의 작고 창백한 눈동자에 미소가 어린 것을 보았다.

육지를 다시 찬찬히 살펴보았지만, 희뿌연 새벽빛에 여전히 주변 모습을 좀처럼 알아보기 어려웠다. 근처 어디에도 배를 댈 만한 데가 없어 보였다. 문제는 그것만이 아니었다. 날이 밝아 배를 댈 만한 장소가 보인다 하더라도, 혼자 절벽 위를 올라가는 것은 엄두가 나지 않았다. 하물며 노파를 데리고 올라간다는 것은 도저히 불가능했다.

이제 어떻게 해야 좋을지 헤티는 머리를 굴려 보았다. 사방 어디에도 희망이 보이지 않았다. 몇 킬로미터를 더 노를 저어보았지만 높이 솟은 바위 외에는 아무것도 발견하지 못했다. 아래에서 신음 소리가 들렸다. 노파가 가쁘게 숨을 쉬고 있었다.

헤티가 재빨리 말했다.

"괜찮아요."

헤티는 아래로 손을 뻗어 노파의 이마를 어루만졌다.

"제가 돌봐드릴게요."

헤티는 똑바로 몸을 일으켜 해안을 다시 훑어보았다. 선택을 해야 했다. 이렇게 마냥 앉아서 노파가 죽기를 기다리고 있을 수는 없었다. 그때 주변이 갑자기 환해지더니 저 멀리 오른쪽에서 육지가 선명하게 눈에 들어왔다. 바다 쪽으로 튀어나온 지형이었다. 가까운 거리에 뾰족하게 솟은 높은 바위 하나와 그보다 작은 두 개의 바위가 나란히 서 있었다.

헤티가 중얼거렸다.

"삼지창."

맥키 아저씨는 늘 그렇게 불렀다. 그랜디 할머니도 다른 사람들도 그렇게 불렀다. 세 개의 높고 뾰족한 바위는 하가가 가깝다는 것을 알려주는 표지였다. 헤티는 잔뜩 흥분해서 바위를 향해 노를 젓기 시작했다. 그러나 이내 의심이 밀려들었다. 높이 솟은 바위가 세상에 얼마나 많은가. 모라 섬만 해도 북쪽 곶 옆에 두 개가 있고, 브로마 섬에도 여러 개가 있지 않은가. 맥키 아저씨에 따르면, 사람이 살지 않는 작은 무인도에도 이런 바위들이 있다고 했다. 맥키 아저씨는 그런 바위를 그려준 적도 있었다.

헤티는 반대편의 황량한 해안으로 자꾸만 배를 끌어당기는 유령과 싸우며 계속 노를 저었다. 노를 저을 때마다 유령은 점점 커졌다. 더 힘껏 노를 저으면서, 헤티는 맥키 아저씨가 하가에 대해 들려준 내용을 기억하려 애썼다. 작지만 분주한 항구. 바다 너머 작은 마을. 나머지 세상으로 향하는, 절벽과 절벽 사이를 구불구불 올라가는 큰 길.

나머지 세상.

맥키 아저씨는 늘 그렇게 불렀다.

그렇지만 헤티는 맥키 아저씨가 틀렸다고 생각했다. 그곳은 나머지 세상이 아니었다. 그곳은 다른 세상, 헤티가 전혀 알지 못하는 세상이자 원해본 적도 없는 세상이었다. 헤티는 힘겹게 거친 숨을 쉬면서 바닷물을 할퀴듯 노를 저어 갔다. 어깨 너머로 흘긋 뒤를 돌아보았다. 바위까지의 거리는 처음 바위를 향해 노를 젓기 시작했을 때보다 오히려 훨씬 멀어 보였다. 헤티는 적어도 15분 동안은 절대로 돌아보지 않기로 결심하고 앞으로 앞으로 배를 저었다.

한참이 지나서야 뒤를 돌아보았다.

멀지 않은 곳에 바위가 있었다.

헤티는 거의 기진맥진한 상태로 다시 노를 내려놓았다. 노파는 움직이지도, 말을 하지도 않았지만 여전히 눈을 뜨고 있었다. 그렇게 누워 있는 내내 노파는 헤티의 얼굴을 유심히 올려다보았다. 헤티는 노파를 내려다보며 억지로 미소를 지어 보였다.

노파가 말했다.

"바람."

헤티는 주변을 응시했다. 아기 돌고래가 작은 파도의 소용돌이를 따라 맴맴 돌고 있었지만, 어디에도 바람은 느껴지지 않았다. 그때 뺨 위로 아주 가느다란 숨결이 느껴졌다.

헤티는 속삭였다.

"제발요."

돛이 부풀었다 꺼졌다가 다시 부풀었다. 헤티는 바람이 그치길 기다렸지만 바람은 여전히 북쪽에서 계속 불어왔다. 헤티는 노를 내려놓고 방향키 쪽으로 조심스레 다가가 돛을 조절했다. 아기 돌고래는 세 바위들 중 해안에서 가장 멀리 있는 바깥쪽 바위를 향해 조금씩 다가갔다,

"우리는 다시 항해하고 있어요. 하가를 향해 가고 있어요."

헤티의 말에 노파가 반응했다.

"하가."

그런데 마치 유령같이, 반대편의 황량한 해안이 다시 시야에 들어왔다. 헤티는 바람에게 애원했다.

"우리를 그냥 보내줘요."

배는 계속 일정한 속도를 내며 차츰 목적지를 향해 다가갔다. 마침내 높이 치솟은 바위에 가까이 와보니, 끝에 있는 가장 작은 바위조차 실은 거대한 바위기둥이었다. 잔잔한 바다라

도 이런 바위 가까운 쪽은 제법 거칠 수 있기에 헤티는 멀찌감치 거리를 두었다.

헤티가 해안 너머를 응시하는 동안에도 해안의 유령은 여전히 헤티를 조롱하고 있었다. 보이는 것이라고는 남쪽을 향해 펼쳐진 더 많은 절벽들뿐이었다. 바다에 맞서, 헤티에게 맞서 끝없이 이어지는 벽과도 같았다. 하지만 아직 아기 돌고래는 가장 바깥쪽 바위들을 지나지는 않았다. 헤티는 앞으로 앞으로 배를 저어 가면서 넓게 펼쳐진 해안을 찾아 두리번거렸다. 그리고 마침내 저편에 숨어 있던 드넓은 해안을 발견했다.

작은 항구도 있었다.

"드디어 찾았어요! 우리가 드디어 찾았어요!"

헤티는 노파를 보았다. 그런데 노파의 눈이 다시 감겨 있었다.

"안 돼요!"

헤티는 앞으로 기어가 노파의 맥박을 짚었다. 맥박은 아직 뛰고 있었다. 노파의 팔을 주무르며 귀에 대고 나지막이 속삭였다.

"우리가 하가를 발견했어요. 우리가 할머니 집을 찾았다고요."

노파는 아무런 반응이 없었다. 헤티는 다시 방향키를 잡았다.

"제가 할머니를 하가 사람들에게 모셔다 드릴게요."

헤티는 높이 솟은 바위를 돌아 항구의 입구로 향했다. 바다로 튀어나온 지형이 바람을 가로막아 아기 돌고래는 움직임이 더욱 더뎌졌지만 그래도 앞으로 나아갈 수는 있었다. 이제 날도 점점 환해졌다. 맥키 아저씨가 설명했던 대로 아늑하게 자리 잡은 작은 마을이 헤티의 눈에 들어왔다.

집, 가게, 창고, 교회, 항구에 늘어선 배들이 보였다. 길은 부두 위로 향한 다음, 마을을 지나 죽 올라가 절벽 너머 고지대까지 이어졌다. 이렇게 이른 시간에도 벌써부터 사람들이 돌아다니고 굴뚝에는 연기가 피어올랐다.

배 한 척이 부두에서 출발하고 있었다.

헤티는 그 배를 응시했다. 노를 저어 움직이는 기다란 배였다. 네 명의 힘 센 장정들이 열심히 노를 저어 헤티 쪽으로 빠르게 다가오고 있었다. 헤티는 잠시 경계심을 느꼈다. 갑작스러운 출현과 다급한 움직임이 어쩐지 헤티를 겁나게 만들었다. 마침내 배가 가까이 다가왔다. 남자들은 각자 잡고 있던 노를 내려놓았다. 모두 수염을 길렀고 맥키 아저씨 또래였다. 호의적인 기색은 눈곱만큼도 없이 그들은 바다 너머를 유심히 지켜보았다. 그중 한 사람이 퉁명스러운 목소리로 헤티를 향해 큰 소리로 물었다.

"어디에서 왔지?"

"모라 섬이요."

"그 배로?"

"도움이 필요해요. 저하고 같이 온 할머니가 굉장히 아프세요. 그리고 이분은 하가 사람이에요."

대답은 없었지만 남자들은 다시 노를 젓기 시작했다. 배가 빠른 속도로 더 가까이 왔다. 헤티가 소리쳤다.

"너무 가까이 오지 마세요!"

남자들은 들은 체도 않고 쉬지 않고 계속 노를 저었고, 다 도착한 뒤에야 노를 내려놓았다. 그들 중 두 사람이 아기 돌고래의 뱃전을 붙잡았다. 헤티는 방향키를 놓고 노파 곁에 서서 노파를 지켜보았다.

"할머니를 다치게 하면 안 돼요!"

남자들은 배를 자세히 살펴보았다. 한 명이 말했다.

"세상에."

가장 덩치 큰 남자가 헤티를 보았다. 그가 우두머리인 것 같았다.

"살아 계시니?"

헤티는 할머니가 다시 눈을 뜨길 바라며 무릎을 꿇고 맥박을 짚어보았다. 눈은 여전히 감겨 있었지만 맥박은 느껴졌다.

"살아 계세요."

"우리가 할머니를 모시고 가는 게 좋겠다. 너보단 우리가 배를 더 빨리 저으니까."

"안 돼요."

"넌 우리 뒤를 따라와라."

헤티는 두 주먹을 꽉 쥐고 남자를 노려보았다.

"안 된다니까요! 아무도 우리를 떼어 놓지 못해요. 할머니는 저하고 함께 갈 거예요."

그 남자는 얼굴을 찡그렸다. 다른 남자가 말했다.

"저 배로 모시도록 하자, 스턴. 낭비할 시간이 없어."

스턴이라는 남자가 헤티를 흘긋 쳐다보았다.

"부두에다 배를 대라. 저기 계단 옆에. 보이지?"

헤티는 고개를 끄덕였다. 남자들은 말없이 배를 저어 가며 아기 돌고래가 속도를 내길 기다렸다. 헤티는 항구에 시선을 고정시켰다. 몇몇 사람들이 그곳에 모여 있었다. 자신을 가리키는 팔들, 망원경에 반사되어 반짝이는 빛. 그리고 절벽을 따라 달려왔다가 다시 마을을 향해 올라가는 작은 소년이 보였다. 소년이 큰 소리로 누구를 부르는지 여기에서도 알 수 있었다.

"할아버지!"

헤티가 항구에 들어설 무렵엔 그들을 내려다보는 사람들로 양쪽이 가득 찼다. 하지만 헤티는 사람들에게 신경 쓸 겨를이 없었다. 헤티의 관심은 표정도 몸도 굳은 채 앞에 누워 있는 노파에게, 그리고 마을 꼭대기에서 부두를 향해 다리를 절면서 내려오는 한 사람에게 집중되었다. 헤티는 한눈에 그 사람을 알아보았다. 그는 바다유리에서 본 적이 있는 노인이었다.

작은 소년이 노인의 손을 잡고 그 옆을 나란히 걷고 있었다.

배에 타고 있는 남자들은 앞으로 노를 저어 부두로 올라가는 계단 옆에 배를 정박시켰다. 그리고 아기 돌고래를 정박시킬 자리를 마련해 놓았다. 헤티는 이쪽을 지켜보는 시선들, 그중에서도 이제 부두 가까이 다가온 노인의 시선을 느끼며 불안한 마음으로 남자들을 따라 노를 저었다.

부두에 거의 도착할 무렵 바람이 멎었다. 헤티는 노파 주변을 조심스럽게 돌아서 앞으로 기어 올라가 돛을 내렸다. 그리고 부두까지 얼마 남지 않은 거리를 배를 저어 갔다. 부두 앞은 그들을 내려다보는 사람들로 미어터질 지경이었다. 노인은 계단 맨 위에서 그들이 오길 기다리고 있었다. 사람들의 손이 뱃전을 붙잡았다. 헤티가 저지하기도 전에 스턴이 아기 돌고래에 올라탔다.

"내가 할머니를 모시고 나가마."

"조심하세요."

"그래."

스턴은 조심스럽게 노파를 안고 뒤를 돌아 계단 아래쪽에서 있는 다른 남자에게 넘겼다. 헤티는 그들을 바라보며 말로 표현할 수 없는 고통을 느꼈다. 스턴은 배 밖으로 나가 다시 노파를 받아 안았다. 그리고 이제 모두가 지켜보는 부두를 향해 계단을 올라갔다.

노인이 소년과 함께 그곳에서 기다리고 있었다. 스턴이 노파를 앞으로 내밀어 노인에게 보여주었다. 노인은 잠시 노파의 머리를 끌어안았다가 이내 자세를 바로 하고 헤티에게 손짓했다. 헤티는 아기 돌고래에서 내려 계단 맨 아래로 건너갔다.

배에서 남자들 중 한 명이 말했다.

"조심해라."

한 남자가 한 손으로는 아기 돌고래를 붙잡고 다른 손으로는 헤티의 팔을 잡아 헤티가 균형을 잡을 수 있게 도와주었다. 헤티가 남자에게 물었다.

"제 배는 어떡하죠?"

"걱정 안 해도 된다."

"아저씨가 잘 묶어주시겠어요?"

"물론이지."

"그렇지만……."

누군가의 목소리가 들렸다.

"내가 잘 챙길게."

헤티는 계단 위를 올려다보았다. 아까 그 소년이 내려다보고 있었다. 고작해야 일고여덟 살 정도인 것 같았지만 얼굴은 영리하고 성실해 보였다. 소년이 다시 말했다.

"내가 배를 챙길게."

헤티는 노인이 고개를 끄덕이는 모습을 보았다.

"우리 손자가 네 배를 잘 챙겨줄 거다."

헤티는 계단을 올라갔다. 사람들은 헤티를 보려고 서로 밀치면서도 헤티가 불편하지 않도록 적당히 거리를 두었다. 노파는 어느새 담요에 덮여 들것에 실려 가고 있었다. 헤티는 계단 맨 위에서 멈추어 섰다. 소년이 헤티에게 다가와 두 손으로 헤티의 왼손을 잡았다.

"내 이름은 퍼야, 퍼."

헤티는 지친 듯 길게 한숨을 내쉬고 무표정하게 말했다.

"내가 아는 어떤 사람도 이름이 퍼였는데."

헤티는 노인 쪽으로 시선을 던지며 덧붙였다.

"그 사람은 나이가 아주 많았지."

소년은 헤티의 손을 놓고 계단을 뛰어 내려갔다. 헤티는 노인을 향해 다가갔다. 노인이 헤티의 손을 잡았다.

"난 토르라고 한다."

"저는 헤티예요."

헤티는 노인의 얼굴을 들여다보았다. 고요하고 슬픈 얼굴이었다.

"제가 로사 할머니를 댁에 모셔다 드린 거로군요."

토르 할아버지는 근엄한 표정으로 헤티를 바라보다가 헤티의 손을 꼭 잡았다.

"그런 것 같구나."

ꩰ

헤티는 이후 몇 시간 동안 무슨 일이 일어났는지 기억이 희미했나. 누군가 담요를 덮어주었고, 들것을 향해 안내되어 갔고, 마을을 지났고, 사람들이 조용히 자신을 지켜보았고, 토르 할아버지가 말없이 옆에 서 있었던 것이 어렴풋이 떠올랐다. 바다가 내려다보이는 조용한 집에서 크리스티나라는 상냥한 여자가 자신을 작은 방에 데려가 옷을 벗기고, 몸을 씻기고, 상쾌한 냄새가 나는 잠옷을 입히고, 음식과 물을 먹이고, 잠자리에 들게 도와준 것도 기억났다.

하지만 기절하도록 피곤한데도 잠이 오지 않았다. 집 안의 정적, 바다의 속삭임, 내면의 깊은 불안을 의식하며 헤티는 뜬 눈으로 누워 있었다. 그러다 이내 침대에서 나와 자신을 위해 준비된 가운을 입었다. 헤티는 문을 열고 복도를 지나서 낮은 목소리를 따라 맨 끝의 방으로 향했다.

방 안의 풍경이 짐작되었다. 안으로 걸음을 옮겼다. 노파가 눈을 감은 채 침대에 누워 있었다. 토르 할아버지가 노파 옆 의자에 앉아 있었고 크리스티나와 어떤 남자가 토르 할아버지 옆에 서 있었다. 커튼이 쳐져 있었고 침대 발치에 촛불이 타고 있었다. 크리스티나가 재빨리 헤티에게 다가왔다.

"자야지, 헤티."

"전 여기에 있어야 해요. 여기에 있게 해주세요."

"그럼, 그럼. 우리 모두 이해한단다."

크리스티나는 헤티의 손을 잡고 침대로 갔다. 토르 할아버지가 헤티를 올려다보았다.

"아직 내 아들과 인사를 안 했지, 헤티."

옆에 서 있던 남자가 미소를 지었다.

"나는 에이단이라고 한다. 크리스티나의 남편이야. 우리 작은아들을 만났다고 들었다."

"퍼 말씀이세요?"

"그래."

"퍼가 제 배를 챙겨주고 있어요."

"그래. 퍼는 착한 아이란다. 지금은 내 친구들이 아기 돌고래를 돌보고 있어. 친구들에게 아기 돌고래를 뭍으로 끌어올려서 돛대와 돛을 새로 달라고 했다. 물론 구석구석 깨끗하게 청소도 하라고 했고."

"고맙습니다."

"그 정도는 아무것도 아니지."

다 함께 침대로 시선을 돌렸다. 헤티가 물었다.

"할머니는 아직 살아 계시죠?"

토르 할아버지가 말했다.

"얼마 동안은 그럴 거다."

"우리가 할 수 있는 일이 없을까요?"

"그저 곁에 앉아 있으면 된다."

헤티는 토르 할아버지 주변을 둘러보았다.

"저, 침대 끝에 앉아도 될까요?"

"물론이지."

"무례하게 굴려는 건 아니에요. 의자를 가져와서 앉아도 되지만……."

"거기 앉아라. 할머니도 그걸 원할 거야."

"고맙습니다."

헤티는 침대 끝에 앉았다. 초 하나가 가물거리고 있었다. 헤티는 시선을 돌려 방 저쪽을 보았다. 난로에서 장작이 타고 있었다. 이제 헤티는 다시 노파의 고요한 얼굴을 바라보았다. 이유는 잘 모르겠지만 어쩐지 전과 달라 보였다. 사람들이 노파의 몸을 닦고 씻기고 머리를 매만져 최대한 아름답게 꾸며 놓았지만, 그 때문은 아니었다. 무언가 다른 이유가 있었다.

마침내 헤티가 말했다.

"편안해 보이세요."

"그래, 맞다. 헤티, 네 덕분이구나."

헤티는 토르 할아버지를 돌아보았다.

"전 할머니를 편안하게 해드리지 못했어요. 그냥 저희 집에 계시게 한 것뿐이에요."

"그 이상으로 잘해줬다는 거 안다."

크리스티나와 에이단이 의자를 끌고 와 앉았다. 에이단이 물었다.

"그동안 일어난 일들을 말해주겠니?"

헤티는 해야 할 말과 숨겨야 할 말을 가리느라 잠시 생각에 잠겼다. 모라 섬에 일어난 거대한 폭풍, 그래서 모라의 자랑이 파괴된 것, 섬에 충돌해 부서진 작은 배, 노파가 죽음과 벌인 사투, 둘 사이에 쌓인 우정, 헤티가 비밀리에 내린 결정, 하가를 향한 항해에 대해 이야기했다. 하지만 미신이라든지 모라 섬 사람들의 적대감, 오랜 옛날부터 내려온 악에 대한 꿈은 이야기하지 않았다. 다들 헤티의 이야기를 중단하지 않고 끝까지 귀 기울여 들었다. 이야기를 마쳤을 때 헤티는 자기도 모르게 노파의 손을 잡고 있었다는 것을 깨달았다. 헤티는 깜짝 놀라 손을 놓았다.

에이단 아저씨가 말했다.

"우리에게 이야기하는 동안 시트 밑으로 손을 뻗어 어머니 손을 잡고 있더구나."

"죄송해요."

"죄송하긴. 다시 손을 잡아드리는 게 어떻겠니?"

"그래도 돼요?"

"물론이지."

헤티는 다시 노파의 손을 잡았다. 에이단이 토르 할아버지를 돌아보았다.

"아버지, 이제 헤티에게 말씀하셔야죠."

"그래야겠구나."

헤티가 물었다.

"뭘요?"

"우리 쪽 이야기 말이다."

"할머니는 토르 할아버지의 부인이시죠?"

"그래. 우리는 결혼해서 65년 동안 함께 살았단다. 저 사람이 왜 나하고 인생을 함께하기로 결정했는지 나는 지금도 모르겠구나. 처음부터 정말 모를 일이었다. 똑똑한 고고학자가 배 만드는 것밖에 모르는 일자 무식쟁이를 뭘 보고 만난 건지."

"아버지……."

"그냥 계속 말하게 해다오."

토르 할아버지는 침대를 응시하며 말을 이었다.

"저 사람, 나하고 사느라 참 많은 걸 포기했다. 심지어 내가 태어나고 내 일터가 있는 이 작고 외딴 마을에 정착하기 위해 고향까지 떠나왔단다. 나는 배를 만들고 저 사람은 번역을 하면서 그렇게 우리는 행복하게 지냈지. 예쁘고 작은 딸을 낳았을 때는 세상을 다 가진 것 같았어."

헤티는 토르 할아버지의 목소리에서 긴장감을 느꼈다. 토르 할아버지는 담담하게 말을 이어 갔다.

"그런데 그 딸을 잃고 말았다. 그 아이가……."

토르 할아버지는 잠시 말을 멈추었다.

"너 지금 몇 살이니, 헤티?"

"열다섯 살이요."

"그 아이도 열다섯 살이었다. 너하고 꼭 닮았지. 머리카락은 더 까맸지만 정말 많이 닮았단다."

헤티는 바다유리 속 형상을 떠올렸다.

"따님은 어떻게 돌아가셨나요?"

헤티는 이미 토르 할아버지의 대답을 짐작하고 있었다.

"익사했단다. 새 배를 완성한 기념으로 다 함께 1.5킬로미터 정도를 항해하던 중이었지. 기이한 파도가 밀려와 우리 아이를 덮쳤단다. 누구의 잘못도 아니었는데 아내는 자기 탓이라며 괴로워하더구나. 딸아이와 가장 가까이 있었다면서 말이다. 그 당시 아내가 할 수 있는 일은 아무것도 없었다고 내가 누차 말했지만 전혀 소용이 없었단다. 이후로 아내는 그 일이 자기 잘못이라고 믿으면서 살아왔지."

토르 할아버지는 다시 말을 잠시 멈추었다가 입을 열었다.

"하지만 우리는 최선을 다해 일상생활을 계속했고, 그렇게 몇 년을 지내던 어느 날 정말 놀라운 일이 일어났단다."

토르 할아버지의 시선이 에이단을 향했다.

"우리에게 아들이 생겼지 뭐냐. 다시 그런 행운이 찾아올 줄은 꿈에도 생각하지 못했는데 말이다. 수년 동안 노력했지만 번번이 허사였고 둘 다 나이가 들어가고 있었으니까. 에이단은 세상에 태어나 큰 기쁨을 안겨주었고 지금은 배 만드는 가업도 이어받았지. 더구나 사랑스러운 며느리와 손자까지 줘서 드디어 아내도 편안해진 줄로만 알고 있었단다. 그런데……."

토르 할아버지가 얼굴을 찡그렸다.

"그런데 아내가 길을 잃기 시작하더구나, 헤티. 내 말을 이해하겠니? 이해할 거라 생각한다. 아내는 땅거미 속으로 들어갔고 이후로 아내의 나날들은 갈수록 어두워져만 갔다. 지난 5년 동안 아내는 내가 닿을 수 없는 먼 곳에 있었단다. 아내는 우리 딸 외에는 아무것도 생각할 수 없었던 것 같아. 때때로 나는 우리 딸이 지금 아내가 기억하는 전부가 아닐까 하는 생각이 든다."

에이든이 말했다.

"어머니는 아버지도 기억하세요. 저도, 크리스티나도, 퍼도 기억하시고요."

"그럴까."

토르 할아버지는 절뚝거리며 난로로 다가가 장작을 넣었다. 그리고 다시 원래 자리로 돌아와 앉았다.

"그동안 무슨 일이 있었는지 전혀 몰랐다. 그런데 네 이야기를 들으니 짐작이 되는구나. 아까도 말했지만, 아내는 한동안 길을 잃고 있었단다. 언제나 같은 말만 되풀이했지. 사고니, 기이한 파도니, 수평선 너머 어딘가에 우리 딸이 아직 살아 있으니까 반드시 찾을 수 있을 거라느니 하는 말들뿐이었어."

토르 할아버지는 천천히 숨을 내쉬었다.

"그러던 어느 날, 내가 잠을 자고 있는 사이에 아내가 살그머니 집을 빠져나가고 말았단다. 내 책임이지. 전적으로 내 잘못이다. 좀 더 신경 써서 아내를 지켰어야 했는데."

에이단이 말했다.

"아버지 잘못이 아니에요."

"아니, 내 잘못이다. 네 엄마가 불안정한 상태라는 걸 알고 있었는데. 자지 않고 깨어 있었어야 했다."

크리스티나가 말했다.

"아버님 연세가 아흔이시잖아요. 주무시는 게 당연해요."

토르 할아버지는 고개를 젓고 다시 헤티를 바라보았다.

"아내는 항구로 내려갔던 것 같다. 아내에게 작은 돛단배가 하나 있는데 아침에 가서 보니 사라졌더구나."

"셈퍼 피델리스 말씀이시죠."

"그래. 아내를 위해 만든 배였지. 아내가 정신이 맑아서 바다에 가도 안전하던 그 옛날에 말이야. 아내는 배를 잘 다루었단다. 바다를 경외했고 그 작은 돛단배를 사랑했지. 배에다 그런 이름을 지어주었는데 라틴어라고 하더구나. 뜻이 뭐라더라. 아내가 말했는데 잊어버렸어. 아무튼 내 생각에, 그날 밤 아내는 우리 딸을 찾으러 그 배를 탔고, 때마침 폭풍을 만나 먼 바다로 떠내려가는 바람에 돌아오지 못한 것 같다. 아니, 어쩌면 돌아오고 싶지 않았는지도 모르지. 아내를 찾으려고 하가 사람들 대부분이 아침부터 배를 타고 바다로 향했단다. 항구에 남은 배가 거의 없을 정도였어. 하지만 소용없더구나. 하필 그 무렵 무서운 강풍까지 불어 다들 포기하는 수밖에 없었단다."

크리스티나가 말했다.

"하지만 어쨌든 어머님 배는 모라 섬에 가는 길을 찾아냈잖아요. 그거야말로 기적 아닐까요? 그리고 헤티는 돌아오는 길을 찾아냈고요. 그것 역시 기적이에요."

에이단이 거들었다.

"굉장히 용감한 행동이기도 하고요."

"그렇고말고. 넌 정말 용감한 여성이다, 헤티. 너한테 얼마나 고마운지 말로 다 표현할 수가 없구나. 우리가 최대한 빨리 너를 네 식구들에게 보내주마. 네가 떠날 준비가 되면 곧바로 네가 탈 배를 마련해 주겠다. 물론 아기 돌고래도 모라 섬에 돌려주고."

긴 침묵이 흘렀다. 난로의 장작이 타닥타닥 타는 소리와, 저 아래 바다에서 들려오는 파도 소리만이 침묵을 깨뜨렸다. 헤티는 노인을 쳐다보았다. 아까부터 궁금한 점이 있었다. 물어볼까 말까 조바심이 났다. 아무래도 지금 물어보는 게 좋을 것 같았다.

"아까 하신 말씀이 무슨 뜻인지 궁금해요. 제가 로사 할머니를 저희 집에 모시고 갔다고 말했을 때요, 할아버지께서 '그럴 줄 알았다'고 말씀하셨잖아요. 그 말씀이 무슨 뜻이에요?"

토르 할아버지는 헤티를 향해 미소를 지었다.

"아내 이름은 마리타란다. 로사는 내 딸 이름이지."

토르 할아버지는 침대에 누워 있는 노파를 바라보았다.

"아내는 로사를 찾아서 집에 데려오려고 떠난 것 같다. 그래, 그랬을 거다. 아마 아내도 너도 둘 다 그랬겠지."

토르 할아버지는 다시 헤티를 향해 몸을 돌렸다.

"미안하다. 용서해라. 넌 아내를 나에게 데려다주었어. 잃어버린 내 딸 노릇을 해야 할 부담까지 가질 필요는 없단다."

그때 문이 열리고 작은 얼굴이 방 안을 살펴보았다. 크리스티나가 말했다.

"들어오렴, 퍼."

소년은 걱정이 가득한 얼굴로 침대를 향해 다가왔다. 잠시 후 헤티는 소년이 자신의 눈빛을 피하고 있다는 것을 알아챘다.

"왜 그러니, 퍼?"

"나한테 화 안 낼 거지?"

"내가 왜 너한테 화를 내야 할까?"

"누나 배를 두고 왔어. 아까 내가 누나 배를 챙겨준다고 약속했잖아. 그런데 스턴 아저씨하고 다른 아저씨들이 두고 가라고 했어. 아저씨들이 그러는데……."

"괜찮아, 퍼. 네 아빠가 다 설명해 주셨어. 아저씨들이 내 배에 돛대와 돛을 새로 달아주고 깨끗하게 청소도 해줄 거라던데. 그러니까 걱정 마. 네가 날 도와줘서 얼마나 고마운지 몰라. 아까 부두에 도착했을 때 너무너무 불안해서 어쩔 줄 몰랐는데, 네가 곧장 달려와서 내 손을 잡고 날 맞아줬지. 정말 고마웠어."

소년은 미심쩍은 표정으로 헤티를 바라보았다.

“퍼, 이리 와서 앉아.”

“우리 할머니 손을 잡고 있네.”

“응. 그래도 괜찮겠니?”

“나도 맨날 할머니 손 잡았는데 뭐. 특히 할머니가 물건을 못 찾을 때랑 깜짝 놀랄 때.”

“와서 침대에 앉으렴. 그리고 내 다른 쪽 손을 잡아줘.”

퍼는 헤티 옆에 앉아 헤티의 손을 잡았다. 헤티는 여전히 죽은 듯이 누워 있는 노파를 향해 고개를 돌렸다. 고요한 방 안에서 노파의 숨소리가 간신히 들렸다. 헤티가 속삭였다.

“마리타 할머니.”

누군가 자신의 어깨에 손을 올리는 것이 느껴졌다. 토르 할아버지의 손이었다.

“모라 섬에 있었을 때나 배에 탔을 때 할머니 이름을 알았더라면 좋았을 텐데요. 이름을 불러드리고 싶었거든요.”

“지금 말하면 되지 않겠니.”

헤티가 다시 속삭였다.

“마리타 할머니.”

그들 주변과 침대 주위로 침묵이 더욱 깊어졌다. 한 시간이 지나도록 아무도 입을 열지 않았다. 그들은 서로를 의식하며, 그리고 침대에 누워 있는 노파를 의식하며 같은 자세로 앉아 있었다. 시간이 얼마나 지났을까. 헤티는 에이단이 난로에 불을 지피고 새 촛불을 켜는 것을 어렴풋이 보았다. 한참 후, 누군가 헤티의 팔을 톡톡 건드렸다. 깜짝 놀라 얼굴을 들어 보니, 마리타 할머니를 가운데 두고 헤티 자신은 침대 이쪽에 누워 있고 퍼는 저쪽에 웅크리며 누워 있었다. 둘 다 꼼짝 않고 있는 마리타 할머니 쪽으로 몸을 기울인 채. 곧이어 누군가의 손이 헤티의 팔을 잡았다. 크리스티나가 헤티 위로 몸을 숙여 속삭였다.

"에이든이 널 옮겨주었단다. 네가 침대 끝에서 잠이 들었거든. 퍼도 마찬가지고. 그래서 에이든이 너희 둘을 안아서 여기에 눕혔어."

"고맙습니다."

헤디는 퍼를 내려다보며 퍼에게 팔을 둘렀다. 크리스티나는 침대 반대편으로 돌아가 아까 앉아 있던 의자에 다시 앉았다. 토르 할아버지와 에이단도 여전히 자리를 지키고 있었다. 토르 할아버지는 꾸벅꾸벅 졸고 있었다. 헤티는 마리타 할머니가 배에서처럼 눈을 뜨길 바라며 할머니를 바라보았다. 하지만 그럴 기미는 조금도 보이지 않았다. 헤티는 다시 잠에 들었다가 퍼의 목소리에 깼다.

"헤티 누나. 일어나 봐."

눈을 떠보니 퍼가 자신을 찬찬히 응시하고 있었다. 퍼는 아무 설명도 하지 않았지만 헤티는 분위기를 통해 상황이 크게 달라졌다는 것을 즉시 알아차렸다. 토르 할아버지와 에이단, 크리스티나가 모두 서 있었고, 수염을 기른 어떤 남자가 옆에 있었다. 토르 할아버지가 헤티와 눈이 마주치자 조용히 말했다.

"이쪽은 야니크 의사 선생님이란다."

더 이상 아무도 입을 열지 않았다. 침대에 누워 있던 헤티는 퍼가 자신에게 꼭 안겨 있는 것을 알아차리고 자리에 일어나 앉았다. 헤티는 퍼에게 한쪽 팔을 두른 채 마리타 할머니를 살펴보았다. 호흡은 규칙적이었지만 상태가 달라졌다. 헤티는 이것이 끝이라고 생각해야 할지 알 수가 없었다. 시트 밑으로 손을 뻗어 더듬더듬 마리타 할머니의 손을 찾았다. 마리타 할머니의 손을 잡은 헤티는 나지막이 속삭였다.

"마리타 할머니, 마리타 할머니……."

호흡은 계속 이어졌다.

들이쉬고 내쉬고, 들이쉬고 내쉬고.

헤티는 마리타 할머니의 손을 살짝 쥐어보았다. 아무런 반응이 없었다. 마리타 할머니의 얼굴을 향해 좀 더 가까이 몸을 숙였다. 토르 할아버지도 반대편에서 헤티와 똑같이 하고 있었다. 헤티가 아주 낮은 목소리로 말했다.

"엄마."

그 순간 곁에서 보기에 아주 미세한 움직임이 마리타 할머니의 얼굴에 순식간에 스쳐 지나갔다. 분명히 눈동자가 움직였다. 하지만 그 움직임은 이내 멈추고 다시 호흡만 계속될 뿐이었다.

들이쉬고 내쉬고, 들이쉬고 내쉬고.

들이쉬고…….

정지.

저녁이었다.

헤티는 바다가 나오는 이상한 꿈 때문에 밤새 제대로 잠을 이루지 못하다가 새벽녘에 눈을 떴다. 차가운 달빛이 항구가 내려다보이는 창문을 넘어 방 안으로 들어왔다. 헤티는 침대에 앉아 주변을 둘러보았다.

방 안은 꽤나 어두웠다. 창문으로 들어온 불빛이 침대 곁에 놓인 의자 하나를 비추었다. 입던 옷은 치워져 있고 그 자리에 새 옷이 가지런히 개어져 놓여 있었다. 어둑한 빛에도 이 옷이 평소 입던 옷과 다르다는 것을 대번에 알 수 있었다. 헤티는 얼른 침대에서 내려와 옷을 자세히 보았다.

정말 예뻤다. 이렇게 예쁜 옷은 한 번도 입어본 적이 없었다. 헤티는 의자에 옷을 다시 내려놓았다. 그때 문득 침대 옆 탁자

위의 물건이 눈에 띄었다. 그 물건은 헤티를 향해 빛을 반사하고 있었다. 헤티는 팔을 뻗어 손으로 바다유리를 감쌌다.

헤티는 바다유리를 집어 높이 들어올렸다. 바다유리는 어둠 속에서도 여전히 반짝거렸다. 헤티는 달빛이 비치도록 바다유리를 움직여 보았다. 빛은 마치 강물처럼 바다유리 속을 흘러갔다. 헤티는 바다유리 표면을 들여다보며 이전에 보았던 형상들을 찾아보았다. 그러나 아무것도 없었다. 그냥 맑은 유리 조각일 뿐이었다.

그랜디 할머니가 종종 말씀하셨던 것처럼.

마리타 할머니의 작은 주먹을 떠올리며 헤티는 바다유리를 손에 꽉 쥐고 그 자리에 서 있었다. 그러다 곧 창가로 다가갔다. 아래에는 작은 뜰이 있고, 그 둘레에 나무가 심어져 있었다. 맨 안쪽 샛길을 지나면 마을 방향으로 이어지는 듯한 큰길이 나 있었다. 길 아래쪽에는 항구가 있고, 그 너머 바다가 한밤중에도 반짝이고 있었다.

아래에서도 방 안에서도 아무런 소리가 들리지 않았다. 헤티는 바다를 응시하며 수면을 살펴보았다. 바다는 부드럽고 잔잔했다. 헤티의 몸이 갑자기 떨렸다. 헤티는 얼른 가운을 입고 충동적으로 몸을 돌려 급히 방을 빠져나갔다.

집 안은 캄캄했지만 현관문으로 가는 길과, 건물 옆을 돌아 뜰 안쪽의 대문으로 이어지는 길을 쉽게 찾을 수 있었다. 헤티는 현관문을 열고 밖으로 발을 디뎠다. 맨발에 닿는 잔디가 축축하고 차가웠다. 바다에서 올라오는 한기가 밤의 냉기와 하나가 되고 있었다.

헤티는 가운을 단단히 여미고 아까 창문에서 보았던 샛길을 향해 뜰을 가로질러 천천히 걸어갔다. 짐작대로 샛길은 큰길로 이어졌다. 헤티는 이 길을 따라 관목과 묘목들 사이를 지나 나무 울타리까지 내려갔다. 울타리는 겨우 가슴 높이 정도였다. 헤티는 울타리에 기대어 바다에서 불어오는 공기를 들이마셨다.

이곳에 서 있으니 바다와 해변의 탁 트인 전경이 한눈에 들어왔다. 오른쪽 너머로 달이 지고 있었다. 저 아래 삼지창 모양의 바위 주변으로 파도의 하얀 거품이 일었다. 그 외에는 온 세상이 정지 상태가 되어버린 것 같았다.

갑자기 목소리가 들렸다.

"헤티."

오른쪽에서 자신을 향해 서서히 다가오는 형체가 보였다. 토르 할아버지였다.

"나다."

토르 할아버지는 헤티 옆에서 걸음을 멈추고 천천히 숨을 내쉬었다.

"널 놀라게 하고 싶진 않았단다."

헤티는 토르 할아버지를 보았다. 헤티에게 미소를 짓고 있었지만 얼굴에는 피로한 기색이 역력했다. 처음 토르 할아버지를 보았을 때 느껴졌던 고통스러운 흔적이 배어 있었다. 토르 할아버지는 천천히 몸을 돌려 울타리에 기댔다. 헤티도 울타리에 몸을 기댔다. 두 사람은 잠시 그 자리에 서서 말없이 바다를 응시했다.

마침내 토르 할아버지가 입을 열었다.

"잠이 오지 않더구나. 그래서 밖에 나와 봤다. 저쪽에 서 있었지."

토르 할아버지가 오른쪽을 가리켰다.

"여기엔 한 시간쯤 있었을 거다. 네가 오는 소리는 못 들었구나. 널 놀라게 할 생각이 없었다는 걸 확실히 알겠지?"

"그럼요, 전 괜찮아요."

헤티는 토르 할아버지를 흘긋 보았다. 토르 할아버지는 여전히 바다를 응시하고 있었다.

"모라 섬을 생각하고 있었나 보구나."

헤티는 대답하지 않았다.

"우리가 데려다주마. 에이단이 배를 준비하고 있을 거다. 네가 브로마 섬이나 스타이어 섬, 하다못해 브린다 섬에서 왔더라면 아무 문제가 없었을 텐데. 그 섬에서 여기로 오는 배들은 워낙 많아서 그중 아무거나 타면 되니까. 하지만 모라 섬은 그렇지가 않지. 네가 온 모라 섬은 여기에서 굉장히 멀단다. 파에르데 섬보다 훨씬 멀어. 모라 섬에서 오는 배도 거의 없고. 물론 우리는 맥키를 잘 안다. 맥키는 수년 동안 여러 번 이곳에 왔거든. 스턴하고도 사이가 좋고. 하지만 지금은 브린다 섬의 이반과 직접 거래하고 있어서 한동안 이곳에 발길을 끊은 것 같다."

토르 할아버지가 고개를 저었다.

"그나저나 모라의 자랑이 부서져서 정말 안됐구나. 근사한 배였는데. 내가 그런 배를 만들었다면 정말 자랑스러웠을 거야."

"다른 배를 만들기 시작했어요. 그런데 저희가 가진 목재들이 많이 썩었대요. 그래서 맥키 아저씨가 브린다 섬에 도움을 요청하기 위해 일단 작은 배를 만들고 있어요. 혹시 하가에서도 저희를 도와줄 수 있을까요?"

토르 할아버지가 헤티를 돌아보았다.

"에이단이 널 직접 데려다주면서 맥키한테 목재도 같이 가져다줄 수 있을 거라고 하더구나. 나도 도구와 장비를 전해줄 테고. 하지만 널 엄마 아빠에게 데려다주는 게 가장 중요하지."

"전 할머니하고 살아요."

"할머니하고 단둘이?"

"네."

토르 할아버지는 잠시 헤티를 빤히 쳐다보더니 그냥 고개만 끄덕였다.

"그럼 우리가 널 네 할머니에게 데려다줘야겠구나."

토르 할아버지는 몸을 돌려 다시 바다 너머를 응시했다. 두 사람은 함께 바다를 바라보았다. 잠시 후 토르 할아버지가 조용히 말을 이었다.

"바다는 너무 많은 사람들을 데려가는구나. 몇 년 전엔 내 형도 데려갔고, 함께 항해했던 친구들도 데려갔단다. 너도 모라 섬에 살면서 많은 사람을 잃었겠지."

"로사는 누굴 닮았나요?"

"로사는 너를 쏙 빼닮았단다. 전에도 말했지만 너랑 성격이 많이 비슷했지. 독립적인 점도 그렇고 다른 점들도 그렇고. 로사는 다른 세상에 사는 사람 같았단다. 내 말 무슨 뜻인지 알겠니? 그런 성격은 마리타에게 물려받은 거란다. 두 사람은 서로 많이 닮았어. 내가 전혀 알지 못하는 세계를 마리타와 로사는 보고 듣곤 했거든. 너도 그런지 모르겠구나. 그래, 아마 너도 그럴 테지."

헤티는 바다유리를 손으로 만지작거렸다.

"아직도…… 아직도 로사 때문에 슬프세요?"

"물론이지. 그리고 로사를 잃어서 슬퍼했던 시간만큼 마리타 때문에 마음이 아팠단다. 로사가 저세상으로 떠난 그날 나는 마리타도 같이 잃었으니까."

토르 할아버지는 다시 주변을 둘러보았다.

"하지만 난 견뎌낼 거다, 헤티. 그리고 네가 네 할머니 곁으로 돌아갔다는 소식을 듣게 되면 훨씬 기분이 나아질 거다. 자, 이제 가서 좀 자야 하지 않겠니. 나도 그렇고."

헤티와 토르 할아버지는 집을 향해 걸음을 옮겼다. 길을 따라 올라가는 동안 저 아래 바다에서 속삭임이 들렸다. 헤티는 걸음을 멈추고 뒤를 돌아보았다. 수면 위에서 반짝이던 빛은 사라지고 다시 사방이 어두워졌다. 헤티는 토르 할아버지도 걸음을 멈추었다는 것을 문득 깨닫고 뒤를 돌아보았다. 토르 할아버지가 미소를 지으며 헤티를 바라보고 있었다.

"로사도 자주 그랬지."

"뭘요?"

"마치 바다가 하는 말을 듣기라도 하는 것처럼 그렇게 바다를 빤히 바라보곤 했단다. 마리타도 그러는 걸 여러 번 보았고."

토르 할아버지는 헤티의 팔을 토닥였다.

"잘 자라, 헤티. 준비되면 들어오렴."

이렇게 말하고 토르 할아버지는 뜰을 가로질러 집 모퉁이를 돌아서 터벅터벅 걸어갔다. 헤티는 바다를 향해 몸을 돌렸다. 바다는 여전히 어두웠다. 바다뿐 아니라 곶과 하늘, 작은 마을까지 온통 캄캄했다. 헤티는 집으로 걸어가 현관문을 열고 방으로 들어갔다. 달빛이 새어들지 않아 사방이 어둠침침했다.

헤티는 침대 끝에 걸터앉아 바다유리를 자세히 들여다보았다. 바다유리도 바다만큼이나 어두웠고 온 사방만큼이나 캄캄했다.

헤티는 바다유리를 탁자에 내려놓고 침대에 누웠다. 눈물이 계속 나왔다. 한참을 울고 나서야 헤티는 자신이 누구를 위해 그토록 눈물을 흘렸는지 깨달았다. 언제나 그랬던 것처럼 엄마의 얼굴, 그리고 아빠의 얼굴이 떠올랐다. 헤티는 밤이 흘러 들어와 그 얼굴들 위를, 그리고 자기 위를 감싸게 두었다.

그런데도 잠이 오지 않았다. 자고 싶었다. 정말이지 푹 쉬고 싶었다. 지금까지 자신에게 고통만 주었던 이런 생각들로부터 벗어나고 싶었다. 이제 모라 섬, 그리고 그랜디 할머니가 떠올랐다. 사는 동안 내내 의아하게 여기면서도 한 번도 깊이 생각해 본 적 없는 어떤 중요한 일이 있다는 사실을 처음으로 깨달았다. 그랜디 할머니도 결코 내색하신 적은 없지만 그 일 때문에 몹시 마음 아파하셨으리라는 사실도. 가슴을 찌르는 듯한 죄책감이 느껴졌다.

계속 잠이 들었다 깨었다 하는 동안 밤이 지나갔다. 바다유리 속 형상들이 헤티의 꿈속과 눈앞을 따라다니는 사이 어느덧 새벽이 찾아왔다. 저 멀리 갈매기들이 우는 소리가 들렸다. 헤티는 침대에 누워 모라 섬에 있는 자신의 집과 작은 방을 생각하다가 다시 까무룩 잠이 들었다. 그러다 어렴풋이 눈을 떴을 때 누군가 팔을 토닥이는 느낌, 누군가 가까이 다가오는 느낌이 들었다. 자그마한 사람이 곁에 있는 것 같았다.

"헤티 누나. 일어나."

퍼의 목소리였다. 눈을 동그랗게 뜬 퍼가 헤티를 향해 몸을 숙이고 있었다. 크리스티나는 퍼 뒤에 서 있었다. 창가의 태양이 두 사람을 환하게 비추었다. 문 밖에서 그리고 마을 쪽에서 여러 사람의 목소리가 들렸다. 헤티가 물었다.

"몇 시니?"

크리스티나가 대답했다.

"정오가 다 됐단다."

"정오라고요?"

"그래. 네가 계속 자고 있어서 깨울 수밖에 없었어."

퍼가 말했다.

"알려줄 소식이 있어."

헤티는 퍼를 보았다. 퍼는 바다유리를 쥐고 있었다. 헤티의 시선을 알아챈 퍼는 바다유리를 얼른 탁자에 내려놓았다.

"미안. 만지려는 건 아니었어."

헤티는 침대에서 일어나 앉아 바다유리를 집어 들었다. 퍼가 거듭 말했다.

"정말 미안해."

헤티는 미소를 지으며 퍼에게 바다유리를 건넸다.

"이거 네가 가져."

"하지만……."

헤티는 퍼의 손에 바다유리를 꼭 쥐어 주었다.

"네가 가지면 좋겠어. 진심이야. 이제부터 영원히 네 거야. 그나저나 알려줄 소식이 뭐야?"

"항구에 배 한 척이 들어오고 있어."

"배?"

크리스티나가 말했다.

"그렇단다. 모두가 아는 배야. 브린다 섬에 사는 이반의 배지. 배 이름이 북극성이란다. 스턴과 에이든이 그러는데, 그 배에 맥키가 타고 있다더라."

"맥키 아저씨가요!"

"그래. 모라 섬 남자들 몇 명도 같이."

헤티는 이불을 젖히고 허둥지둥 침대 밖으로 나가려 했다. 크리스티나가 헤티의 팔을 붙잡고 말렸다.

"알려줄 소식이 더 있어. 남자들 말고 다른 사람도 같이 있대."

"누구요?"

"우리도 확실히는 모르겠지만 짐작은 가는구나."

“그랜디 할머니!”

헤티는 부둣가 계단 맨 위에서 그랜디 할머니를 끌어안았다.

“헤티! 어이구, 이 대책 없는 철부지 아이 같으니라고.”

헤티는 그랜디 할머니를 붙잡고 놓을 수가 없었다. 그랜디 할머니는 너무 감격한 나머지 몸이 떨릴 지경이었지만 이내 뒤로 물러났다. 헤티는 그랜디 할머니를 바라보다가 주변을 둘러보았다. 부둣가와 항구의 방파제, 헤티가 도착했을 때처럼 다시 몰려든 사람들, 그리고 아래쪽에 정박된 북극성이라는 이름의 배.

모라의 자랑보다 훨씬 크고 근사한 배였다. 맥키 아저씨는 할 아저씨, 칼 아저씨, 로리 아저씨와 함께 뱃머리에 서 있었다. 네 사람 모두 헤티를 향해 손을 흔들었다. 갑판은 남자들로 북적거렸다. 일부는 하가 사람들이었다. 헤티는 스턴 아저씨와 그의 동료 두 사람을 알아볼 수 있었다. 나머지는 아마도 브린다 섬 사람들인 것 같았다. 한 건장한 남자가 앞으로 천천히 걸어와 뱃머리에 서 있는 맥키 아저씨 곁에 섰다.

그랜디 할머니가 말했다.

"저 사람이 이반이란다. 북극성의 주인이지."

헤티는 아무 대답도 할 수 없었다. 사람들로부터 그랜디 할머니를 빼내 단둘이 있고 싶은 마음뿐이었다. 그때 누군가 헤티의 손을 잡았다. 보지 않아도 누군지 금세 알 수 있었다.

그랜디 할머니가 미소를 지으며 말했다.

"이 아이는 누구냐?"

"제 친구예요. 퍼라고 해요."

"안녕, 퍼. 난 그랜디란다."

"안녕하세요."

"그리고 이쪽은 토르 할아버지세요. 퍼의 할아버지예요."

토르 할아버지가 앞으로 다가와 그랜디 할머니에게 머리 숙여 인사했다.

"토르 할아버지는 마리타 할머니와 부부세요."

"마리타?"

"네."

헤티는 그랜디 할머니의 표정에서 잠시 의문이 드러났다가 이내 사라지는 걸 보았다. 그랜디 할머니가 천천히 말했다.

"아, 알겠구나. 그럼…… 마리타는?"

토르 할아버지가 말했다.

"마리타는 어제 저세상으로 떠났습니다."

"저런, 유감입니다."

"하늘의 뜻이지요. 그래도 가족들 품에서 마지막을 보냈으니 다행이라고 생각합니다."

토르 할아버지는 말없이 헤티를 바라보았다. 에이단과 크리스티나가 도착했고, 헤티는 그들에게도 그랜디 할머니를 소개했다. 곁눈질로 보니 맥키 아저씨를 비롯해 여러 아저씨들이 해변으로 다가오고 있었다.

"그랜디 할머니. 배도 없이 어떻게 브린다 섬에 가셨어요?"

"배가 없긴."

"하지만……."

"노를 젓는 작은 배 하나를 탔단다."

"정말이세요?"

"방법이 없지 뭐냐. 피 노인의 낡은 배를 탔지."

"그 배는 부서졌잖아요!"

"그랬지. 나도 알다마다. 배를 조립하느라 시간이 얼마나 많이 걸렸는지 모른단다. 하지만 어쩌겠니. 네 사람이 노를 저을 만한 배는 그 배뿐인걸."

"너무 대책 없으신 거 아니에요?"

그랜디 할머니가 어깨를 으쓱해 보였다.

"설마 너만큼 대책 없을까. 맥키가 애 많이 썼지. 내가 네 쪽지를 읽고서 우리 손녀가 아기 돌고래를 타고 브린다 섬에 가려 한다고 말했더니, 맥키가 당장 회의를 소집해서 함께 배를 타고 갈 지원자를 요청했단다."

"그런 일이 있었을 줄은 생각도 못 했어요. 그렇지만 절 위해 지원할 사람은 없었겠죠."

"웬걸, 모두가 지원했는걸. 회의에 참석한 사람들 전부가 손을 들었단다. 헤럴드까지. 이번 일로 모두가 힘을 모으게 됐고 중요한 게 뭔지 깨닫게 됐지. 생각보다 많은 사람들이 자원해서 맥키가 그중 가장 건장한 사람 네 명을 뽑았단다. 물론 자신도 포함해서. 짐작하겠지만 탐도 얼마나 오고 싶어 했는지 모른다. 자기 아빠한테 사정사정했지. 하지만 맥키가 딱 잘라서 거절했지 뭐냐. 만에 하나 남편과 아들을 둘 다 잃게 되면 이슬라가 받을 충격이 너무 크다고 생각한 거지. 그래서 맥키는 할과 칼, 로리와 함께 출발하기로 결정했단다."

"그리고 할머니도요."

"내참, 녀석들이 아주 나한테 딱 붙어서 떨어지질 않더구나. 내가 맥키한테 그랬지. 자네들이 좋든 싫든 난 배에 타고 말 거라고. 처음엔 내가 가는 걸 달갑게 여기지 않았지만 결국엔 고마워했을걸. 방향키도 잡아줘, 방향도 읽어줘, 배에 고인 물도 퍼줘, 먹을 거며 마실 것도 챙겨줘, 내가 한 일이 참 많았단다. 다들 나한테 체중이 너무 나가는 거 아니냐며 투덜댔지만 그래도 내가 꽤나 도움이 됐을 거야."

토르 할아버지가 고개를 저었다.

"지나치게 용감하셨군요. 이렇게 파도가 거친데, 물까지 새는 작은 배를 타고 모라 섬에서 브린다 섬까지 내내 노를 저어 가셨다니 말입니다. 게다가 헤티 말로는 폭풍까지 있었다지요. 틀림없이 폭풍이 덮쳤을 텐데요."

"그렇다마다요."

"헤티는 폭풍 때문에 돛대를 잃어버리고 진로를 한참 벗어났답니다. 하가에 도착했을 때는 완전히 녹초가 다 됐더군요."

그랜디 할머니가 헤티에게 팔을 둘렀다.

"네 이야기를 자세히 들어야겠구나. 네가 말할 준비가 되면 말이야."

"할머니 이야기부터 마저 해주세요."

"내 이야기는 별거 없다. 우리는 폭풍과 싸워 가며 브린다 섬에 도착했는데 이반이 네가 거기에 오지 않았다지 뭐냐. 그래서 다시 북극성을 타고 너를 찾아 나섰지. 우리는 브린다 섬 근처 바다 어디쯤에서 널 찾을 줄 알았어, 네가 하가까지 갔을 줄은 아무도 짐작 못 했단다. 찾다 찾다 안 돼서 지푸라기라도 잡는 심정으로 마지막 희망을 걸고 여기 온 거야."

맥키 아저씨와 일행은 이제 부두를 향해 계단을 올라오고 있었다. 헤티는 그랜디 할머니의 손을 놓고 모라 섬 사람들을 맞으러 달려 내려갔다. 그들은 헤티가 다가오는 모습을 보고 걸음을 멈추었다.

"맥키 아저씨!"

헤티는 큰 소리로 외치며 맥키 아저씨를 향해 뛰어들었다.

"조심, 조심."

맥키 아저씨는 이렇게 말하며 헤티를 번쩍 들어올렸다. 맥키 아저씨가 헤티를 계단에 내려놓자, 헤티는 다른 아저씨들을 끌어안았다가 다시 맥키 아저씨와 포옹했다.

"절 찾으러 와주실 거라고는 꿈에도 생각 못 했어요."

"널 찾지 않을 리가 있니? 헤티 넌 우리 섬 사람인데. 우린 늘 모라 섬 사람들을 챙기잖니."

맥키 아저씨는 다시 헤티를 번쩍 들어 올려 계단 맨 위로 데려가 다시 내려놓았다. 토르 할아버지가 에이단과 크리스티나, 그랜디 할머니, 퍼와 함께 다가왔다. 헤티는 퍼의 손을 꼭 잡았다. 퍼가 헤티를 올려다보았다. 퍼는 다른 쪽 손에 바다유리를 쥐고 있었다. 토르 할아버지와 맥키 아저씨는 서로를 포옹했다.

"다시 만나게 되어 반갑네, 맥키. 이게 몇 년 만이지?"

헤티가 설명했다.

"맥키 아저씨, 모라 섬에서 우리 집에 계셨던 노파는 토르 할아버지 부인이었어요. 이름은 마리타였고요."

"그렇구나. 근데 왜 과거형을 쓰는 거니?"

"아내는 어제 사망했다네."

맥키 아저씨가 토르 할아버지를 향해 돌아섰다.

"정말 유감입니다. 토르 영감님의 부인이라는 사실을 진작 알았더라면 좋았을 텐데. 제가 이곳에 몇 번 왔을 때 부인을 뵌 적이 한 번도 없는 것 같아요. 하긴, 다른 사람들과 일하느라 언제나 정신없이 바빴으니까요."

"그게 뭐 그렇게 중요한가. 중요한 건 헤티가 아내를 집에 데리고 왔다는 거지."

"맞습니다. 헤티, 너 참 대단하구나."

맥키 아저씨의 시선이 이번에는 에이단을 향했다.

"다시 만나서 반가워, 에이단."

"나도 반가워, 맥키."

"이분은 부인이신가?"

"맞아. 내 아내 크리스티나. 그리고 이쪽은 내 아들 펴야."

맥키 아저씨는 두 사람에게 고개를 끄덕여 인사하고는 칼, 할, 로리 아저씨를 가리켰다.

“이 친구들 기억하지?”

“물론이지. 다들 진심으로 환영해.”

헤티가 문득 토르 할아버지를 찾았다.

“토르 할아버지, 마리타 할머니 장례식이 언제예요?”

“오늘 오후 늦게 시작한다.”

이렇게 말하고 토르 할아버지는 헤티를 지그시 바라보았다.

“헤티, 내가 마침 마리타 생각을 하고 있었다는 걸 어떻게 알았니?”

헤티는 아무 말 하지 않았다. 토르 할아버지는 고개를 절레절레 저었다.

“넌 로사하고 정말 많이 닮았구나. 마리타하고도.”

“그랜디 할머니하고 저도 참석해도 돼요?”

“물론이지, 되고말고.”

맥키 아저씨가 물었다.

“저희도 가도 될까요? 폐가 되지 않는다면 저희도 조문을 드리고 싶어요. 복장이 적절치 않아서 좀 그렇지만요.”

“지금 차림대로 오게. 우린 자네들이 참석해 주길 진심으로 원해. 이반과 친구들도 괜찮다면 같이 오면 좋겠어. 온 마을이 마리타와 작별 인사를 하는 건데 자네들이 무슨 옷을 입든 아무도 신경 쓰지 않을 거야.”

장례식은 토르 할아버지의 말대로 진행되었다. 참석자가

어찌나 많은지 교회를 가득 메우고도 모자라 문을 열고 마당에서 묘지까지, 묘지에서 길까지 길게 이어졌다. 장례식을 마치고 마리타 할머니를 묘지에 안장한 뒤, 헤티와 그랜디 할머니는 다른 사람들보다 먼저 식장을 나와 해변을 따라 걸었다. 해변에 도착할 때까지 아무도 말을 하지 않았다. 두 사람은 해변 끄트머리에서 조금 떨어진 곳에 멈추어 삼지창 모양의 바위를 핥고 있는 바닷물을 바라보았다. 헤티가 길게 한숨을 내쉬며 먼저 입을 열었다.

"그랜디 할머니, 저 정말 많이 생각해 봤는데요……."

"그래, 안다. 네가 모라 섬에 돌아가지 않을 거라는 거. 이곳 본토에서 살고 싶어 한다는 거."

헤티는 그랜디 할머니를 빤히 쳐다보았다.

"어떻게 아셨어요?"

"그냥 알았지."

헤티는 눈물이 나올 것만 같았다. 그랜디 할머니가 두 팔을 벌렸다.

"이리 온, 아가. 한번 안아보자."

헤티는 조용히 흐느끼며 그랜디 할머니를 꼭 끌어안았다.

"모라 섬에는 이제 제가 원하는 게 아무것도 없어요, 할머니. 모라 섬은…… 그 섬은 더 이상 저하고 관계가 없는 것 같아요."

"그래, 안다. 알아."

"저한테 화나지 않으세요?"

"왜 화가 나겠니."

그랜디 할머니가 포옹을 풀었다.

"눈물 닦으렴, 헤티. 이 할머니는 너한테 조금도 화나지 않아. 오히려 자랑스러운걸. 네가 생각하는 것 이상으로 훨씬 더 네가 자랑스러워. 그리고 한 가지 더 말하자면, 네 엄마 아빠도 널 자랑스러워할 거다."

두 사람은 항구로 다시 걸어갔다. 토르 할아버지가 퍼와 함께 다가왔다.

"이반하고 맥키와 얘기하고 오는 길입니다. 오늘 저녁 출발하기로 결정했다는군요. 조수의 흐름이 완벽하고 파도의 상태가 고르게 유지된다면, 내일 해 질 녘 북극성이 브린다 섬에 도착할 겁니다. 브린다 섬에서 하룻밤 자고 다음 날 모라 섬으로 출발하면 될 거예요. 이반이 아기 돌고래를 배에 실을 수 있다고 하더군요. 목재를 다 싣고도 배 중앙에 딱 맞게 실을 수 있을 거예요."

헤티가 말했다.

"전 모라 섬에 돌아가지 않아요."

토르 할아버지가 의아한 표정으로 헤티를 바라보았다.

"결심했어요. 그랜디 할머니에게도 말씀드렸어요. 그랜디 할머니는 맥키 아저씨 일행과 모라 섬으로 돌아가실 테지만 전 여기 남을 거예요."

그랜디 할머니가 말했다.

"아니, 나도 가지 않을 거다. 네 엄마 아빠가 바다로 사라진 뒤 두 사람에게 약속했다. 살아 있을 때 직접 말했더라면 좋았겠지만 아무렴 어떠냐. 장례식장에서 네 엄마 아빠에게 한 약속은 내 숨이 붙어 있는 한 절대로 널 혼자 두지 않겠다는 거였어. 그러니 나도 모라 섬에 돌아가지 않을 거다. 우리가 어디에서 살지 뭘 하면서 살지는 모르겠지만, 네가 세상에 발을 내디딜 방법을 함께 찾을 거야."

퍼가 끼어들었다.

"우리와 함께 살아요. 그래도 되죠, 할아버지?"

"당연히 우리하고 함께 살아야지."

그랜디 할머니가 고개를 저었다.

"감사하지만 그럴 수는 없어요."

토르 할아버지는 잠시 침묵을 지키다가 헤티를 바라보았다.

"네 생각은 어떠니, 헤티? 네 길을 찾을 때까지 네가 원하는 만큼 우리와 함께 지내면 어떻겠니? 네 할머니와 함께 말이다"

토르 할아버지는 이렇게 덧붙였다.

"우리는 네가 그래 주면 좋겠구나."

헤티는 지그시 입술을 깨물고 생각하다가 대답했다.

"저도 그러고 싶어요."

저녁이 되었다. 목재를 실은 북극성이 부두를 출발할 시간이 다가왔다. 바닷물은 완만히 흐르고 있었다. 하가 사람들은 다시 부둣가에 모여들었다. 헤티는 항구의 제일 바깥쪽 가장자리에 자리를 잡았다. 바다는 자신을 향해 다가오는 배들을 손짓하며 부르고 있었다. 다른 사람들이 모두 배가 부두에서 떠나는 광경을 지켜보는 동안, 헤티는 펴와 단둘이 이곳에 서 있었다. 펴가 곁에 있어 주어 다행이었다. 아저씨들과 작별 인사를 하기란 너무도 마음 아픈 일이었기 때문이다. 배가 헤티 쪽으로 가까이 왔을 때 맥키 아저씨가 헤티를 발견하고 뱃머리로 걸어 나왔다.

"맥키 아저씨, 탐에게 말 좀 전해주시겠어요?"

"물론이지."

"정말정말 중요한 말이에요."

"뭔데 그러니?"

헤티는 망설였다.

"미안하다고 전해주세요, 맥키 아저씨. 꼭 그렇게 전해주세요. 그리고……."

헤티는 골똘히 생각하느라 말을 멈추었다. 배는 점차 앞으로 나아가면서 속력을 냈다. 헤티는 무언가 적절한 말을 더 찾고 싶었다. 갑자기 마음이 다급해졌다. 그때 맥키 아저씨가 먼저 입을 열었다.

"탐은 괜찮을 거다, 헤티."

헤티는 고마운 마음을 담아 맥키 아저씨를 내려다보았다. 맥키 아저씨가 또 말했다.

"탐은 잘 지낼 거야."

맥키 아저씨는 헤티를 향해 미소를 지었다.

"행복하게 살아야 한다."

이제 북극성은 항구를 지나 미끄러지듯 저 멀리 나갔다. 헤티는 그 자리에 서서, 북극성이 삼지창 바위를 돌아 시야에서 사라질 때까지 지켜보았다. 그리고 배를 매어 놓는 커다란 말뚝에 앉았다. 말뚝 한쪽에는 퍼가 앉았다. 헤티는 한 팔로 퍼를 감싸 안았다. 둘은 말없이 바다 너머를 물끄러미 바라보았다.

땅거미가 내려앉았다.

헤티는 어깨 너머로 시선을 던지며 부두와 항구의 담을 둘러보았다. 지금 그곳에는 아무도 없었지만, 몇몇 사람의 형체가 저 멀리 마을에서 움직이고 있었고 오두막들의 창문으로 빛이 비쳤다. 위쪽에 자리 잡은 토르 할아버지의 집이 환하고 또렷하게 보였다. 헤티는 퍼를 내려다보았다. 퍼의 몸이 떨리고 있었다.

"춥구나."

"아니, 안 추워."

하지만 퍼의 목소리에서 추위를 타고 있다는 것이 고스란히 느껴졌다. 퍼가 다시 몸을 떨며 헤티에게 기댔다.

"퍼, 그만 집에 가. 난 잠시만 여기 있을게. 그러니까 넌 집으로 달려가서 내가 곧 갈 거라고 말해줘. 그렇게 해줄 수 있지?"

퍼가 자리에서 일어섰다.

"고마워, 퍼."

헤티는 퍼가 항구로 달려 내려갔다가 마을로 올라가는 모습을 지켜보았다. 그리고 몸을 돌려 바다를 바라보았다. 바다는 이제 낮의 감각을 모두 잃어버렸다. 처음에는 잿빛으로, 곧이어 검은빛으로 다시 물들었다. 공기가 차가웠지만 헤티는 아랑곳하지 않았다. 계속 그 자리에 앉아 바다를 빤히 바라보다가, 생각에 잠기다가, 다시 바다를 자세히 들여다보았다. 지금 보니 해수면이 마치 바다유리 같았다. 헤티가 원한 모든 것이 텅 비워진 바다유리. 하지만 이제 그런 것들은 더 이상 의미가 없는 것 같다는 생각이 들었다. 자꾸만 무언가를 찾으려 할 필요도 없는 것 같았다. 그저 앞으로 나아가기만 하면 되리라. 헤티는 일어서서 마지막으로 한 번 더 바다를 응시했다. 그때 바다에서 속삭임이 들려왔다. 헤티의 이름을 부르는 단 한 번의 속삭임. 헤티는 그 소리를 마음에 담은 채 돌아서서 집으로 향했다.

옮긴이 서민아

영어 책을 우리 말로 옮기는 일을 하고 있다. 옮긴 책으로는 『필로우맨』 『80권의 세계일주』 『송골매를 찾아서』 『헤이트: 우리는 증오를 팝니다』 『마음챙김의 배신』 『푸코의 예술철학』 『에든버러』 『자전소설 쓰는 법』 『키라의 경계성 인격장애 다이어리』 『은여우 길들이기』 『인간은 개를 모른다』 『자유의지』 『번영과 풍요의 윤리학』 『플랫랜드』 『카뮈, 침묵하지 않는 삶』 『비트겐슈타인 가문』 『책 사냥꾼』 등이 있다.

속삭임의 바다

초판 1쇄 발행 2015년 10월 25일
개정 1판 1쇄 발행 2024년 9월 30일

지은이 팀 보울러
펴낸이 김선식
옮긴이 서민아

부사장 김은영
콘텐츠사업본부장 임보윤
책임편집 김유리 **책임마케터** 이고은
콘텐츠사업10팀장 김정택 **콘텐츠사업10팀** 이슬, 이나영, 김유리
마케팅본부장 권장규 **마케팅2팀** 이고은, 배한진, 양지환 **채널2팀** 권오권
미디어홍보본부장 정명찬
브랜드관리팀 오수미, 김은지, 이소영, 서가을 **뉴미디어팀** 김민정, 이지은, 홍수경, 변승주
지식교양팀 이수인, 염아라, 석찬미, 김혜원, 박장미, 박주현
편집관리팀 조세현, 김호주, 백설희 **저작권팀** 이슬, 윤제희
재무관리팀 하미선, 윤이경, 김재경, 엄혜정, 이슬기, 김주영, 오지수
인사총무팀 강미숙, 지석배, 김혜진, 황종원
제작관리팀 이소현, 김소영, 김진경, 최완규, 이지우, 박예찬
물류관리팀 김형기, 김선민, 주정훈, 김선진, 한유현, 전태연, 양문현, 이민운
외부스태프 **일러스트** NUA **디자인** 김형균

펴낸곳 다산북스 **출판등록** 2005년 12월 23일 제313-2005-00277호
주소 경기도 파주시 회동길 490
전화 02-704-1724 **팩스** 02-703-2219 **이메일** dasanbooks@dasanbooks.com
홈페이지 www.dasan.group **블로그** blog.naver.com/dasan_books
종이 신승아이엔씨 **인쇄** 한영문화사 **후가공** 제이오엘앤피 **제본** 한영문화사

ISBN 979-11-306-4310-6 (43840)